Jurij Brězan

Die Leute von Salow

Jurij Brězan

Die Leute von Salow

Roman

Gustav Kiepenheuer Verlag

Der Druck dieses Buches wurde gefördert
durch die Stiftung für das sorbische Volk

Die Geschichte und ihre Personen
hat der Autor frei erfunden,
ohne eine Wirklichkeit abbilden zu wollen.
Dieser entnommen ist einzig der Käfer Anton.

Wo Salow liegt

Ein Mann, unterwegs von da nach dort, begegnete einem anderen Mann und grüßte ihn höflich, wie es so bei ihm daheim noch Sitte war.

Dieser blieb erstaunt stehen. »Kennen wir uns?«

»Nicht daß ich wüßte. – Ich bin aus Schilda.«

»Und ich bin aus Salow.«

»Aha!« sagte der aus Schilda. »Ich bin schon weit in der Welt herumgekommen, aber nach Salow bin ich noch nie gelangt. Wo liegt denn das überhaupt, dieses Salow?«

»Das kann ich dir wohl sagen«, sprach der Salower. »Unser Salow liegt dort, wo es tagsüber heller Tag ist und nachts dunkle Nacht.«

»Aha!« Der aus Schilda nickte fünfmal, doch dann bedachte er sich: »Aber bei uns ist auch tagsüber heller Tag und nachts dunkle Nacht.«

»Das ist sonderbar, aber wiederum nicht so sonderbar, daß ich es dir nicht glauben würde.« Der aus Salow wiegte den Kopf und fuhr fort: »Unser Dorf hat große Gehöfte, kleine Gehöfte, einfache Häuser …«

»Unser Dorf auch!«

»… und drei Straßen und einen Bach …«

»Haben wir auch!«

»… und den Schulzen von Salow!«

»Oh«, der aus Schilda ergab sich. »Den haben wir nicht.«

»Dann weißt du es nun genau, wo unser Salow liegt, nämlich dort, wo der Schulze von Salow zu Hause ist.« Der Salower grüßte freundlich und ging weiter des Wegs, der im großen Kreis um Salow herumführt.

Der Weg ist vernarbt und verbuckelt, auf ihm treten wir unsere Tage ab, und Salow liegt in der Mitte.

Mittendrin von Irgendwo, sagt der Schulze von Salow.

I

Die Cordialisch-Anomenische Großgrafschaft, gelegen einen Hammelsprung nördlich eines Breiten- und einen Lämmerschrei östlich eines Längengrades – Ortskundige beschreiben die Lage genauer: dort, wo der Schulze von Salow daheim ist –, galt einst als berühmt und berüchtigt. Berühmt war sie wegen ihres nirgendwo sonst so köstlichen Leinöls, das unabdingbar von Generation zu Generation auf den großgräflichen Speiseplan gehörte, sei es zu Quark und Brot, sei es pur zu neuen, in der Schale gekochten Kartoffeln, reichlich hier und in Tropfen nur zu Kuchen und Torte, zu Käse und feinem Obst. Mit dem Duft dieses Öls errochen die Neugeborenen im Stammschloß Salow der Cordialisch-Anomenischen Großgrafen den Duft der Welt, und mit ihm behaftet erschienen sie am Ende vor dem Himmelspförtner Petrus. Einer aus diesem Geschlecht, Ambrosius Benedikt Christofer Deodorantus Graf Cordialis Und Anomen, ließ sich, erblindend, sogar in Leinöl auf feinster flandrischer Leinwand malen, damit er sich, wenn schon nicht zu sehen, so doch zu riechen vermöge.

Das Gemälde hängt heute an einem guten Platz im Museumstrakt des Stammschlosses, und an einem rechten Sommertag findet es auch ein blinder Besucher, wenn er nur eine Nase hat wie weiland Erlaucht Ambrosius B. C. D., der noch Napoleon gesehen hat auf dessen Weg nach Moskau – viel Zeit ist gekommen und vergangen seit damals.

Den duftenden Ambrosius, andere gemalte Grafen und Gräfinnen und einiges von deren Zubehör verwaltet und betreut Hanka Elle. Sie war einmal die beste und schönste Tänzerin der Salower Tanzgruppe, hatte den Schmied – der sonntags aussah wie ein Stadtschreiber – geheiratet, einmal Zwillinge und einmal binnen einer Stunde drei Jungen zur Welt gebracht. Nun sieht sie aus wie eine Schmiedsfrau und ist Museumsfachfrau mit Diplom. Die Leute kommen ins Museum, Hanka Elle führt sie, erklärt und erzählt, ist freundlich und sanft, doch wehe, jemand berührt, was zu berühren verboten ist.

Achthundertunddrei Schritt vom Schloß, am Rande von Salow, wo der Boden sandig wird und die Luft nach Heide duftet, steht ein kleines Haus, hell im Grünen auch im Winter. Dort wohnt Benno Bossak, früher Lehrer und seit sechzig Jahren Chronist der Grafschaft. Weil mit dem letzten im Schloß lebenden Grafen beinahe gut Freund, durfte er nicht nur Erlaucht Ambrosius riechen, sooft er wollte, sondern auch aus der gräflichen Chronik herauslesen, was früher geduftet oder gestunken hatte. Er meinte, es gehöre zusammen, und schrieb es ebenso auf wie das, was alte Leute noch wußten aus älteren Zeiten, wahr vielleicht im Kern und überwuchert vom oftmals Erzählten. Auf diese Weise gelangte er schließlich zu der Erkenntnis, daß die Schulzen von Salow an Berühmtheit das Leinöl – welches überdies einer von ihnen erfunden hatte – weit hinter sich ließen, hingegen das, was der gräflichen Chronik zu verschiedenen Zeiten verschieden widerlich stank, diese selben Schulzen waren: die leibhaftige Berüchtigtheit der Grafschaft.

Solange es nämlich Aufzeichnungen über die Schulzen von Salow gibt – genau von 1792 an –, wird denen außer besseren Eigenschaften glaubwürdig ein Bocksgemüt samt entsprechender Kraft nachgesagt. Die Anzahl der Röcke, unter denen sie außerhalb der heiligen Ehe in den letzten zwei Jahrhunderten folgenreich ihr Heil der Welt gesucht hätten, läßt sich daran ermessen, daß vor etwa einhundertfünfzig Jahren ein Weiler namens Schulzendorf gegründet wurde, der bis zum heutigen Tage auf mehr als siebenhundert Seelen angewachsen ist, von denen viele den Nachnamen Schulze – in unterschiedlicher Schreibform – tragen.

Aus jenem Frühjahr 1792 gibt es urkundliche Berichte vom hochnotpeinlichen großgräflichen Gericht, das den damaligen Schulzen zum Tode, zuvörderst aber zum Verlust des Teiles seines Körpers verurteilte, welcher das Verbrechen in Tat und Sache verübt hatte.

Daß das Gericht die Französische Revolution während der Verhandlung nur beiläufig und im Urteilsspruch gar nicht erwähnte, zeugt von der althergebrachten und offenbar nicht wandelbaren Unfähigkeit der Justiz, Taten und Ursachen in Verbindung zu sehen.

Im späten Herbst nach dem Sturm auf die Bastille hatte ein französischer Marquis zeitweilig Unterschlupf bei seinem großgräflichen C + A Vetter im Schloß von Salow gefunden. Mitgebracht hatte er seine recht ansehnliche Marquise, ihrer beider, wider Willen noch jungfräuliche Tochter und einen Diener, der es insgeheim mit der Revolution hielt. Während sich der Großgraf an langen Winterabenden schaudernd an den ausführlichen Berichten seines französischen Vetters über Raub und Blut und Schändung ergötzte, hockte dessen Diener oft und oft im Schulzenhaus, erzählte die Revolution von unten her und machte aus seiner Lust darauf kein Geheimnis. Da nun eben ein großes Hungerjahr in der Großgrafschaft die Bauern – nicht das Schloß – fasten ließ bis zu Brennesselmus und Brot aus den Samen der Unkräuter, steckte der Diener mit seinem Virus den Schulzen an und dieser die Bauern. Nach gehöriger Vorbereitung – und der Großgraf auf nichts vorbereitet – erhoben sich die Salower mit Sensen, Forken und Dreschflegeln, eroberten im Handstreich das Schloß, sperrten Großgraf und Vetter Marquis in den tiefsten Keller, und der siegreiche Schulze riß zwischen der morgendlichen Erstürmung und dem Mittagsläuten nicht nur der wirklich ansehnlichen Marquise die Röcke herunter, sondern auch fünf anderen, Zofen und Mägden, und, besonders verwerflich, ebenso der jungfräulichen Marquisentochter gleich zweimal, das erste Mal – wie der Delinquent bekannte –, um sie aus ihrem Zustand zu befreien, das zweite Mal, um sie zu erfreuen.

Diese siebenfache Groß- und Untat brachte den Mann an den Galgen und alle seine Nachfahren im Schulzenamt, wenn man es so sehen will, in Zugzwang.

Diesem Zwang scheint der jetzige Schulze von Salow – der siebzehnte in der Reihe, mit Namen Franz Franska, genannt Efef – nicht zu unterliegen. Das ist nicht verwunderlich, wenn man seine rundum wohlgefällige Frau Lubina kennt, bedauerlich aber doch, weil das Taufregister seit seinem Amtsantritt offensichtlich an Schwindsucht leidet. Doch er weist alle Schuld von sich und behauptet, das liege an den Zeiten, und mit den Zeiten verhalte es sich so wie mit den Hosen: ein Mann trägt sie, bis sie hinten abgewetzt und an den Knien durchgescheuert sind. Wie lange das hinten dauert, hängt davon ab, ob einer weich im Warmen hockt oder ein Allwettermann ist und sein Sessel eine Holzbank. Die Haltbarkeit der Hosenknie, sagt der Schulze, bestimmt entweder die Religion oder der Bart. Oder beides. Eine Religion, die längeres Knien oder häufige Kniefälle verlangt, strapaziert die Hose, und der Bart, solange er blond, braun oder schwarz sprießt, zwingt einen Mann, ob mit Hose oder ohne, nicht selten – gottseidank, sagt der Schulze – auf die Knie, weniger zu frommem als zu fröhlichem Tun.

Solcherlei Vergleich zwischen Männerhosen und Menschenzeiten mag für unziemend erachten, wer Hosen einzig als Wetterschutz und die Zeiten als bloße Kalenderblätter ansieht. Franz Franska aber holt zur Bestätigung seiner Anschauung die Chronik des Benno Bossak heran und läßt den Zweifler den einen oder anderen Absatz lesen, der seine Behauptung untermauere und zudem noch das Gewicht des Schulzenamtes richtig auf die Waage stelle.

Der Zweifler liest dann in der akkuraten Schrift des alten Lehrers:

Die Obrigkeit schritt in all den Jahren – wenn auch nicht so rigoros wie Anno 1792 – gegen die Bocksmäßigkeit oder besser Unmäßigkeit der Schulzen ein, mit geringem Erfolg freilich und mit dauerhaftem schon gar nicht. So wurde wenige Jahre nach dem Wiener Kongreß, in dessen Folge die Großgrafschaft ihren Status als »Große«, die Reichsunmittelbarkeit und fast die Hälfte ihres Territoriums verlor und einen König als Landesherrn gewann, ein Schulze für drei Jahre als Grenadier requiriert, obwohl er drei eheliche und weil er elf uneheliche Kinder in die Welt gesetzt hatte. Schon im ersten Jahr seines Strafdienstes geriet er folgenschwer der adligen Gattin seines Hauptmanns und der bürgerlichen Frau des Feldwebels unter die Röcke. Für den Schulzen lief die Sache – von oben her gesehen – glimpflich ab, weil der General dem Hauptmann die Hörner um so leichter gönnte, als seine eigene Frau sowohl räumlich als auch vom Ansehen her sich außer Gefahr von seiten dieses potenten Mannes befand.

Nach Hause zurückgekehrt, trat der Schulze sein Amt wieder an und handelte sogleich zäh und mit außergewöhnlichem Geschick gegenüber dem degradierten C + A Grafen die Ablösung der Salower Bauern aus der Erbuntertänigkeit aus. Als alles verbrieft und besiegelt war und der Graf in Ruhe durchlas, worauf er sein Siegel gedrückt hatte, fühlte er sich, wohl mit einigem Recht, arglistig getäuscht und betrogen und strengte einen Prozeß an. Der Schulze, begabt nicht nur unterhalb des Bauches, sondern auch oberhalb der mächtigen Nase, vertrat die Bauern von Salow vor Gericht auf eine Art, daß ihm nach seinen Ausführungen zum Vertrag alle Anwesenden mit Ausnahme des Klägers, aber einschließlich des Richters und seiner Beisitzer stehend Ovationen darbrachten und ein Beisitzer beinahe eine patriotische Kundgebung daraus improvisiert hätte, indem er die Königshymne anzustimmen begann. Er verschluckte sich aber schon am ersten Wort, weil ihm der Richter kräftig gegen das Schienbein trat. Der Richter wurde später – nicht wegen des schmerzhaften Tritts – vorzeitig in den Ruhestand geschickt, das Urteil aber, daß der Vertrag rechtens sei, nicht revidiert.

In jenem Vertrag war in einem der siebzehn Punkte ausgehandelt worden, daß aller Grund und Boden im Dorf außerhalb der Mauern des gräflichen Parks dem Dorf zufällt, in einem anderen Punkt an späterer Stelle, daß alles oberirdische Wasser weiterhin zum gräflichen Besitz gehört. Ob nun Absicht des Schulzen oder mangelnde Durchsicht des Grafen, der sich den Hosenwechsel der Zeit nicht eingestehen wollte und diesen bis zu seinem Tode für eine späte Rache der Franzosen an ihren Besiegern hielt – das Wasserrecht und das Grundrecht verbissen sich ineinander.

Zwei Teiche im Dorf, dazwischen ein Erlengestrüpp und ein Pfad, und eines Tages ließ der Schulze das Gestrüpp ausreißen und den Pfad auf Wagenbreite aufschütten. Der Graf sah darin einen Angriff auf sich, sein Wasser und seine Fische in den Teichen und zitierte den Schulzen ins Schloß. Der Schulze hatte an diesem Tag keine Zeit, am nächsten und übernächsten auch nicht, und der Weg zwischen den Teichen wuchs sich aus. Der Graf ritt vors Schulzenhaus und schlug mit der Reitgerte ans Fenster. Die Schulzenfrau öffnete das Fenster und beschied den gräflichen Reiter, ihr Mann sitze eben auf dem Häusel, das pflege zu dauern, dauere aber erfahrungsgemäß nicht zu lange. Schließlich erschien der Schulze, die Hose erst halb hochgezogen, nahm so stehend den Befehl des Grafen, sofort mit dem Wegebau aufzuhören, entgegen und wiegte bedauernd den Kopf. Da werde sich nichts tun lassen, erklärte er, weil der Weg nun einmal notwendig sei für die Leute, die ja nun alle dank der gräflichen Großmut ein Stück Acker und ein Gespann hätten, um den Acker, und sei es auch nur mit einer Kuh im Geschirr, zu bestellen. Der Graf sah den Schulzen recht untertänig, verbot noch einmal, ohne die Stimme zu heben, seine Teiche zuzuschütten, und wendete sein Roß.

Der Schulze rückte die Hose in die richtige Höhe, zog den Gurt fest um seinen festen Bauch und sagte: »Nun ja, Herr Graf, die Teiche gehören ja *uns*. Das Wasser auf unserem Grund und Boden ist Ihres. Und die Fische darin, natürlich.«

Der Graf schlug mit der Gerte die Luft, studierte daheim den Siebzehn-Punkte-Vertrag, strengte den Prozeß dagegen an und erfuhr schließlich durch den Urteilsspruch des Gerichts, das Wasser sei tatsächlich sein, die Fische darin auch; da aber diese auf dorfeigenem Grund lebten und sich, wenigstens teilweise, von Wasserpflanzen ernährten, die auf eben diesem Grund wüchsen, seien sie als Untermieter zu betrachten und müßten rechtens einen Mietzins zahlen. Dieser Zins sei in natura zu entrichten und betrage pro Anno zehn Karpfen, nicht unter zwei Pfund, und fünf ausgewachsene Schleie, welche aber nicht über die Waage müßten.

Der Graf sagte als sein Schlußwort nur: »O tempora, o mores« und war sich hier einig mit dem Schulzen: daß die Zeiten ihre alten Hosen ganz und gänzlich zerschlissen hätten.

Darin irrten sich beide. Ein König zog aus in einen Krieg gegen die Franzosen »in den roten Hosen«, kam als Kaiser nach Hause, und die Zeit-Hose erwies sich als mit kräftigem grauem Tuch geflickt, hinten und besonders gut an den Knien, und der Gurt um den Bauch aus festem, dreifingerbreitem Leder, zu schließen mit einem neuartigen, fromm beschrifteten Schloß aus grobgewalztem Eisenblech. In der Folge hatte der Schulze von Salow wenig, der C + A Graf gut zu lachen. Er holte manches zurück, was sein Großvater verloren hatte, und einer seiner Söhne gewann ein ziemliches Stück Herero-Land im schwarzen Afrika für sich und im gelben China eine Stadt für den Kaiser. Beides ging freilich wieder verloren, auch der eine Sohn ganz, der andere nur zum Teil, sein rechter Arm verfaulte im Stacheldraht irgendwo zwischen Douaumont und Verdun. Hierin stand der Schulze dem

Grafen nicht nach. Von seinen insgesamt sieben Söhnen – vier ins Haus gehörig und drei außer Haus – kamen zwei heil zurück und zwei waren noch zu jung für solcherart Ehren.

Jetzt endgültig fielen der Zeit die verdreckten, blutigen Hosen herunter, und der Schulze von Salow machte, obwohl schon grauköpfig und gichtig im großen Zeh auch, zwei jüngeren Kriegerwitwen ein Kind. Er spendete Trost ebenso der kinderlosen mitteljährigen gräflichen Rittmeisterswitwe, was kein Ergebnis, aber Folgen hatte, indem der Schulze – der ansehnlichste, angesehenste Mann der Grafschaft – den Liebeshunger der Grafenwitwe unter- und sein Vermögen, ihn zu stillen, überschätzte. Der Samariterdienst zerriß ihm das Herz, er schaffte es eben bis in sein eigenes Bett, strich seiner Frau noch einmal über den grauen Schopf und nahm seinen letzten Atemzug.

Die Zeit nun wurde sich einige Jahre lang nicht schlüssig, welche Art Hosen sie tragen sollte, und entschied sich schließlich für ein übelriechendes Gelbbraun. Der neue Schulze trug zumeist eine ausgewaschene Manchesterhose von unbestimmter Farbe, während der neue Graf, der Einarmige, sich widerwillig eine schwarze aufdrängen ließ, die er samt der kleidsamen Jacke aus gleichem Tuch sofort und für immer in den Mottenschrank einschloß. Es half am Ende dem Schulzen der unbestimmbare Manchester nichts und nichts dem Grafen der Mottenschrank. Dieser floh vor dem heimkehrenden Krieg gen Sonnenuntergang, jener begrüßte zu Sonnenaufgang den keimenden Frieden mit Brot und Salz, ein dunkler Schatten am Dorfrand, und lag dann da mit drei Kugeln in der Brust.

2

Als Franz Franska ein kleiner Junge war, zog sich die Zeit Hosen aus rotem Fahnenstoff an, prall im Sommerwind und schlotternd im Eiswind, strich die C + A Grafschaft aus der

Landkarte und machte das Schloß zunächst zu einer Herberge für solche, die der Krieg vor sich hergetrieben, und solche, die der Sieg ausgetrieben hatte. Doch mancher Josef und manche Maria erfroren im Schnee, und der Weihnachtsstern von Bethlehem war eine fromme Mär.

Wieder traten die alten, im Kopf noch nicht vergreisten Männer von Salow zusammen und berieten, wer nun den Schulzenhut tragen sollte, aber zum ersten Mal geschah es, daß die Obrigkeit den Hut einem anderen über die Ohren stülpte . Der Mann war dürr, mager unter der Schädeldecke, das Herz ein Organ, gut im Rhythmus, die Ohren gehorsam und der Kopf zu klein für den Schulzenhut. Die Salower, die schnell dabei waren, einem einen Zunamen zu finden, nannten ihn Tote Hose, und das war wohl auch richtig. Tote Hose schrieb, stempelte, telefonierte, gratulierte zu goldenen Hochzeiten, hohen runden Geburtstagen und war der Bürgermeister – vom »Schulzen« sprach niemand mehr –, bis er nach zwanzig Jahren, den Stempel noch in der Hand, mit der Brust auf seinen Schreibtisch sank.

Am selben Tag lüftete Franz Franska den ihm eben symbolisch verliehenen Doktorhut vor Magnifizenz und Professoren, kehrte zurück nach Salow und nahm die Landwirtschaft der verblichenen Cordialisch-Anomenischen Grafschaft in seine Verantwortung.

Wieder versuchten die Salower – Franska auf ihrer Seite –, einen Schulzen für sich zu finden, und wieder bekamen sie einen Bürgermeister vorgesetzt. Der war so sehr bloßes Amt, daß es die Mühe nicht lohnte, einen Zunamen für ihn auszudenken. Salow mit seiner reichen Schulzengeschichte und der Berühmtheit des Leinöls am gräflichen Tisch geriet in Gefahr, ein Ort zu werden wie irgendeiner.

Der neue, von draußen bestimmte Bürgermeister, reichlich lang, doch nicht übel gewachsen, war erfüllt von puritanischem Geist verschiedener Konvenienz. Trotz dieses im C + A Kreis und ganz besonders in Salow selbst sehr fremden, beinahe als exotisch empfundenen Zustands spürte der Mann jene drohende Gefahr und unternahm vieles, sofern es nicht gegen den ihm innewohnenden Geist verstieß, sie zu bannen.

Als erstes setzte er das einzig übriggebliebene Herbergspaar aus dem Schloß, ließ räumen und ausräumen, Berge von Gerümpel der Durchgezogenen, die Wände tünchen, vorläufig, die Dielen reinigen und ausbessern, die granitene Freitreppe abschleifen und schmirgeln, bis sie glänzte wie neu, und fand schließlich Mittel und Wege – beides war schwer und nur mit einem Dickschädel zu finden –, den breiten Wassergraben, der Schloß und ehemaligen Rosengarten umgab, wieder in seinen früheren Zustand zu versetzen. Danach holte er Leute heran, die mehr von Schlössern, insbesondere Wasserschlössern, verstanden als er, und nach einigen Jahren war das Schloß zur Hälfte ein Heimatmuseum und zur Hälfte eine Werkstatt für Behinderte, die vor allem dem Museum diente. Was von nutzbarem Besitz der C + A Grafen noch aufgefunden wurde, hielt der Bürgermeister im Augenblick zwar für nutzlos, aber für unnütz doch nicht. Alles wurde, von Fachleuten katalogisiert, auf den riesigen Oberboden verbracht. Unter den geretteten Schränken befand sich auch der mottensichere mit dem üblen schwarzen Anzug des letzten Grafen. Diesen Schrank versiegelte der Bürgermeister in einem unklaren Gefühl, der ominöse Inhalt könnte – vielleicht – einmal von Nutzen sein. Irgendwo existierte ja ein Grafensohn, mit dem – sehr zum Mißfallen des Bürgermeisters – der Lehrer Bossak Briefe wechselte, nicht allzu oft, aber dickköpfig darauf beharrend. Diesem »Erben« würde man zur Dämpfung eventueller Restaurationsgelüste den verbrecherischen Inhalt des mottensicheren Schrankes entgegenstellen können.

Als weitere berichtenswerte Maßnahme erließ der Bürgermeister eine Anordnung, die ihm ein neues Stück Ansehen in Salow, außerhalb dessen Grenzen aber Spott eintrug. In Ansehung der früheren Berühmtheit der einstigen Groß- und späteren simplen Grafschaft verfügte er, den Mittwoch jeder Woche als Leinöltag zu halten, nach jedermanns Belieben pur zu Pellkartoffeln, mit Quark aufs Brot oder tropfenweise auf Süßzeug und Käse. Er selbst und seine Sekretärin aßen regelmäßig mittwochs zu Mittag gemeinsam mit den Behinderten im Schloß. Das brachte ihm weitere gute Meinung ein und der Sekretärin, die so gerade fünf Ellen unters Größenmaß hinstellte und – vielleicht – wegen ihrer Jungmädchenbrüste allgemein »Magermilch« genannt wurde, einen Blinden als Mann vor den Traualtar. Sie brachte noch vor einem Jahr ein Zwillingspärchen zur Welt, und so, wie die Zwillige gediehen, konnte jedermann sehen, daß sie ihren Zunamen zu Unrecht trug.

Was auch der Bürgermeister in der Folge an Vernünftigem unternahm – es fehlte ihm die rechte Schulzenart. Er war lang, langweilig, gelegentlich auch laut, lustig nie, und was Manneslìebe anbetraf, so verbrauchte er sie, um mit seiner Frau zwei Töchter zu zeugen. Davor und danach lebte er keusch wie ein in frommen Schriften beschriebener Mönch, irgend jemand erfand den Zunamen »Kutte« für ihn, und im Gegensatz zu allen Salowern hielt er das für eine Ehre. Er glaubte sich damit angenommen; das war ihm um so wichtiger, als er spürte, daß die Zeit wieder daran dachte, die Hosen zu wechseln. Der Stoff schien noch haltbar, doch die Nähte waren zu knapp gelegt, der Zwirn zu dünn und wenig fest und die Stiche zu weit auseinander gesetzt. Die Hosen, hinten ganz und ganz an den Knien, sanken der Zeit vom Leibe wie eine heruntergelassene Fahne an ihrer Stange, ohne Salut und anderes Geschieße.

Und Salut wäre doch angebracht gewesen, denn über Nacht behängten sich alle Bäume mit Bananen, reifen, überreifen auch und unausgereiften, die Leute in Salow – und anderswo – karrten die heimischen Äpfel und Birnen zusammen wie zu Misthaufen und tauften den November um in »Banamber«.

Auch erklärten die Salower sogleich Kutte für abgesetzt und bestimmten den übernächsten Sonntag als Wahltag für einen neuen Schulzen, alles zu Recht und in Freiheit. Selbst Kutte durfte sich auf die Freitreppe vom Schloß stellen und laut sagen, daß er als Bürgermeister seine hervorragende Eignung für das Schulzenamt aus verständlichen Gründen nicht offen habe machen können, nun aber sein Licht unter den Scheffel zu stellen nicht länger gewillt sei. Zum durchschlagenden Beweis seiner Eignung reckte er den Leuten sein Kinn entgegen und strich sich über seinen Zehn-Tage-Bart, Bärte galten in jenen Tagen als die nach außen gekehrte Seele samt offengelegter Schädeldecke. Seine Stoppeln wurden ausgelacht, und als am Wahltagmorgen Kuttes Bart kein rechter Neu-Mann-Bart war, trat er enttäuscht mit Bitterstoff auf der Zunge von seiner Bewerbung zurück.

Zum Schulzen gewählt wurde mit nachfolgendem großem Holdrio und viel Bier Franz Franska, der auf der Stelle zehn Liter besten Leinöls für Salow spendete. Seinen Sieg verdankte er der festen Überzeugung der Leute, er sei im ganzen aus dem rechten Salower Schulzenholz geschnitzt. Was ihm noch fehle, so hoffte man, werde sich wohl noch entwikkeln. Da er mit den Augen ja schon keinem gut gepolsterten Rock aus dem Wege ging, werde sich das übrige auch einrichten. Er lachte zu solchen Hoffnungen und pflegte zu sagen: Kinder haben wir genug – er meinte seine Frau Lubina und sich –, aber die Liebe höret nimmer auf.

Der Schulze Franz Franska war es dann auch, der den Zeit-Hosen-Vergleich erfand. Über die neue Hose der Zeit wollte er sich aber noch nicht endgültig auslassen. Schwarz dominiere sicher darin, doch etwas Gelb sei zu finden und Grün in einigen Schattierungen, und einzelne rote – oder rötliche – Fäden seien ebenfalls eingewebt. Es kümmerte ihn nicht zu sehr.

Das erwies sich als eine Unterlassung, die gewichtige Folgen nach sich zog. Im Glauben, im Sinne der Zeit zu handeln, erklärte er jahrhundertealtes und vor einem halben Jahrhundert modifiziertes Recht für Unrecht von Anfang an. Was dem Grafen gehört habe und danach volkseigen dem Staat, werde nun wirkliches Eigentum des Volkes von Salow. Wir nehmen, rief der Schulze auf der Freitreppe des Schlosses aus, und ganz Salow davor, endlich zu eigen, was uns gehört, und gründen mit den Bauern zusammen die »Land-und Forst-AG Grafschaft«. Die Leute schrien Jubilate und Haleluja, jemand setzte die kleine Glocke am Schloßturm in Gang und jemand die große Glocke von Kirchdorf.

Das wurde in der zuständigen Nähe auf- und angenommen, nicht mit Wohlgefallen zwar, aber doch als eine Möglichkeit, neuen Schritt zu fassen.

Schritt faßte auch der mächtige Schall der Glocke von Kirchdorf, und das Jubilate-Geschrei der Leute von Salow kroch und hinkte von der einen äußersten Ecke des nun großen Landes in die entgegengesetzte andere, und als beides endlich anlangte, war es nur ein leises Säuseln. Aber hörbar doch und nicht leichtfertig abgetan als Schall und Rauch.

3

Davon wiederum hörte man es in Salow läuten, fern, undeutlich, aber nicht mißdeutbar: das alte preußische Signal der Husaren und Kürassiere »Ins Glied, ins Glied!«, und wehe, ein Pferdehintern tanzte aus der Reihe.

Der Schulze Franz Franska hatte das Signal vernommen, der Oberforstmeister Rudolf Hajnik auch, und Benno Bossak, der Chronist, hörte nun das Echo: Der aus dem Glied fallende Pferdehintern wird amputiert.

Hajnik hatte Geburtstag, den vierundvierzigsten, da wird noch manche Kiefer wachsen in seinen oder nicht mehr seinen Forsten, bis er vielleicht nur wenig noch ähnelt dem Willy Birgel, der weiland in einem Film schlank und drahtig

›für Deutschland ritt‹. Ein solcher würde nun sein Roß versammeln, die Zügel gespannt, die Nase geradeaus und die Ohren angelegt für das Signal zur Attacke.

So einen, denkt Hajnik und denkt auch der Schulze, werden sie jetzt anreiten lassen, für Deutschland gegen Salow. Sie lachen, trinken auf Hajniks Gesundheit, und weil sie lachen, ahnen sie auf einmal, wie sie dem entgegentreten werden, der da kommen wird im Namen der Herren seines Herrn, Hinz oder Kunz, durch Brief und Siegel zur Persönlichkeit gemacht und durchs Fernsehen heimgeleuchtet in jedes Haus.

Dem alten Schulmeister Bossak, der auch schon zwei Glas aus der Flasche einheimischen Korns, seinem Geschenk, getrunken hat, genau ein Glas mehr als sonst in einer Woche, fällt – wie einem so etwas in den Kopf gerät – das tapfere Schneiderlein ein, das die Riesen zum Narren hielt. Wie aber bringen wir den Riesen Kunz dazu, sich selbst aus unserer Welt zu bringen?

Sie rieten und berieten, nahmen Nadel und Zwirn, stichelten eine Naht zusammen und eine andere, ein buntes Narrenkostüm entstand, vielleicht für sie selbst. Aber Kunz muß denken, es sei ihr Fest- und Freudengewand.

Kunz war an gänzlich anderem Ort schon unterwegs mit Brief und Siegel, als Bote freilich zu einem Haus. Das Haus lag, hoch abgegittert, hundert Schritt ab von der nur für Anlieger freien Straße in einem parkartigen Garten. Hohe Bäume, Schatten im Sommer, feines Netzwerk im Winterlicht, übermannsgroße Büsche, Rosenrabatten entlang des Gehwegs, die Auffahrt gekiest, das goldbronzierte Tor elektronisch gesichert: der Wohnsitz einer Persönlichkeit.

Die Persönlichkeit saß im Oberstock an einem soliden Schreibtisch aus der Jungzeit des Zweiten Reiches und war sowohl zornig als auch traurig. Der Zorn richtete sich gegen irgendeinen Jemand, der nicht da war, die Traurigkeit galt einem Empire-Stuhl, dessen Bestandteile zwischen Schreibtisch und Tür am Boden lagen.

Eigentlich war auch der Zorn ein Ausbruch von Trauer. Nirgendwo sonst hatte Maria Maader eine Gardenie gesehen, die so groß und so schön war wie die ihre. Sie stand in der Eingangsdiele, genau so im Licht, wie sie stehen mußte, und wurde täglich zur bestimmten Stunde gegossen mit lauwarmem, eher kühlem Kaffee aus einer speziellen Sorte Bohnen vom Kolumbianischen Hochland, drei Teelöffelchen gestrichen auf einen Liter Wasser, sieben Minuten ziehen lassen, die Temperatur gemessen und bei der richtigen der Pflanze langsam serviert.

Das Mädchen schwor, sie habe – in Abwesenheit der Herrschaft – sowohl die richtigen Bohnen genommen als auch das Zeremoniell peinlich eingehalten. Doch die Gardenie hing, krank, jammervoll, vermutlich hatte sie billigen brasilianischen Kaffee zu sich nehmen müssen oder gar abgestandenen Teeaufguß aus Indien!

Erst bei diesem Gedanken war die Trauer über ihre siechende Wunderpflanze umgeschlagen in Zorn, und der Zorn trieb die Frau die Treppe hoch, zu viel Gewicht in zu große Hast versetzt, sie riß die Tür zu ihrem Zimmer auf, bunte Sterne vor den Augen, der Empire-Stuhl stand am nächsten, sie ließ sich fallen, und dann lagen sie beide am Boden, sie und der Stuhl.

Wenn die drei im Forsthaus wüßten, was minderwertiger – und vielleicht – kalter Kaffee einer Gardenie antun können, einem kostbaren Stuhl und einer gewichtigen Frau, einer – wahrscheinlich der Schulmeister – hätte gesagt, nun müsse ein reitender Bote des Königs erscheinen. Sie wußten aber nichts oder nur sehr wenig über Maria Maader und schon gar nichts darüber, welche Unglücke auch sie treffen können – das Fernsehen zeigte sie ja nie am Boden liegend. Jetzt freilich saß sie schon hinter ihrem Schreibtisch, und der Bote Kunz trat ein, im City-Anzug und das Gesicht zweigeteilt:

halb Kenner der Schrift, halb ein immer strebend sich Bemühender, der Schrift neue Zugeständnisse an die Wirklichkeit abzuringen. Er öffnete sein Aktenköfferchen, bedankte sich bei dem Mädchen artig für den Tee und berichtete: An einem Ort außerhalb unseres Großen Blickwinkels befinde sich ein obskures Gebilde, die einstmalige Cordialische Grafschaft. An sich von keiner Bedeutung, weder strategisch noch vom Steuereinkommen her, errege dieser Landstrich jetzt ein gewisses öffentliches Ärgernis durch völlige Mißdeutung der Neuen Lage. Das sei leider – Kunz legte die rechte Hand aufs Herz – unserer Aufmerksamkeit irgendwie entgangen. Nun seien von involvierter Seite Hinweise eingelaufen, daß es sich da um einen gefährlichen Bazillus handle, und also sei sein Oberster von seinen Oberen aufgefordert worden, die nötigen Schritte zu unternehmen. Er hüstelte, legte den Kopf leicht nach rechts und erklärte mit seiner Samtstimme, die Ehre, diese Aufgabe zu übernehmen, stehe an erster Stelle ihr zu. Der Chef persönlich, bedrängt in dieser Sache, bitte sie. Und es dränge. Mit seinem breiten, ein wenig schiefen offiziellen Lächeln erwartete er Zustimmung.

Der Schulze, in einem seiner seltenen Anfälle von Televisionärität, stieß aus: »Um Gotteswillen! Nicht die!«

Sie betrachteten ihr halbgefertigtes Narrengewand, wendeten es hin und her und her und hin und sagten sich schließlich, ob Kunz oder Maader, es sei Hose wie Rock, ein paar Stiche seien anders zu setzen, ein paar gelbe Stoffstücke wegzulassen, mehr freundliches Rosa dafür und lichtes Grün, das den Augen wohltut, und ein Schuft, wer Böses da vermutet.

Maria Maader sagte: »Schicken Sie einen Referendar aus – meinetwegen – aus dem Finanzministerium.«

»Als Präsidenten einer solchen Behörde?« Er hob die Augenbrauen und lächelte mit beiden Mundwinkeln. »Sie scherzen.«

»Selten. Jetzt bestimmt nicht.«

Kunz schnappte nach Luft, das gehörte zu seinem Repertoire bei ernsteren Fragespielen, und hub an zu reden: »Verehrte Frau Präsidentin ...«

»Ich wüßte nicht, daß ich mich bereit erklärt hätte, Ihre Referendar-Aufgabe zu übernehmen.« Sie verschränkte die Hände auf der Tischplatte und blickte ihn kurz an. »Wenn Sie Zeit übrig haben, erzählen Sie mir einen Ihrer Witze.«

Er zuckte zusammen. Als Witze-Erzähler war er eine Witzfigur, trotz redlichen Bemühens verhaspelte er sich mit jeder Pointe. Er schluckte und fuhr fort: »... das Problem mit dieser Anomenischen und«, er warf einen Blick auf seine Papiere, »und Cordialischen Grafschaft ...«

»Also sind es zwei? Erst sprachen Sie nur von einer Cordialischen.«

»Entschuldigen Sie den Lapsus«, sagte Kunz. »Ein Doppelname: Graf Anomen Und Cordialis.« Dann legte er das Problem dar.

Maria Maader hörte ihn reden, Wellengeplätscher am Strand, Windgeflüster im Wald – in vielen Berufsjahren hatte sie gelernt, Reden zu hören ohne zuzuhören.

Sie war weit weg, weit zurück und hieß Maria Castella. Langbeinig, schlank, der dicke braune Zopf über die rechte Schulter auf der Brust. Die Jugendherberge im Hochsauerland, siebzehn Mädchen, zwei Jahre noch bis zum Abitur.

Der Junge saß auf einem Holzstapel und spielte Mundharmonika. Die Sonne stand tief. Es war der erste Junitag. Als sie stehenblieb, setzte er seine Mundharmonika ab. Spiel weiter, bat sie. Er spielte, fremde, sonderbar fröhlich-schwermütige Melodien. Komm, sagte er und half ihr hinauf. Er spielte weiter, die Sonne sank in den Wald. In der Jugendherberge sprang das Licht an, die Mädchen setzten sich zum Abendbrot. Er zeigte hinüber, sie schüttelte den Kopf. Er sagte, wie heißt du. Maria, sagte sie. Er spielte ein altes Marienlied für sie und sagte zwei Strophen auf. Er hatte lockeres schwarzes Haar, unter dem linken Auge ein kleines halbmondförmiges Muttermal.

Er glitt vom Stapel und hob sie hinunter. Er küßte sie, gerade ein Schmeicheln der Lippen. Wie heißt du, fragte sie. Er hielt sie, die Hände auf ihren Schultern, auf Armlänge von sich. Er lächelte, ein Lächeln wie die Melodien seiner Harmonika, Anomen, sagte er. Wie lange bleibt deine Klasse hier. Noch fünf Tage, sagte sie.

Fünf Tage für dich und mich, sagte er. Wenn du willst.

Der Bus im Dorf fährt zwei Minuten vor acht.

Am späten Abend entschied sie, kein Zittern im Kopf und das Herz ruhig, zum ersten Mal über sich, schlief gut und traumlos und sagte am Morgen, den Rucksack schon auf dem Rücken, zu der Lehrerin, ich fahre heim.

Ein kleines Gasthaus, nur zwei Haltestellen weit, fünf Tage Maria und Meen.

Keine Trauer am Ende, das Mädchen Maria Castella wußte, ich habe mein Glück gehabt. Anomen. Das gewöhnliche Leben kommt.

Maria Maader lehnte sich schwer in ihren Sessel zurück und schwieg. Kunz, der jedes, auch das kleinste Verfälteln im massigen Gesicht seines Chefs schon im Entstehen deuten konnte, sah ratlos in das unbewegte flächige Gesicht der Frau. Wie immer, wenn er keinen Rat wußte, redete er, mit kleinen Schmatzlauten dazwischen, manchmal auch mit einem Lispeln. Er pries die Fähigkeiten der Frau, erprobt auf wichtigen Stühlen, immer der Kopf klar, die Augen auf das Wesentliche gerichtet, Frauenverstand – er dachte: und Männerellbogen –, Mut, auch unpopulistisch zu entscheiden – ein Kühlschrank, dachte er –, redete und lächelte, lächelte und redete und trank dabei die leere Teetasse wiederholt leer.

Während der ganzen Zeit kniete er auf dem Boden, sortierte die Teile des zusammengebrochenen Stuhls, nahm eine große Tube Alleskleber von ihrem Tisch und begann zu leimen, aufs Leimen und Kitten verstand er sich ausgezeichnet. Freilich auch aufs Gegenteil.

Am Ende lag der Stuhl, wieder ganz, auf dem Boden, zu schnell aufgestellt geht auch anderes aus dem Leim. Es verwunderte Kunz nicht, daß ein Splitterchen übriggeblieben war, ein Splitterchen bleibt immer übrig. Er steckte es in die Hosentasche. Dann legte er die Akten auf den Tisch und holte das Grinsen, das er vor dem Spiegel als jungenhaftes Lächeln übte, auf sein Gesicht.

»Das kenne ich«, sagte der Forstmann, und der Schulze sagte: »Die wird annehmen. Sie also wird gegen uns anreiten.«

»Einen Brauereigaul braucht sie unter dem Sattel«, bemerkte der Schulmann, der sich auf Statik verstand.

Ihre Kilo sind ihre Sache, meinte der Schulze, aber daß sie unsere Grafschaft stückweise verscherbeln will, ist unsere. Wir halten zusammen, was zusammengehört. Oder die Hälfte von uns müßte auswandern, ums Brot, Herre, ums Brot...

Das alte Goralenlied, der Forstmann stimmte es an. Es war kein lustiges Ende der Geburtstagsfeier.

Unterwegs nach Hause fiel Benno Bossak der letzte noch lebende Graf ein. Ein Splitterchen. Aber vielleicht war es ein Balken.

Am Sonntagmorgen, als sie allesamt in der Kirche saßen und der Pfarrer gegen das Goldene Kalb anpredigte, das auch schon »in unserer christlichen Grafschaft auf die Weide getrieben« werde, geriet dem Schulzen Franz Franska wieder Maria Maader in den Kopf. Da dem Predigenden nur einige unwesentliche Unschönheiten des Kalbes die Rede bestimmten, Hörner hatte es keine, die Hufe waren Hüfchen, auch im Pfarrgarten hatte man Abdrücke entdeckt, dachte sich der Schulze aus eigener Vorstellung ein paar Dinge aus der schönen Alten Welt der Frau Maader aus. Kaviar, zum Beispiel, mit silbernem Löffelchen gelöffelt, dazu ein Glas – aus Kristall natürlich – Champagner aus der wirklichen Champagne. In Wahrheit aber verteilte die Frau einen winzigen Klecks Butter auf einer Scheibe Graubrot, energisch, mit kurzen, harten Bewegungen. Ihr Mann aß Eier auf Speck.

Sie sagte: »Das Gesündeste ist das auch nicht für dich.«

»Ich weiß«, entgegnete er. »Aber es schmeckt.«

»Schmeckt. Vieles schmeckt.« Sie biß ein gehöriges Stück vom Brot ab, ihre Kinnladen taten ihre Arbeit, es war notwendig zu kauen, nicht notwendig zu schmecken. Sie trank einen Schluck schwarzen Kaffee nach und erwähnte Kunz und das Angebot.

»Interessant?« fragte er. Der krösse Speck war für ihn interessanter.

Sie antwortete nicht.

Der Mann brach ein Stück Brot und strich das Pfännchen aus, sie nahm die Zeitung und schlug die Wirtschaftsseiten auf. Ohne aufzusehen, fischte sie eine Zigarette aus der Dose, er gab ihr Feuer und zündete sich eine Zigarre an. Sechsundzwanzig Jahre, dachte er. Ich werde mich nie an ihre Art, Zeitung zu lesen, gewöhnen, das harte, ungeduldige Umschlagen der Seiten. Er sagte, er fahre golfen.

Er fuhr nicht auf den Golfplatz, sondern über die Autobahn zu der älteren Tochter in einer kleinen Stadt. Deine Mutter hat einen neuen Job, wird er sagen, sie läßt dich grüßen. Ach, wirklich, wird die junge Frau grienen. Sie werden lachen, Mutter hat einen Job, ein Job hat Mutter.

Daß da ein Mann war und eine Tochter, und die beiden spöttelten über die Mutter – wie sollte der Schulze das wissen können, wenn die Medien doch stets nur die kompakte Rechenmaschine in Rock und Bluse vorstellten? Eher schon war für ihn vorstellbar, daß sie nun telefonierte, mit Kunz wohl, daß sie die Aufgabe zu den ihr vorliegenden Rahmenbedingungen übernehme, alles Nähere sei nach einem ersten Besuch in jener dubiosen Gegend zu klären. Zu diesem breche sie übermorgen auf. Hubschrauber und gepanzertes Auto haben ab Landeshauptstadt zur Verfügung zu stehen. Denn wenn schon die Sache von solcher Wichtigkeit und Gewichtigkeit sei, müsse das auch sichtbar dargestellt werden. Das Salär drücke das zwar aus, erfülle aber wohl diesen Zweck nicht.

Von da an brauchte der Schulze seine televisionären Fähigkeiten nicht mehr, das Schulzenamt erhielt amtliche Nachricht, daß erstens die LAFORAG »Grafschaft« auf Eis gelegt und zweitens in dieser Angelegenheit Frau Maria Maader im Anmarsch sei. Der Schulze selbst bekam eine persönliche Mitteilung eines guten Freundes, der auf dem Flughafen der Hauptstadt seinen Dienst versah.

Am Dienstag landete die mit außergewöhnlichen Vollmachten ausgestattete Präsidentin der speziell dafür gegründeten Gesellschaft »Befugte Anstalt für Ab- und Auflösungen« – kurz BAAAL – mit der ersten Linienmaschine in der Residenz und führte ein informelles Gespräch mit dem Landeschef. Sie kannten einander seit langem, waren weder Freund noch Feind, hatten sich nebeneinander und gegeneinander hochgearbeitet, in der Tasche das gleiche Mitgliedsbuch, leicht verschieden schattiert zwar, waren gefallen, aber nie fallengelassen worden, gestürzt und wieder aufgestanden – darin und in manchem anderen Vor- und Nachbild ihrer Zunft.

Am Ende des wirklich nur unpersönlichen Gesprächs fragte Maria Maader, auf welche Art Leute dort sie sich einzustellen habe. Ihr Partner glaubte, nicht ohne Genugtuung, eine gewisse Unsicherheit herauszuhören und meinte, da sei nichts zu befürchten, keine Kannibalen und aus dem Jäger- und Sammlerzustand auch schon fortentwickelt.

»Ich fürchte mich niemals und vor niemandem, lieber

Freund«, sagte die Frau. »Nicht mal vor«, sie lachte ein dreimalig gehacktes Ha, »vor Königen.«

Diesen Satz trug sie später, im Hubschrauber sitzend, in ihr – wie sie es nannte – persönliches Berichtsbuch ein, dann blätterte sie ein weiteres Mal die Akten durch.

Der Hubschrauber landete auf dem Sportplatz von Salow, der gepanzerte Wagen stand bereit, bereit auch eine Abordnung zur Begrüßung. Auf einem flachen Teller aus hellem Holz lag ein Stück dunkles Brot, glitzerte ein Häufchen Salz und stand ein Schüsselchen mit duftendem Öl. Ohne die geringste Widerspenstigkeit brach die Frau ein Stück Brot ab, tunkte es ins Öl und stippte es ins Salz. Doch barbarisch, dachte sie, aber ganz übel schmeckte das unbekannte Öl nicht. Ein Mann von guter Statur und mit gutem Kopf reichte ihr die Hand – ein bißchen seltsam doch, fand sie – und sagte: »Ich bin Franz Franska, der Schulze, genannt Efef.«

»Ich bin Maria Maader«, sagte sie, zum eigenen Ärger ins Persönliche verführt, und schritt in seiner Begleitung zum gepanzerten Wagen.

Als sie einstieg, sagte der Schulze: »Auf Wiedersehen.«

Sie wandte sich halb um: »Wohin?«

»Ja, das weiß *ich* nicht«, sagte der Schulze.

Überrascht, aber noch nicht irritiert, sagte sie: »Man hat mich doch angemeldet.«

»Das ja«, sagte der Schulze. »Daß Sie hier landen werden.«

Pure Freundlichkeit, urteilte sie, aber doch noch sehr aus dem Busch. »Hier gibt's doch ein Schloß ...«

»Ja, ein Schloß haben wir.«

»Also fahren wir hin!«

»Ja, das können wir. Wenn Sie es sich ansehen wollen ...«

Sie wurde langsam ungeduldig. »Lassen Sie doch Ihr dauerndes Ja! Kann ich dort einziehen?«

»Nein«, er wiegte bedauernd den Kopf. »Da ist kein Platz.«

»Sagen Sie, Schulze«, die Stimme schon sehr harsch, »wissen Sie nicht, wer ich bin und wozu ich da bin?«

»Ja«, antwortete er, »das erste schon. Sie haben ja selbst gesagt, daß Sie Frau Maria Maader sind. Ich glaube Ihnen. Und«, fügte er in seiner langsamen Sprechweise hinzu, »das gepanzerte Auto brauchen Sie bei uns nicht. Wir tun niemandem etwas.«

Die Frau schlug die Wagentür zu und ließ das Fenster heruntergleiten. »Bis morgen finden Sie heraus, wozu ich hier bin! Wo kann ich bis dahin bleiben?«

»Ja«, sagte der Schulze, »wir haben da in unserer Heide ein Gasthaus. Da gibt's auch Zimmer.«

»Wie komme ich dahin?«

»Da gibt es einen Weg. Aber das Haus ist heute geschlossen.«

»Und die nächste Stadt?«

»Ja, die ist außerhalb. Zwanzig Kilometer ungefähr. Aber unsere Straße ist nicht gut für solche Wagen.«

Mit einem Sprung, den keiner der fülligen Präsidentin zugetraut hätte, war sie aus dem Auto und stürmte den Hubschrauber. Sie flog zurück in die Hauptstadt, und erst dort im Hotel fand sie ihre bekannte sture Nüchternheit soweit wieder, daß sie den Bericht über das erste Zusammentreffen mit dem Schulzen von Salow, Efef – seinen rechten Namen hatte sie vergessen –, aufs Band sprechen konnte. Dabei wurde ihr klar, daß die übernommene Aufgabe, einen Tumor, bevor er wuchern und gar Metastasen bilden könnte, zu beseitigen, doch nicht ganz ohne Schwierigkeiten zu lösen sein dürfte. Das machte sie in dem engen Feld, das sie Emotionen zugestand, vergnügt. Sie freute sich darauf, diesem Schulzen zu zeigen, wer Maria Maader ist.

Sie stellte schriftlich einen Grobplan für die nächsten zehn Tage auf, beorderte ihre noch kleine ausgewählte Mannschaft für morgen früh hierher, aß zu Abend Eisbein mit Sauerkraut, trank zwei Glas Bier, ein gutes Glas einheimischen Kornschnaps und legte sich schlafen. Zwei Stunden später erwachte sie aus einem Alptraum, der eigentlich gar kein Alptraum war: Sie ging mit einem kleinen braunen Hund –

wohl einem Dackel – auf einem Waldweg spazieren. Weit vorn saßen drei große schwarze Hunde. Sie geriet in Panik, wachte auf, der Traum war weg, der Alp noch da. Sie verbrauchte viel Energie, um ihn schließlich abzuwerfen.

4

Noch bis vor zwei Generationen war alles Schulzenamtliche in Salow durch die Gemeindekeule bekanntgemacht worden. Nachdem diese in jenen unseligen Bürgermeisterzeiten durch Schreibmaschine und plärrende Lautsprecher verdrängt worden war, hatte sie der Tischlermeister August Tepela fachmännisch konserviert und in seiner Werkstatt aufbewahrt. Dessen Sohn und Nachfolger Jan, der stets und überall für das Erbe der Väter plädierte, brachte als neugewähltes Schulzenratsmitglied die Keule in die erste Sitzung des Rates und stellte den förmlichen Antrag – so sagte er –, die alte Gemeindekeule wieder zu neuen Ehren zu bringen. Der Schulze Efef, an sich der Auffassung, daß nicht alles Alte unnütz sei, begriff sogleich, die Keule hülfe sowohl Papier sparen als auch die plärrenden Trichter von den Strommasten abzureißen, und auf sein Wort hin wurde der Antrag Jan Tepelas einstimmig angenommen.

Nun, am Nachmittag nach dem donnernden Abflug der Chefin von BAAAL, beschrieb der Schulze einen Zettel, heftete ihn an die Gemeindekeule und legte diese seinem Ältesten auf die Schulter. Der Junge, eben elf Jahre alt, aber viel Muskeln auf den Knochen und guten Verstand im Kopf, wollte später entweder bei Juventus Turin Fußball spielen oder aber Schulze in Salow sein, beides schien ihm gleichgewichtig, und er hatte sich noch nicht entschieden. Er schwang die Keule ein paarmal durch die Luft, als wollte er sie auf einen Eisenkeil niedersausen lassen, dann trabte er los zu Tepela, dem nächsten der Räte. Tepela las: »Acht Uhr Schulzenrat«, sagte: »Ist gut« und schickte seinen Sohn zum nächsten Rat.

Um acht Uhr saßen elf Räte, der Schulze und als ständiger Gast der Chronist Benno Bossak am großen ovalen Tisch im Schulzenamt. Der Tisch, auf einem mächtigen eichenen Fuß stehend, die schwere Platte aus Eschenholz, war die einzig erhaltene Beute aus der Salower Revolution von 1792. Er hatte, ausrangiert, weil unpassend zu den neuen Möbeln, wie sie zur Zeit der letzten französischen Ludwige Mode waren, verstaubt im Schloßkeller gestanden, und jener siegreiche Schulze hatte, weil viele Salower auf diesem Tisch festgebunden und blutig – manche auch zu Tode – geprügelt worden waren, das schwere Stück ins Schulzenhaus schleppen lassen: von nun an würden die Salower, daran sitzend, frei über sich selbst beraten und beschließen.

Daß und wie jener Schulze wenig später zuerst ein Stück Leib und dann sein Leben verlor und was der mächtige Tisch für ihn bedeutet hatte, fand sich nur im ersten aufgeschrieben in der gräflichen Chronik, das zweite war von Schulze zu Schulze weitergegeben worden, und schließlich hatte es Benno Bossak in seine Chronik aufgenommen.

Nun saß Bossak, weißhäuptig, aber kein Greis, als ständiger Ehrengast mit den elf Räten und dem Schulzen an diesem Tisch. Die zwölf waren, nicht befragt nach irgendwelchen Mitgliedschaften, allein aufgrund ihres Ansehens und ihrer vermuteten Eignung, nach Recht und Gerechtigkeit zu handeln, frei in das Amt gewählt worden.

Der Schulze hatte jeden beim Eintritt begrüßt, mit einem Nicken, einem Wort, irgendwelche Formeln zu Beginn waren also überflüssig, und so begann er: »Frau BAAAL ist auf uns herabgekommen und wieder aufgestiegen. Morgen erscheint sie erneut – wann sie startet, erfahre ich rechtzeitig –, und dann läuft alles ab, wie wir's beraten haben. Als erstes die Schule.«

Die Schuldirektorin Edith Mikan, fünfundzwanzig Jahre

Schulerfahrung, helle braune Augen, sanfte Stimme, im übrigen starkknochig und mit viel Fleisch, sagte: »Alle Schüler haben Sport im Freien, sobald die Sirene ertönt.«

»Zweitens: die Feuerwehrkapelle.«

Der Oberforstmeister Hajnik, grauhaarig und schlank, lächelte. »Wir spielen den Begrüßungschor aus Zar und Zimmermann, zweimal, beim ersten Mal bleiben wir stecken.«

Ein Blick zum Tischlermeister.

Tepela sagte: »Ich werde reden, weil du dich verspätest. Ich setze mich die halbe Nacht vor die heilige Bibel. Die frommen Sprüche habe ich«, er verzog den Mund, »sowieso im Kopf.«

Der Schulze nickte. »Wahrlich, wahrlich, wir wissen es, das hast du. – Dann komme ich angehechelt. Wie es sich weiter abdröselt, hängt von ihr ab. Wahrscheinlich wird sie das Schloß requirieren wollen. Du bist gefragt, Hanka.«

Hanka Elle, Museumsfrau mit Diplom, erklärte: »Wir haben alles irgendwie Mögliche vom Boden geholt. Der Museumstrakt ist übervoll. In die Werkstatt«, diese unterstand ihr ebenfalls, »kommen morgen früh zehn ausgeliehene Behinderte hinzu.«

»Gut«, sagte der Schulze. »Und dann erscheint vor der Freitreppe dein Schulchor, Kantor.«

Der Kantor, vom Äußeren – und seiner Meinung nach auch vom Geist – her der vornehmste Mann von Salow, Junggeselle, weil er keine Seele, passend zu der seinen, aufgespürt hatte, war die Nabe allen Kunstgeschehens in den sieben Dörfern der Gemeinde.

»Wir singen unser ganzes Repertoire«, sagte er. »Einschließlich zweier Soli von mir, ›Ave Maria‹ und ›Ach, wie so trügerisch‹.«

»Paßt!« sagte Hanka Elle. Einige lachten.

»Und wenn es regnet?« murrte Peter Wotawa, Bauer und Wettersachverständiger. »Mein linkes Knie …«

Was unterhalb seines Knies einmal Haut und Knochen und Fleisch gewesen war, war höchstens noch ein Knochen im Sand irgendwo in der Wüste zwischen El Alamain und Tobruk.

»Rede deinem Knie um Gotteswillen gut zu«, sagte der Schulze. »Unsere Regenvariante ist sehr wäßrig. – Schön, also weiter! Frau BAAAL, heißt es, hält auch achtzehn Stunden durch, soviel können wir nicht aufbieten. Vielleicht wird sie etwas angekratzt durch unser Programm ...«

»... vor allem durch deine Arie, Kantor«, warf Hanka Elle ein. »Wir applaudieren so lange, bis du noch einmal singst. Richtig mit Gefühl! Und ein paar falsche Töne ...«

Der Kantor fiel ihr ins Wort: »Ich kann nicht falsch singen!«

»Weiter!« drängte der Schulze. »Wir müssen zu Ende kommen.«

»Ich muß ja noch meine Sprüche lernen«, sagte Jan Tepela mit dem Nachdruck, der einem Sprüchelerner zusteht.

»Nun«, fuhr der Schulze fort, »wird sie – vermutlich – meine Baracke stürmen.« Seine ›Baracke‹ war ein zweigeschossiges Haus, in dem zu Grafenzeiten der Rentmeister und der Oberinspektor der Güter ihre Wohn- und Arbeitsräume gehabt hatten und das später, mit einem ebenerdigen Anbau versehen, bis zum Hosenfall der Zeit die Verwaltung des volkseigenen Gutes beherbergte. »Dagegen können wir nichts machen. – Die Mäuse, Benno, wie viele hast du?«

»Leider nur sieben. Und eine Ratte«, bekannte der alte Chronist.

»Frau BAAAL – das steht zu befürchten – hat keine Angst vor Mäusen. Aber möglicherweise ihre Sekretärin. Vielleicht sollte man ein bißchen mit Speck parfümieren ...«

Der Jüngste im Rat, auch schon achtundzwanzigjährig, Fleischermeister in Schulzendorf, hob die Hand und erbot sich, das Nötige noch am Abend zu tun. Er wurde mit Einverständnis aller sofort dafür freigestellt. Ohnehin war er der große Schweiger in der Runde, fiel auch gelegentlich in den Kirchenschlaf: die Ohren zu und ein halbes Auge offen.

Es gab auch nicht mehr viel zu besprechen, und Jan Tepela, den es zu seinen Sprüchen trieb, schloß die Beratung anstelle des Schulzen, indem er aufstand und sagte: »Gott helfe uns. Er wird es schon richten. Amen.«

Da der Schulze keinen Einspruch erhob, klopften die Räte mit den Knöcheln auf den Tisch und gingen.

Franska bat Benno Bossak zu bleiben.

Bossak hatte nach dem Krieg seiner Chronik wegen, aber auch gewissermaßen in Fortsetzung vieler guten Gespräche, Verbindung zum geflohenen Grafen gehalten. Nach dessen Tode ließ der Sohn, er war einer seiner besten Schüler, den Leistungen und auch dem Charakter nach, gewesen, die Fäden nicht abreißen, und mit der Zeit entstand auch zwischen dem alten Lehrer und seinem ehemaligen Schüler aus den ersten drei Klassen der Volksschule ein persönliches Verhältnis. Der damalige Junge war nun ein bekannter Historiker und lebte und lehrte in Hamburg.

»Wie fühlst du dich, Benno?«

»Gut. Normal.«

»Traust du dir die Reise nach Hamburg zu?«

»Aber ich müßte erst telefonieren, ob er da ist.«

Und wenn er da wäre und Benno Bossak führe zu ihm – was war zu gewinnen? Der fromme Tischler Tepela würde sagen: Das liegt in Gottes Hand.

Bossak sagte: »Wir kennen uns durch *Briefe*. Ich hatte als Soldat eine, nun ja, Postbeziehung zu einem Mädchen. Sie schickte mir Päckchen und schrieb die schönsten Briefe. Als wir uns dann trafen, war sie sehr hübsch, rechthaberisch und geizig. Nach einer Stunde war alles vorbei.«

Sie schwiegen. Der Schulze spielte mit seiner kalten Pfeife. »Willst du es versuchen, Benno?« fragte er schließlich.

Bossak lächelte. »Klopfet an, und es wird euch aufgetan. Vielleicht. Wer nicht klopft, dem bleibt die Tür auf jeden Fall verschlossen.«

»Also laß uns klopfen!« Er gab dem alten Lehrer die Hand. »Und komm gesund wieder. Und, Benno – die Mäuse!«

»Ich bringe sie gleich in die Baracke.« Er ging, die rechte Hüfte tat weh, aber es wird sich schon einlaufen.

Franz Franska jauchte noch, nicht zu heftig, das Gartenstück hinter der ›Baracke‹, telefonierte später in seinem Büro mit dem Pfarrer in Kirchdorf, bat ihn noch einmal, vor dem Schloß dabeizusein, und fuhr dann mit dem Fahrrad nach Hause. Seine Frau, Arzthelferin im Kirchdorf, scheuchte eben ihren Ältesten zu Bett. Das Haus duftete nach Plinsen, auf Leinöl gebacken.

»Stärkt die Nerven, Lubinka«, sagte er. »Wenn du noch Preiselbeeren dazugibst …«

Sie stellte ein Schüsselchen auf den Tisch; sie aßen, er berichtete, sie tranken einen trockenen Sherry, er hörte die Spätnachrichten, und als sie vorbeiging, fing er sie am Rock ein.

»Du bist ein verrückter Kerl!« sagte sie.

»Ja«, sagte er. »Gottseidank.«

Ja, dachte sie, als sie die Treppe hochstieg. Die alte eichene Treppe knarrte. Lubina Franska hatte schmale Fesseln, schlanke Beine und war darüber hinauf eitel Wohlgefallen.

5

Donnernd schwebte der Hubschrauber aus blauem Himmel herab, und unten auf dem grünen Rasen des Sportplatzes wimmelte es von Kindern. Mit großem Aufwand an Gerenne und Gestik gelang es Lehrern und Lehrerinnen, sie in Gruppen zusammenzutreiben und hinter den Stangenbarrieren einzuhürden, doch immer wieder brachen einige aus und rannten zurück nach liegengebliebenen Sportsachen, Bällen, Kleidungsstücken. Endlich war der Landeplatz geräumt, die Maschine begann zu sinken, da marschierte eine Blaskapelle auf, weiße Hosen, blaue Jacken und rote Helme. Sie umrundete den Platz auf der gekiesten Laufbahn und stellte sich vor dem nördlichen Fußballtor auf. Aus dem Himmel schrie ein Lautsprecher: »Weiter zurück!« Die Kapelle, auf solche Befehle nicht vorbereitet, marschierte verstört über das Grün ans andere Ende. Von dort konnte man dem Herabschwebenden entgegensehen, ohne der Sonne ins Gesicht starren zu müssen.

Der Hubschrauber landete, die Tür öffnete sich, die Präsidentin von BAAAL kletterte schwerfällig und nicht in bester Laune heraus, zweihundertundsiebenunddreißig Kinder schrien Hurra, Hoch oder Sport frei, es war nicht zu verstehen, und die Feuerwehrkapelle spielte mit aller Kraft der Lungen »Heil dir, die du uns erschienen«. Maria Maader, aus früheren Ämtern gewohnt, offizielle Begrüßungen zu erleben, verharrte, ihr Gefolge verharrte auch, und als die Kapelle schlimm aus dem Ton geriet, ihr Hauptmann sie heftig unterbrach und die Begrüßung noch einmal von vorn spielen ließ, winkte sie energisch ab. Doch eine richtige Kapelle, und schon gar eine von der Feuerwehr, gehorcht nur dem Taktstock und läßt sich von fremden Frauenzimmern nicht vom Tuten, Blasen und Auf-die-Pauke-Hauen abhalten.

Der letzte Ton schwebte noch über dem Rasen, als Kinder und Lehrer wieder Hurra schrien und eine Gruppe Halbwüchsiger aus den zehnten Klassen skandierend brüllte: »Es lebe BAAAL!« Von dort her drängte sich ein Mann im Bratenrock durch, schritt gemessen, in der linken Hand einen schwarzen Hut, in der rechten ein weißseiden garniertes Sträußchen Veilchen, auf BAAAL zu. Vor der Präsidentin blieb er stehen, verneigte sich leicht und sprach: »Den Frühling dem Frühling, oder, wie der Prophet Joshua sagt – in seinem Buch Vers drei –: Grüßet nicht nur den Herrn, grüßet auch die Herrin, die da waltet in seinem Hause.« Er übergab ihr die Veilchen, sie bedankte sich und setzte nun ihrerseits an, forsch voranzuschreiten. Doch da hielt ihr der Mann seinen Hut vor wie ein Polizist seine Stop-Kelle und hub an zu reden. Zuerst über Moses, der die Söhne und Töchter Israels aus der Tyrannei der heidnischen Pharaonen heimführte in das ihnen angelobte Land, blühende Landschaften, wo Milch und Honig fließen werden. Dann ging er in einem kühnen Bogen auf den heiligen Apostel Paulus ein, der ein Saulus gewesen sei, heidnisch und hoffärtig, und später sich bekehret habe – so wie uns allen zu bekehren der Herr gnädig helfen möge! – und habe gelehrt: Gebt dem Kaiser, was des Kaisers ist, aber das Eigene haltet in den Händen, damit es euch gut gehe und euern Kindern. Denn wahrlich, wahrlich, ich sage euch, wer das Erbe der Kinder vergeudet, dem bleibt das Himmelstor verschlossen.

Hier zog sich die persönliche Sekretärin der Präsidentin aus der Tür des Hubschraubers in dessen Inneres zurück und grollte zum Piloten hin: »Die sind ja bescheuert!«

Der Pilot fand es lustig, er war nicht ganz von der Ernsthaftigkeit des frommen Mannes im Bratenrock überzeugt, und der barschen Herrin da draußen gönnte er, in der schönen Sonne stehen und sich die halbe Bibel erklären lassen zu müssen.

Jan Tepela war bei der Bergpredigt angelangt und ließ sich eben darüber aus, wie es sich verhalte mit dem Reichen und dem Kamel, dem Himmel und dem Nadelöhr, da unterbrach er sich selbst, setzte den Hut auf, sagte mit seiner alltäglichen Tischlermeisterstimme: »Gottseidank, da kommt er ja!« und trat ein wenig zur Seite, um Frau BAAAL den herbeieilenden Schulzen sehen zu lassen.

Der Schulze, noch ganz außer Atem, nahm der verdutzten Frau die Veilchen aus der Hand, stellte sich in Positur und begann – immer noch stoßweise: »Im Namen der neuntausendsiebenhundertunddreiundachtzig Bürgerinnen und Bürger der einstigen Cordialisch-Anomenischen Grafschaft und gegenwärtigen Großgemeinde Salow habe ich die Ehre ...«

Die Präsidentin, die wirklich nicht mehr länger stehen konnte, murrte: »Die Ehre haben Sie schon gestern gehabt, Schulze! Und im übrigen bin ich für heute ausgiebig beredet worden von diesem Herrn da.«

Tepela trat heran und stellte sich vor: »Ich bin der Tischlermeister Jan Tepela, Fenster, Türen, auch Särge, wenn Bedarf sein sollte. Ich bin eingesprungen, weil er ...«

»Ja, leider«, sagte der Schulze, »weil nämlich auf der Straße bei Schulzendorf vor der Brücke über die Satkula eine Zugmaschine in den Graben gerutscht ist und der Hänger quer steht. Ich konnte mit meinem Auto nicht durch und ...«

Erst jetzt stellte Maria Maader murrend fest, daß ihr gepanzerter Wagen nicht bereitstand.

»Ja«, sagte der Schulze, »der steht auch dort. Leider.«

»Na ja«, sagte die Frau. »Zum Schloß wird es doch nicht so weit sein, daß man es nicht zu Fuß erreichen könnte. BAAAL wird dort einziehen.« Sie setzte sich in Bewegung, leicht vorgeneigt, die mächtigen Hüften kräftig schwingend, die Hochrufe der Kinder quittierte sie mit einem Gletscherlächeln, während der Schulze erklärte, die Schule habe einmal im Monat den Projekttag Sport und Kultur, und das sei eben gerade heute.

Die Feuerwehr stürmte vorüber und setzte sich an die Spitze des Zuges, zehn Schritt, dann hatte sie den Radetzky-Marsch, und die Präsidentin marschierte – es lag ihr im Blut – im Paukenschlag die lange, gewundene Pflasterstraße entlang, vorbei an Schule, Kaufhalle, Bauerngehöften und einfachen Häusern, auf einem Holperweg zwischen zwei Dorfteichen und schließlich über eine Holzbrücke in den Rosengarten vor dem Wasserschloß, die gesamte Schule und das halbe Salow hinterher.

Vor dem Schloß postierte sich die Feuerwehrkapelle, immer noch mit dem Radetzky-Marsch beschäftigt, links und rechts auf den Stufen der Freitreppe, der Dirigent salutierte, ein interessanter Mann, stellte die Geehrte fest, als sie an der Seite des Schulzen, ihr Gefolge hinterdrein, die Treppe hinanstieg zum weit geöffneten Portal.

Im Portal stand Hanka Elle, die Schmiedsfrau, eitel Freude von Ohr zu Ohr, zwei Kindergartenmädchen lispelten, halb erst-, halb zweitzahnig, einen Begrüßungsspruch, überreichten jedes ein Händchen voll Margeriten, und Hanka Elle stellte sich vor: »Ich bin die Leiterin unseres Heimatmuseums, ich freue mich sehr, Frau Präsidentin, Ihnen und Ihren Damen und Herren unsere bescheidenen Exponate zeigen zu dürfen.«

»Danke!« sagte Frau Präsidentin und setzte den Fuß über die Schwelle.

Gleich in der dämmrigen Halle japste sie überrascht auf. Auf dem Steinboden standen vor dem Kamin der mächtige einbeinige Tisch aus dem Schulzenhaus, ein rustikaler nackter Holzsessel mit sehr geräumiger Sitzfläche, entlang der Wände wuchtige Schränke, und auf den freien Flächen zwischen ihnen hingen in Öl gemalte Porträts Cordialisch-Anomenischer Gräfinnen und Grafen. An eines trat sie, von einem unbekannten Geruch angezogen, nahe heran.

»Der riecht«, sagte sie. »Sonderbar!«

»Das ist Erlaucht Ambrosius Benedikt Christofer Deodorantus Graf Cordialis Und Anomen«, erklärte die Leiterin. »Er hat noch Napoleon gesehen, später ist er erblindet.«

Was so gut rieche, ergänzte der Schulze, das sei das berühmte Leinöl der einstigen C + A Grafschaft, deren Rechtsnachfolger bekanntlich Salow sei.

Maria Maader riß es den Kopf herum, einer ihrer Gefolgsmänner hüstelte spöttisch, doch statt diesem Schulzen in die Parade zu fahren, murmelte sie: »Interessant« und meinte eine große, dunkle, aber reich mit – irgendwie groben – Schnitzereien versehene Truhe. Die stünde wirklich sehr schön bei mir, dachte es in ihr, und sie sagte: »Achtzehntes Jahrhundert?«

Hanka Elle schüttelte bedauernd den Kopf. »Mit der ist Großgraf Emanuel zur Wartburg gereist, um Martin Luther zu sehen. – Leider«, fügte sie an, »sind wir in den anderen Räumen noch viel beengter. Bitte, mir zu folgen.«

Sie folgten ihr durch drei Räume im Erdgeschoß und vier

oben und sahen, daß ihre Führerin durchaus nicht übertrieben hatte. Immer wieder bat sie um Vorsicht und meinte einmal seufzend, daß wohl die Behinderten im anderen Trakt des Schlosses würden weichen müssen.

Hier protestierte der Schulze energisch, und da das offenbar ein latenter Streitpunkt zwischen den beiden war und sofort ein hitziger Disput zwischen der freundlichen Museumsfrau und dem, doch wohl etwas dümmlichen, Schulzen auszubrechen drohte, trat die Behörde dazwischen.

»Lassen Sie das! Das kläre ich dann!«

Damit wandte sich die Präsidentin um, weil jedoch kein Platz war, sie ohne Beschädigung der Museumsstücke nach vorn durchzulassen, schritt sie nun hinter ihrem Gefolge – nach ihr nur noch der Schulze und die Leiterin des Museums, die weiter halblaut stritten – durch Zimmer, Gänge und über Treppen zurück zum Portal. Unten auf dem Vorplatz die Menschenmenge schrie wieder entzückt und begeistert, die Feuerwehr auf den Stufen nahm Haltung an, ihr Hauptmann salutierte – dieses markante Gesicht kenne ich irgendwoher, ging es der Präsidentin wieder durch den Kopf –, auf der untersten Stufe hob ein Mann mit einer graumelierten Künstlermähne die Arme in Schulterhöhe, und der Schulchor vor ihm verkündete hell, klar und laut, daß der Mai gekommen sei.

Nicht auch das noch, dachte die Präsidentin, doch bevor sie noch gegen die geballte Freude über ihre Anwesenheit einschreiten konnte, schoben ihr Schulze und Museumsfrau ein hölzernes Etwas in die Kniekehlen, und schon saß sie in dem eichenen Monstrum, das ihr erst vor dem Kamin in seiner Wuchtigkeit aufgefallen war. Sie spürte, daß sie gut hineinpaßte, und das machte sie nicht fröhlicher.

Der Chor sang unermüdlich – wieviel Volkslieder es doch gab! –, der Präsidentin schien die Sonne ins Gesicht, und die dicke braune, sorgsam gelegte Haarwelle glitt immer wieder über das rechte Auge hinab. Maria Maader stützte mit der geballten linken Faust ihr eckiges Kinn und starrte geradeaus in das noch kahle Zweigwerk einer mächtigen Linde. Sie bedachte vieles, in ihren Akten Festgelegtes ebenso wie die nächsten Schritte, und als sie auf ihre Uhr blickte und feststellte, daß der Chor da unten schon neununddreißig Minuten lang tirilierte, auch für einen Augenblick, daß dieses überaus reiche Programm zu ihren Ehren vielleicht nicht ausschließlich gedacht war, sie zu ehren. Andererseits, wie es der Schulze auf dem langen Marsch zum Schloß glaubhaft versichert hatte, hatte sich noch nie eine bedeutende Persönlichkeit und gar eine Präsidentin hierher – sie dachte: wo sich Fuchs und Hase noch freundlich gute Nacht sagen – verirrt.

Die versammelte Menge unten klatschte frenetisch, die Präsidentin klappte auch zweimal die Hände gegeneinander und ergriff die Armlehnen, um sich aufzustützen. Da wandte sich der Chordirigent um.

»Zu Ehren unseres hohen Gastes, der Präsidentin von BAAAL, bringe ich zwei Soli, dem Anlaß angemessen, zu verehrtem Gehör.«

Der Teufel soll ihn holen, murrte die Präsidentin fast ohne Stimme, worauf ein unter der Nase Schwarzbärtiger aus ihrem Gefolge sich zu ihr niederbeugte und flüsterte: »Bitte, Frau Präsidentin?«

»Ich habe Sie nicht gerufen«, knurrte sie jetzt vernehmlich, während sich der Sänger vor der Treppe selbst den Ton gab, sich in die rechte Positur brachte und mit leisem Tremolo zu Maria Maader hinauf sang:

»Ave Maria, gratia plena …«

Die Angesungene, die auch ohne Programmzettel Bach und Beethoven einigermaßen auseinanderzuhalten vermochte, fand, daß er wirklich schön singe. Das fanden auch alle anderen, und der Applaus wollte nicht enden. Doch dann sang der Mann erneut los, dieses Mal in Gestik und Stimme, als stünde er auf der Bühne der Mailänder Scala, und beklagte laut, wie, ach, so trügerisch die Frauen doch seien.

Der Mann, der sich erst zur Präsidentin niedergebeugt hatte, flüsterte jetzt ins Schulzenohr: »Ihr seid ja eine ausgekochte Gesellschaft!« Er reichte dem Schulzen die Hand. »Teufel übrigens ist mein Name.«

Der Schulze grinste: »Ich bin Efef.«

»Paßt!« sagte Teufel, und das war auch das Schlußwort dieses Vormittags, der die robuste Präsidentin bis an den Rand ihrer Widerstandsfähigkeit gebracht hatte. Und zum bösen Abschluß noch jene Arie.

Maria Maader sah ihr Panzerauto vor der Holzbrücke stehen und knurrte ihren Leuten zu: »Wir fahren essen.«

Ihre Sekretärin und die beiden Männer nahm sie mit.

»Wohin?« fragte der Fahrer.

»Essen, habe ich gesagt! Egal, wohin! Bloß weg hier!«

Der Chauffeur fuhr die Straße zurück, auf der er gekommen war. Hoffentlich haben sie mir nicht wieder einen Traktor in den Weg gestellt, dachte er.

6

Die Hauptbestandteile der Seele der Frau Maria Maader waren Urteilsfähigkeit, Entscheidungswillen und Durchsetzungsvermögen. Nach kaum zehn Minuten Autofahrt traten diese wieder zutage, sie erblickte eine große hölzerne Tafel am Straßenrand, darauf unverschnörkelt und solide »Sportlerschänke«, urteilte, daß es dort kräftiges Essen gebe, und entschied, dahin zu fahren. Ein rotgesichtiger, trotz erheblicher Leibesfülle nervös zappelnder Wirt wollte ihr den Eintritt verwehren, weil die Mittagszeit vorbei und also jetzt geschlossen sei. Durch einfaches Vorwärtsschreiten, den Rumpf leicht vorgebeugt, die Hüften kräftig schwingend, und mit der Verkündung, daß sie zu essen wünsche, drängte sie den

Wirt, er im Rückwärtsgang, sie ihm auf den Fußspitzen, einen gefliesten Gang entlang bis zur Tür der Gaststube. Der Wirt, der schon manchen ungehörigen Gast am Kragen genommen und vors Haus gesetzt hatte, sah hier keinen geeigneten Kragen und barst fast in zorniger Ohnmacht.

»Hübsch, recht hübsch«, sagte Frau Maader und nahm einen für sechs Personen eingedeckten Tisch in Besitz.

»Da ist reserviert, für Gäste, die zum Geburtstagskaffee kommen!« Der Wirt, jetzt nicht mehr unmittelbar körperlich bedrängt, fand zu seiner gewohnten Festigkeit zurück.

»Je eher Sie uns zu essen bringen, desto eher können Sie Ihren Tisch neu eindecken ...«

»Liebe Frau ...«, sagte der Wirt, hörbar vom Standpunkt des Rechts herab, und zuckte zurück, als sie knurrend entgegnete: »Ich bin nicht Ihre liebe Frau, lieber Mann! – Wie ich an der Eingangstür gelesen habe, sind Sie hier Pächter.«

»Ja, aber ...!«

»Und wollen doch Ihre Pacht nicht verlieren?« Das klang wie gutes Zureden.

Der Wirt hatte Ohren, die anderes hören konnten, er sah auf die zwei gestandenen Männer, die stumm dabeisaßen, wie Untergebene, er gab klein bei, wurde aber nicht unterwürfig, sondern grollte: »Eisbein, Klöße, Sauerkraut, alles aus der Kühltruhe, können Sie haben. Aber es dauert!«

»Na also«, sagte die Frau unbetont, billige Siege waren des Aufhebens nicht wert. »Und Bier bitte.«

Der Wirt ging ohne ein Wort.

Die Sekretärin, kunstvoll silbern am Kopf, das kleine Gesicht rosig, fand den Wirt impertinent und die Leute hier allesamt komisch. Die Präsidentin hörte nicht zu, sie betrachtete die doppeltellergroßen bunten Keramikstücke an den Wänden, stützte sich vom Tisch hoch und sah sich eines nach dem anderen aus der Nähe an. Offenbar, fand sie heraus, waren Jahreszeiten dargestellt. Die Stücke gaben vor, Volkskunst zu sein, aber am Detail erkannte sie, daß es sich um professionelle Arbeit handelte. Nicht übel, aber nicht ihr Fall. Was sie – außer guten Antiquitäten – wirklich mochte, war das Gemälde daheim in der großen Eingangsdiele: vier verschiedenfarbige Dreiecke. Nach einem Besuch im Louvre hatte sie im Persönlichen Berichtsbuch notiert: Riesenschinken von Rembrandt und Rubens und tausend Japaner vor der Mona Lisa. Sie hatte, gedrängt und geschubst, geschlagene zwei Minuten vor diesem Bild gestanden und sich ein Urteil gebildet: Das Gesicht einer vermutlich sentimentalen Frau. Rundherum pure Massenhypnose. Oder Hysterie. Und nichts in der Welt war ihr widerwärtiger als Hysterie.

Der Wirt brachte das Bier.

»Sagen Sie, haben Sie hier sechs Jahreszeiten?« Sie nickte zu den sechs Keramiken hin.

Der Wirt, immer noch nicht friedlich, brummte: »Das sind unsere Feste. Im Winter Weihnachten und Vogelhochzeit, im Frühling Osterreiten und Maibaumwerfen, und Sommer und Herbst haben nur je ein Fest.« Die vier Gläser setzte er mitten auf den Tisch.

Die Sekretärin meinte wieder, daß die Leute hier komisch seien – Vogelhochzeit! Sie lachte. Der Mann mit dem schwarzen Schnauz stand auf und sah sich die in Ton gebrannten Feste an, sie gefielen ihm; der andere, ein blasser Blonder mit beginnender Stirnglatze, wandte sich an die Präsidentin, vielleicht solle man besprechen, was ... Die Präsidentin trank durstig das halbe Glas aus, sagte, später, Engelmann, erst essen wir. Die Sekretärin schlug ihr Notizbuch auf und blickte auf ihre Uhr.

»Fünfzehn Uhr, Frau Präsidentin. Sie wollten Ihrer Tochter in der rechten Stunde zum Geburtstag gratulieren.«

Die Präsidentin winkte ab, das Mädchen würde jetzt sicher im Hörsaal oder in der Bibliothek hocken. Der Fleiß der jüngeren Tochter war anzuerkennen, aber daß sie sich entschieden hatte, ausgerechnet deutsche Literatur zu studieren, war borniert. Wenn sie promoviert – das denn doch! – haben wird, werden sich außer ihr noch tausend Leute in diesem Lande für die eigene Literatur interessieren. Es war schwierig, mit ihr zu reden. Vielleicht hätte sie doch zu Hause aufwachsen sollen und nicht im Internat. Obwohl – gerade damals begann ja meine Karriere …

»Schicken Sie ein Fax«, sagte sie.

»Wie üblich?« fragte die Sekretärin.

Die Präsidentin dachte einen Augenblick lang nach. »Ja«, sagte sie dann. »Wie lange dauert das bloß mit dem Essen?«

Der Wirt hatte ein Gerät, die Sekretärin faxte an Ulrike, die jüngere Tochter der Präsidentin: Herzliche Grüße zum Geburtstag und alles Gute! Mutter.

Das Eisbein kam, duftend und dampfend, das Sauerkraut mit Schmalz angereichert, die Klöße von zarter Festigkeit.

»Und sogar Erbspürree!« Die Präsidentin strahlte nach ihrem kargen Vermögen, solches zu tun, das Eisbein und dann den Wirt an. »Wunderbar haben Sie das geschafft.«

»Guten Appetit«, brummte der Wirt unversöhnt.

Das Essen duftete, und es duftete nicht nur, es schmeckte auch ausgezeichnet, und die Präsidentin war mit ihrem mächtigen Stück Schweinebein fertig, als die Männer noch kauten und die Sekretärin noch vom Knochen schnippelte.

Die Präsidentin schob ratschend ihren Stuhl zurück, brannte sich eine Zigarette an, nahm einen tiefen Zug und stieß den Rauch durch die Nase aus. Engelmann, der ihr gegenübersaß, dachte, wie so oft schon: wie ein Drache. Er war in ihrem früheren Amt der Leiter des Büros gewesen.

»So, Engelmann«, sagte sie, »nun könnten wir etwas besprechen, wenn ich nicht zu satt wäre, um Ihre Tippel-Tappel-Tour-Reden anzuhören. Wir werden uns lieber etwas umschauen.« Sie klopfte an ihr Glas. Der Wirt erschien. »Für mich noch einen Korn. Dann machen Sie mir die Rechnung.«

»Für die Steuer?«

Arbeitsessen, dachte sie und sagte: »Schlagen Sie zehn Mark hinzu.«

Sie trank ihren Korn aus und bezahlte die Rechnung auf den Pfennig genau. »Übrigens, ich habe gestern ein Eisbein gegessen, ganz gut und ziemlich teuer, heute war es billiger und dafür besser.«

»Wir haben nur gutes Essen.« Der Wirt war nicht gewillt, durch Lob oder zehn Mark – nicht einmal aus ihrer eigenen Tasche – sich freundlich stimmen zu lassen. Die Gesellschaft brach auf, er räumte stumm den Tisch ab.

Der Fahrer hielt die Wagentür auf, die Präsidentin sagte: »Sie hätten ruhig mit uns essen können.«

Er habe gut und reichlich gegessen, in der Küche, Eisbein, die Wirtsleute seien sehr freundliche Leute.

Der Schnauzbärtige grinste, die Präsidentin stieg nicht ein, sie schlug die Wagentür wieder zu und meinte, sie wolle ein Stück laufen. Sie marschierte los, die Schritte zu lang, aber anders konnte sie nicht; und das Gefolge folgte.

Sie liefen auf einem Pfad durch Buschwerk hügelan und gelangten bald an ein riesiges steinernes Loch, die Wände auf zwei Seiten wild zerklüftet und mit mächtigen Blöcken übersät, auf den beiden anderen senkrecht und wie eingeschnitten abfallend. Und unten tief blau-grünes unbewegtes Wasser.

»Schön!« sagte Teufel.

»Imposant!« sagte die Präsidentin.

»Huch!« kreischte die Sekretärin auf, als eine Eidechse vorbeihuschte.

Sie standen am Rand eines aufgelassenen Steinbruchs. Drüben im zerklüfteten Stein wuchsen niedrige Büsche, ein Kieferchen, Kummerbirken, dazwischen – so schien es – führte ein Pfad über Geröll und Blöcke hinunter zum Wasser. Stückweise sah es aus, als sei da eine ungefüge Treppe errichtet worden.

Die Präsidentin schritt weiter, der Pfad wurde ein holpriger Weg, in dem, überwachsen und verrostet, Reste eines Schienenstrangs staken. Abseitig lag umgekippt eine löchrig zerfressene Lore neben einem mächtigen, in den Stein gegossenen Betonklotz, einmal ein Fundament für einen Laufkran vermutlich, meinte Teufel.

An einer niedrigen, zerfallenen Baracke kam ihnen ein Mann mit Blindenstock entgegen. Sie grüßten und befragten ihn.

Der Bruch sei vor Jahren aufgelassen worden, weil der Granit – der härteste, den es gebe – sich nicht maschinell bearbeiten lasse, erklärte freundlich der Blinde. Ja, das Wasser sei sehr tief, vierzig Meter, im Herbst gemessen, das beste Bad weitum, er bade da auch, er kenne jeden Tritt. Die Baracke sei die ehemalige Eßbaracke der Steinbrucharbeiter. Er würde ihnen gern mehr berichten, aber er müsse ins Schloß, da sei heute irgendein hohes Tier, und dort solle er erzählen. Ja, er wisse viel über den Steinbruch, er habe ja unten im Loch gearbeitet.

»Blind?« Die Sekretärin entsetzte sich.

Der Mann lächelte. »Der Stein hat mich blind gemacht. Allmählich. Ich habe die Schutzbrille erst aufgesetzt, als es zu spät war.«

Er ging, und das »hohe Tier« sagte: »Erst Volkskunst und nun Landschaftskunde – ich habe genug von deren Veranstaltungen.«

Gleich hinter der alten Baracke überließ das Buschwerk auf der abgekehrten Seite den Platz einer hartgrasigen, allmählich abfallenden Wiese. Vor ihren Augen lag in der weiten, sonnenüberfluteten Aue, die der Bach Satkula in engen Mäandern durchfloß, Salow mit seinem Schloß, jenseits auf halber Höhe Schulzendorf und dahinter dunkelgrün die ausgedehnten Forsten der Grafschaft …

»Das muß es sein«, rief Teufel aus, »wo Petrus zum Herrn sagte: ›Hier ist es schön, hier laß uns eine Hütte bauen‹ …«

Die Präsidentin staunte, daß er sich in der Bibel auskennt, und sagte: »Unsere Hütte steht dort.« Sie hob die Hand und wies mit dem Zeigefinger auf den riesigen Hof am rechten

Dorfrand. »Die Geräte müßten schon angekommen sein. Engelmann?«

»Bestimmt«, versicherte dieser. »Ich meine jedoch, Frau Präsidentin, wir sollten auf das Schloß nicht verzichten. Es entspricht, wenn ich mir das zu bemerken erlauben dürfte, unserem Auftrag und Ihrer Persönlichkeit, Frau Präsidentin.«

»Habe ich von Verzicht gesprochen? Sie werden den Umzug respektive den Wechsel zwischen Schloß und Gutshof durchführen, Engelmann.«

Sie schritt weiter. Der Holperweg, dann wieder Pfad, führte rund um den Bruch. An einer Stelle, wo man wieder gut auf das Wasser hinuntersehen konnte, verharrte die Präsidentin, fand das Ganze erneut imposant, überhaupt, wenn man bedenke, alles Handarbeit.

Engelmann benutzte die Gelegenheit: »Nach grober Schätzung könnte ein Müllunternehmen etwa eine dreiviertel Million Kubikmeter hier unterbringen ...«

»Und der Landschaftsschutz?« fragte Teufel.

»Der Hügel würde wieder ein Hügel werden«, brummte die Präsidentin. »Notieren Sie das, Frau Ziegler.«

Die Sekretärin notierte.

Die Präsidentin fragte: »Gehört das überhaupt uns?«

»Ja«, sagte Teufel. »Alles. Fast alles. Bis etwa zwei Kilometer jenseits des Werkes da.« Er zeigte über den Sportplatz und seine Schänke hinweg auf einen entfernten sehr hohen Schornstein.

»Die Ignilapiswerke«, erklärte Engelmann.

Die Präsidentin entschied: »Wir trinken unten Kaffee, dann werfen wir einen Blick darauf.«

Nach dem Kaffee, der Maria Maader sehr wäßrig schien, und dem reichlich gebutterten Streuselkuchen, der ihr ausgezeichnet schmeckte, warfen sie einen Blick auf das Werk, das einmal viele Hochöfen versorgt hatte. Sie trafen einen Direktor, promovierter Ingenieur, zwei Ingenieure und fünf weitere Männer an, die gemeinsam als Arbeiter einen der früher sieben Brennöfen unterhielten. Einst hätten sie halb Europa – nicht nur den Osten! – beliefert, sagte der Direktor, jetzt lieferten sie nur noch an eine Hütte im tschechischen Ostrau. Im Tauschgeschäft verkaufen wir deren Stahl an unsere Häuslebauer.

Auf der Rückfahrt schwieg die Präsidentin; Engelmann rechnete, ob und wie man Handwerker und andere Kleinunternehmer für die Werk- und Lagerhallen interessieren könnte; Teufel dachte an einhundertachtzig abgebrochene Lebensläufe der Entlassenen; und die Sekretärin Roswitha Ziegler nickte zwischen den beiden Männern ein.

7

Sie machten einen Umweg durch Kirchdorf, weil Maria Maader von weitem den Kirchturm erblickt hatte und ihr Kunz einfiel, der sich ja für einen Gesalbten des HERRN hielt. Dabei ist er, murrte sie im Kopf, mit allen irdischen Wassern gewaschen. Der wird sich noch lange halten, solche Leute braucht das Land. Mit seinem Gerede hat er mich in diese Lage gebracht. Übertölpelt hat er mich, der Leimer!

Sie ärgerte sich, und das war nicht gut für ihre erste Begegnung mit dem hiesigen Vertreter der himmlischen Obrigkeit. Schon daß sie sein Amtszimmer mit weltlichem Gruß betrat und den Schnauzbärtigen, den sie aus dem Gefolge zur Begleitung beordert hatte, nun als ›Herr Teufel‹ einführte, fuhr dem geistlichen Herrn wie ein doppelter Stachel ins füllige Fleisch. Als sie sich anschließend selbst als Präsidentin von BAAAL vorstellte, trieb das den Pfarrer – der Baal undeutlich als semitischen Götzenobergott in Erinnerung hatte, den schon die heiligen Propheten bekämpft und den endgültig erst der christliche Glaube in die Hölle gejagt hatte – zu einer seiner nicht wohlüberlegten Entgegnungen.

»Wir sind hier alle – Gott sei Dank! – gute Christen.«

Mit solcher Antwort wußte wiederum Maria Maader nichts anzufangen, und so verlief sich das Good-will-Gespräch, bevor es recht begonnen hatte, sozusagen im semitischen Sande. Außerdem verstörte den Pfarrer die leicht geballte linke Hand der Frau, vier Ringe an vier Fingern. Wie ein Schlagring. Gold und Macht, dachte er, dazu Teufel und Baal. Er stand auf.

Noch im Pfarrhof, aber außer Hörweite der neugierig in der Tür stehenden Pfarrköchin brummte die Präsidentin: »Er riecht. Scheint öfter zu schwitzen als zu duschen.«

Teufel wurde einer Stellungnahme dazu enthoben, weil Engelmann, der inzwischen im Umfeld tätig gewesen war, berichtete, daß der mit blankem Kupfer neu gedeckte Kirchturm ausschließlich durch Staatsmittel restauriert worden sei. Zu prüfen wäre, ob sich daraus nicht ein Anspruch von BAAAL herbeiführen ließe.

»Ich meine«, sagte Teufel, »wir sollten die Kirche im Dorf lassen. Nicht nur bildlich gesprochen, Herr Engelmann.«

»Notieren Sie«, sagte die Präsidentin. »Zur Abschreckung.«

Die Sekretärin notierte den Turm, die Abschreckung wußte sie nicht unterzubringen und beließ sie unnotiert.

Auch in diesem zur Gemeinde Salow gehörenden Dorf befand sich ein Schloß, aber schon ein Blick vom Auto her auf das graue, offenbar leere, unwirtlich erscheinende Gebäude genügte der Präsidentin, um festzustellen, daß es BAAAL als Amtssitz nicht zumutbar war. Abgesehen davon, daß man von hier aus den Schulzen Efef nicht ständig im Auge hatte. Wo der doch schon von nahem beäugt so undeutlich blieb wie ein verwackelter Schnappschuß aus einer billigen Kamera.

Das verwahrloste Schloß nicht in Betracht gezogen, schien der Präsidentin das Dorf in gutem Stand zu sein, einige breite Bauernhöfe, ordentliche kleinere Gehöfte, zwei Gasthäuser, ein Bäcker, Dorfladen, eine Filiale der Volksbank, eine Tier-, eine Zahnarztpraxis, ein Allgemeinmediziner, unweit des gepflegten Friedhofs sogar eine Apotheke.

Sie fragte nach den Verhältnissen. Engelmann wußte Bescheid, alles privat respektive Bauerngenossenschaft, hier kann BAAAL keine Rechnung aufmachen. Die Apotheke vielleicht und eben der Kirchturm.

Sie fuhren eine Allee von Apfelbäumen entlang, rechts und links weite, gut bestellte Äcker, entfernt in der Bachaue ausgedehnte grüne Wiesen, dann ein Freibad, noch geschlossen, mit Sprungturm und hoher, langer Röhrenrutsche. – In dieser Anlage, bemerkte Engelmann, stecken noch einige unklare Möglichkeiten, erstens, weil erhebliche Kredite, zweitens, weil zum Teil ehemals gräflicher Grund, und drittens das Wasser.

Die Präsidentin murrte: »Wasser?«

Engelmann resümierte den Prozeß von 1827, in welchem der Cordialisch-Anomenischen Grafschaft das Recht auf alles oberirdische Wasser zugestanden wurde, ein bis heute nie aufgehobener Rechtsspruch.

Die Präsidentin konnte nicht umhin, mit ein paar dürren Worten festzustellen, daß sich Engelmann gut auf ihre Aufgabe vorbereitet habe.

Sie fuhren durch Schulzendorf, das sich am Westhang des nacheiszeitlichen Urstroms angesiedelt hatte. Hier erwies sich Teufel als der Informierte: Von den siebenhundertunddrei Einwohnern nennten sich fünfhundertundsiebenundzwanzig, in verschiedener Abwandlung des Namens, Schulze. Das sei sogar im Guinness-Buch der Rekorde eingetragen.

Die Präsidentin sagte kein Wort dazu, die Sekretärin notierte, nur für sich: Guinness 703 zu 527 Schulze.

Der Chauffeur hupte eine Rotte Gänse von der Straße, der Ganter protestierte, den Hals lang und den Schnabel rot.

Vor dem Schulzenamt schob die Sekretärin Veronika Magermilch eben ihr Fahrrad auf die Straße. Der Schulze habe auf BAAAL gewartet, um die Behindertenwerkstatt zu zeigen. Wo er jetzt sei, wisse sie nicht, irgendwo unterwegs, vielleicht auch auf dem Gut. Es sei auch ein Lastwagen gekommen, der sei schon dort. Sie machte eine unbestimmte Handbewegung zum nördlichen Dorfende hin.

Sie fanden den Laster mitten auf dem großen rechteckigen Gutshof, der zu Grafenzeiten im strengen Viereck von Stallungen, Scheunen und Remisen harmonisch eingepaßt gewesen war und den die Bedürfnisse motorisierter Pferdestärken, mächtiger Pflüge und hektarfressender Erntemaschinen in ein chaotisches Durcheinander von Zu- und Anbauten verwandelt hatten. Der Hof hatte eine breite Ausfahrt zu den Äckern hin, gleich dahinter lag ein großer Obstgarten, manche Bäume blühten noch, und mitten darin ein ansehnliches helles Haus mit einem unansehnlichen niedrigen Anbau.

Teufel, der neben Philosophie und Ökonomie – zu Anfang sogar zwei Semester Theologie – kurzzeitig in Berlin auch preußische Geschichte studiert hatte, entsann sich des Wahlspruchs verschiedener preußischer Heer- und sonstiger Führer und rief aus: »Den Finger drauf, das nehmen wir!«

Im selben Augenblick tauchte der Schulze Efef auf.

»Ja«, sagte er, »das haben wir uns auch gedacht.«

»Ist das leer?« fragte die Präsidentin.

»Das ja«, sagte der Schulze. »Das heißt, nein.«

Jetzt riß der Präsidentin der durch den ganzen Tag schon über die Maßen gespannte Geduldsfaden. Sie herrschte den Schulzen an:

»Ihren Namen habe ich nicht behalten ...«

»Franz Franska«, sagte Teufel. »Genannt Efef.«

»Herr Franzka also. – Aber daß Sie promovierter Landwirt sind und bis vor kurzer Zeit Direktor des Staatsgutes ...«

»Volksgut, Frau Präsidentin.«

»Ist doch hinten so vorne wie hoch, Schulze!« knurrte sie.

Der Schulze lächelte über das ganze Gesicht. »Das habe

ich noch nie gehört: hinten so vorne wie hoch. Weil wir eben keine Gelegenheit gehabt haben ...«

»Hören Sie auf, mir den ungebildeten Hans vorzuspielen!«

»Ja, Frau Präsidentin«, sagte Efef, »ich spiele nicht. Es ist nur, weil wir hier in der letzten Ecke unseres großen Vaterlandes kaum Gelegenheit hatten, hochgestellten Persönlichkeiten von Ihrem Rang zu begegnen, und so sind wir eben zurückgeblieben. Oder haben uns rückgebildet. Das kann man so sehen oder so. Aber spielen, nein, Frau Präsidentin, das tun wir nicht.«

»Ist das Haus nun leer oder nicht?«

»Ja, leer ist es nicht. Oben haben wir fünf Gästezimmer, eines hat ein Bad und ein Wohnzimmer dazu.«

Wortlos übernahm Frau Maader die Führung, stürmte in der Eile, die ihren Empire-Stuhl daheim die Contenance gekostet hatte, das Haus und das Zweizimmer-Zimmer.

Vor dem danebenliegenden redete der Schulze unnötig laut, trat auch ein paarmal kräftig auf, bevor er die Sekretärin hineinließ. Es rieche ein wenig, meinte sie, aber nicht eigentlich unangenehm, sie war bereit, hier einzuziehen. Teufel und Engelmann bezogen ihr Quartier am Ende des Ganges, dazwischen lag ein – wie der Schulze es nannte – Hygieneraum.

»Also Bad mit Klo«, sagte Teufel, und Efef schränkte ein: »Leider keine Wanne, nur Dusche.«

Dann zeigte er den beiden Direktoren die Büroräume im Erdgeschoß und im flachen Anbau. Außer einem altgedienten, zerkratzten Schreibtisch, Lichtschaltern, Steckdosen und Telefonanschlüssen befand sich darin nichts.

Engelmann entdeckte einen großen viereckigen hellen Fleck an der nachgedunkelten Wand, da habe doch wohl ein Bild gehangen, ein Ölgemälde ihres Großen Vorsitzenden vielleicht oder Landschaftskunst, es gehöre zum Inventar.

»Ja«, sagte Efef, »mehr Land*wirtschafts*kunst. Der letzte Acker-Bestellplan nämlich.«

Am Bestellplan war Engelmann nicht interessiert, und den Flächenplan hatte er bei seinen Akten.

»Würden Sie uns bitte den Laster herschicken, Dr. Franzka«, bat Teufel. »Und vielleicht vier Arbeitslose zum Einräumen?«

»Arbeitslose haben wir genug. Aber ohne Genehmigung des Arbeitsamtes dürfen die ja keine bezahlte Beschäftigung aufnehmen.«

Teufel ging mit ihm zum Panzerauto, um seine Tasche zu holen.

»Helfen Sie uns jetzt, Bürgermeister …«

»Ich bin Schulze, Herr Teufel.«

Teufel lachte. »Was ist da für ein Unterschied?«

Franska sagte es ihm, wie er es der Präsidentin sagen würde: Ein Schulze ist denen verpflichtet, die ihn gewählt haben, ein Bürgermeister aber denen, die ihn haben wählen lassen. Wie bei den Abgeordneten: die einen ihrem Gewissen, die anderen ihrer Liste.

Teufel atmete durch, dann beendete er seinen Satz: »… kann ich gelegentlich Ihnen helfen.«

Franska sagte: »Ich schicke Ihnen die Leute.«

Der Laster, voll beladen mit Büromöbeln und Nachrichtengerät, für das ein Techniker mitgekommen war, kam vorgefahren, gerade als die Präsidentin ihr Schlafzimmerfenster zum rückwärtigen Garten hin öffnete und gleich wieder schloß.

»Es stinkt ja abscheulich!« sagte sie zu den beiden Direktoren, die sie zu einer ersten Besprechung zu sich gebeten hatte.

Die Besprechung dauerte dank Engelmanns Gründlichkeit und Ausführlichkeit noch an, als der Techniker an die Tür klopfte: Alles eingeräumt – die Leute vom Dorf hätten kräftig gearbeitet – und alles Gerät angeschlossen, auch im Anbau. Das Telefon für das Wohnzimmer stellte er auf ein Schränkchen, steckte den Stecker in die Buchse, hob ab, das Freizeichen ertönte, er nickte und sagte, wir fahren dann los.

Anstelle der schweigenden Präsidentin dankte Engelmann und wünschte gute Fahrt.

Teufel ging mit dem Techniker hinaus und holte den Chauffeur der Präsidentin in das fünfte Zimmer.

Die Besprechung dauerte noch an, als die Sekretärin eintrat und sich entschuldigte, sie habe keine Glühbirne in ihrer Lampe. Teufel trat zum Schalter hier, und es ward kein Licht.

Engelmann hatte die Nummer vom Schulzenamt schon im Kopf, er wählte, es rief und rief ins Leere. Er schickte die Sekretärin zum Chauffeur, der solle Glühlampen besorgen. Die Sekretärin sagte, da wäre noch etwas, es gebe zwar eine Art Teeküche auf dem Gang, ein Gasherd stehe da, aber keine Gasflasche. Soll er auch besorgen, nuschelte Engelmann, leicht ungeduldig, weil in seinen grundsätzlichen Ausführungen durch Trivialitäten gestört.

Die Sekretärin ging immer noch nicht. Die ganze Teeküche samt Gasflasche sei unnütz, weil sie ja weder ein Beutelchen Tee noch eine Bohne Kaffee hätten. Geschweige denn etwas Eßbares.

Jetzt nahm die Präsidentin das Wort: »Heute fahren wir in diese Sportschänke, und für das Frühstück werden Sie bitte alles Nötige besorgen! – Weiter, Engelmann!«

Engelmann konnte nicht weiter, weil der Rest Tageslicht zum Aktenlesen nicht genügte.

Das Wichtigste war geklärt: Engelmann sorgt dafür, daß BAAAL schnellstmöglich das Schloß beziehen kann. Gütliche Einigung mit allen Beteiligten wird herbeigeführt.

Teufel kümmert sich um potentielle Käufer, keine Anzeigen, keine Ausschreibungen. Diskrete Vorgespräche, diskrete Verhandlungen und schnelle Vereinbarungen. Erlöse zweitrangig, vorrangig die Lösung des Auftrags.

Der Schulze besuchte auf dem Heimweg Emil Jurisch. Jurisch war mit ihm zur Schule gegangen, dann Fernmeldemechaniker geworden, hatte bei Posttelefon gearbeitet, in seinem Fach bei der Armee gedient und sich dort als ziviler Fachmann in Dienst stellen lassen. Nun war er heimgekehrt als Arbeitsloser, nicht gut angesehen beim frommen Tischlermeister Tepela und dessen Freunden. Die mochten ihn nicht, er sei heidnisch, Nichtraucher, Nichttrinker, Vegetarier noch obendrein und immer vergnatzt. Man holte ihn, wenn Kinder das Telefon stumm gemacht hatten, wenn der Fernseher flackerte – er reparierte alles, mürrisch, und steckte mürrisch den Zulohn ein. Seinen drei Kindern war er der beste Vater.

Franska winkte ihn vors Haus.

Ohne die Frage des Schulzen abzuwarten, murrte Jurisch, er habe alles erledigt.

Den Rasen auch ordentlich abgestochen und so wieder eingesetzt, daß nichts zu sehen ist?

»Eishockey«, sagte Jurisch, was heißen sollte: alles o. k.

Efef hielt ihm einen grünen Schein hin, Jurisch steckte die Hände in die Hosentaschen. »Das ist umsonst.«

»Wenn du das Maul nicht hältst – es geht auf deine Kappe!«

»Weiß ich. Eishockey.« Er schlurfte ins Haus.

Der Schulze setzte sich in den Wagen und fuhr zum Pfarrer. Es war notwendig, sich himmlische Unterstützung zu sichern. Er mußte nicht viel reden, der Pfarrer war ganz entschieden gegen Baal und Teufel, und der andere habe es sogar auf seinen Kirchturm abgesehen.

Doch den Segen des Herrn gab er ihm nicht. Vielleicht, weil er ganz zivil dasaß, hemdsärmelig und in Jeans und den Rest seiner Haare durcheinandergerubbelt am Kopf. Er habe soeben geduscht, schwitze aber so sehr, zehnmal am Tage könne er duschen, es helfe für eine Stunde, seufzte er.

Im Steinbruch sei es noch zu kalt, sagte der Schulze, er habe unterwegs den großen Zeh ins Wasser gehalten. Der Pfarrer wollte es trotzdem in der nächsten Woche versuchen. Er sei ja immer der Erste dort.

»Sie wollen ja immer der Erste sein.« Der Schulze grinste und ging. Er mußte im Garten noch ein paar Zeilen Kartoffeln legen.

Mitten in der Nacht ertönte in der ›Baracke‹ ein entsetzlicher Schrei. Engelmann und Teufel stürzten auf den Gang, und sogar die auf ihren festen Schlaf stolze Präsidentin trat in die Tür ihres Wohnzimmers, nur die Sekretärin blieb unsichtbar.

Leise öffnete Engelmann ihre Tür.

Die Sekretärin hockte blaßgesichtig und im ganzen pinkfarben auf dem Schrank.

»Eine Ratte auf meinem Bett!« kreischte sie. »Und Mäuse im Zimmer!«

»Eine Maus –«, brummte die Präsidentin. »Haben Sie sich nicht so, Frau Ziegler!«

Teufel sah eine Ratte vorbeihuschen, den Gang entlang zur Treppe.

Die Präsidentin, die eine gute Nase besaß, schnüffelte. »Haben Sie etwa Speck im Zimmer?! Es riecht danach!«

Die Sekretärin schwor, keinen Speck zu haben.

Teufel, als er ihr vom Schrank herunterhalf, war sich da nicht ganz sicher. Er bot ihr an, die Zimmer zu tauschen.

Die Präsidentin verschwand. Die Sekretärin nahm ihr Bettzeug und wandelte.

8

Der Tischlermeister Jan Tepela hatte zu Mittag Eintopf gegessen, gekocht nach ererbtem Rezept mit Kraut und Rübchen, Möhren und Kohlrabi, nicht zu wenig Zwiebeln und nicht zu viel Knoblauch – einfach, wie es sich gehörte: nach Väterart und nahrhaft. Der Meister hatte zwei Teller ausgelöffelt, einen Korn zur besseren Verdauung genommen und am Nachmittag ein Schränkchen fertiggestellt für Benno Bossak, den Chronisten. Tepela hielt das Schreiben der Chronik für an sich nicht schlecht, verdienstvoll vielleicht auch, doch besser wäre, das Aufgeschriebene in gewissen Abständen öffentlich – wenigstens aber im Schulzenrat – vorzulesen und durch, sicher berechtigte, Zusätze und Streichungen zum – man könnte es so bezeichnen – allgemein gültigen Werk zu machen.

Das Schränkchen hatte Bossak für die vielen Hefte seiner Chronik bestellt. Bei der Besprechung vor Ort – wo sollte das Ding stehen, wie aussehen, passend auch zu den übrigen Möbeln – wurde Bossak durch einen Versicherungsvertreter auf eine dringliche Angelegenheit in die Diele gebeten. Tepela ließ die Zeit nicht unnütz verstreichen und las ein wenig in Bossaks letztem Heft. Dort stand in dürren Worten aufgeschrieben, wie damals im Banamber die Gemeindeglocke vom Glockenturm genommen und zerschlagen wurde – weil eben Banamber war und alles neu. Jeder Hansel konnte, schrieb Bossak, ein Glockenstück nach Hause nehmen, um für sich selbst zu läuten. Der Tischlermeister Jan Tepela habe mit frommen Sprüchen und nachdrücklicher Benennung des Neuen die gerechte Verteilung der Gemeindeglocke auf alle vorgeschlagen und kraft seiner Rede durchgesetzt.

Bossak hatte nichts hinzugesetzt, kein böses Wort angefügt, nichts weggelassen – es war alles wahr, aber es war nicht richtig. Nichts stand – zum Beispiel – im Bericht über die Gedanken, die er, Tepela, sich gemacht hatte, gute und gemeinnützige Gedanken, wenn vielleicht auch etwas hastige.

Freilich war die Glockenrevolution ein Fehler gewesen, im nachhinein kann das jeder sagen. Aber muß sich Tepela darum vielleicht auf die Freitreppe vom Schloß stellen und lauthals schreien: ›Ich habe nicht gut, sondern falsch geraten‹? Hingegen konnte er ruhigen Gewissens aufstehen und fragen, wo da einer im Lande wäre von denen, die über mehr als eine simple Glocke beschließen, und bekennte, eine Sache falsch beurteilt und ebenso entschieden zu haben?

Tepela hatte Bossaks Heft beiseite geschoben. Aber es wurmte ihn, daß da nun stand: Jan Tepela hat … Das Schreiben über andere Leute, noch dazu aus dem eigenen Dorf, sollte man verbieten. Jan Tepela über Jan Tepela: da käme das Rechte und Richtige heraus.

Vom Gemüsetopf war etwas übriggeblieben, das schmeckt am Abend doppelt gut, Tepela aß den Rest auf, vergaß den verdauungsfördernden Korn und konnte nicht einschlafen.

Der Bauch rumorte so laut, daß er Tepelas Gewissen aufweckte. Gewissen hat jeder, wo genau, weiß man nicht. Tepela hält dafür, daß es in der Seele wohnt oder sogar ein Bestandteil der Seele ist. Und also begann sich seine Seele zu regen, nicht wegen der Geschichte mit der Glocke, sondern wegen BAAAL.

Er hatte im Theater des Schulzen mitgespielt, zugegeben, mit Spaß an der Sache und auch, weil er die Glocke vergessen machen wollte. Aber BAAAL war, man konnte es drehen und wenden, wie man wollte, Obrigkeit. Daß diese von Gott ist, wird kein Frommer in Abrede stellen. Und Tepela war nach der Meinung der Salower, der er sich hier vorbehaltlos anschloß, der Frömmste in der – an dieser Bezeichnung hielt er fest – Grafschaft. Darum hatte die kleine Christengemeinde, die an denselben Gott glaubte wie der Pfarrer im reichen Kirchdorf, aber nicht an die Myriaden von Heiligen, die jener im Himmel versammelt hatte, ihn in Ermangelung eines gelernten und gelehrten zu ihrem Prediger gewählt. Er kannte sich aus in der Schrift und wußte darum auch, daß es nicht in ihrem Sinne gewesen war, was er mit Frau BAAAL getrieben hatte. Er hörte dem Rumoren seines Gewissens zu und gelangte zu dem Schluß, daß der Schulzenrat wohl eine Instanz sei, die oberste jedoch das eigene Gewissen. Daraufhin trank er einen doppelten Korn, bedachte noch einige Minuten lang, was daraus folge und also zu tun sei. Dann schliefen sie ein, der Tischlermeister und Prediger Jan Tepela und sein Gewissen.

Was zu tun sei, darüber sprachen auch der Schulze Efef und Oberforstmeister Rudolf Hajnik im Forsthaus. Sie bedachten die Möglichkeit, durch Geschieße und anderes Gelärme das Wild aus ihren Forsten in Nachbarreviere zu vertreiben, um dann dem ersten auftauchenden Aufkäufer von Wald und Wild Wälder ohne Hirsche, Rehe und Schwarzkittel vorführen zu können. Doch noch wisse man nicht, wann solch ein Millionenmann erscheine. Auch würden die Tiere sich zwar vertreiben lassen, aber sozusagen wieder heimkehren, sobald das Lärmtheater vorüber sei. Außerdem, meinte Hajnik, wäre teilweise Schonzeit und das Geknalle weit zu hören. Ob BAAAL es richtig deuten werde, wisse man nicht, aber andere könnten es zu deren Ohren bringen. Zum Beispiel Tepela, ein unsicherer Kantonist, sobald die Frömmigkeit seinen Alltagsverstand überwachse – Gottswunder, daß er so brav mitgespielt hatte.

Eines könnte man versuchen, meinte der Oberforstmeister, während er ein Zigarrenkistchen auf dem Tisch hin und her schob. Nötig wäre Gerät vom Gut, eine starke Spritze und ein Flüssigkeitscontainer. Sie besprachen diese Möglichkeit und beschlossen, den Versuch, potentielle Waldkäufer abzuschrecken, zu machen.

Der Schulze stopfte seine kurze klobige Pfeife, der Forstmann zündete eine Zigarre an, sie schwiegen zum offenen Fenster hinaus, der Wald brummelte unter leichtem Wind vor sich hin, aus dem Nebenzimmer drang undeutlich ein Frauengespräch.

Der Forstmann sagte friedlich: »Wir sind Idioten, Franz.«

»Ja«, antwortete Franska im gleichen Ton. »Wie Jules Verne, zum Beispiel, als er in achtzig Tagen um die Welt reiste. – Wenn Bossak nicht mit leeren Händen zurückkommt, haben wir das Flugzeug erfunden.«

»Diese Mission ist das absurdeste Ding.« Hajnik wußte als einziger davon.

Franska wußte noch Absurderes. »Du könntest – vielleicht – Frau BAAAL verführen. Sie hat dich mit sehr großem Wohlgefallen gemustert.«

»Mich lächert's und mich schaudert«, sagte Hajnik.

Der Schulze fand seinen Witzgedanken gar nicht mehr so abwegig. »Im Ernst, Rudolf. Je besser unsere Beziehungen zu ihnen, desto schwerer wird's für sie. Du mußt ja nicht so weit gehen, daß du ihre Hüften rocklos ausmißt.«

»So ein bißchen die Büchse in Anschlag bringen, ohne Patrone im Lauf, meinst du?«

»Du sagst es, mein Freund!« Franska grinste und stand auf. »Make friendship, not war!«

Sie verabschiedeten sich im Bewußtsein, zwar nicht viel ausgekaspert, aber einander ihrer Bündnistreue versichert zu haben.

In der Haustür stand im leichten Mäntelchen Hanna Schneider und sagte, vermutlich zum siebenten Mal, Frau Hajnik auf Wiedersehen.

»Wenn es das letzte Mal ist«, sagte der Schulze, »und du nicht mit dem Fahrrad da bist, kannst du mit mir heimfahren.«

Die Frauen lachten und wünschten sich zum achten Mal ein Wiedersehen.

Hanna Schneider war Lehrerin für Deutsch und Englisch am Gymnasium in der Kreisstadt und seit einem guten Jahr verwitwet. Ihr Mann, Meister in den Ignilapis-Werken, war mitten auf der Straße an ihrer Seite zusammengesunken, fünfhundert Meter vor dem Arzthaus, und kein Arzt hatte ihm mehr helfen können. Sie hatten spät ein Kind gehabt, ein Mädchen, fünfzehnjährig jetzt. Das Leben ist grausam, aber es muß weitergehen, hatte die Frau gesagt, und ich muß nun Mutter und Vater sein. Das Leben ging weiter, das Mädchen entwickelte sich erstaunlich, übersprang Stufen, und die beiden, Frau und Frau, fanden einen Weg für ihr nun anderes Leben und bemühten sich sehr, ihre natürliche Fröhlichkeit nicht von einem unbefragbaren Geschick in graue Ergebenheit verwandeln zu lassen.

Hanna Schneider stieg ins Auto und begann sofort über

das zu reden, was alle bewegte. Sie schimpfte und spottete, lachte und nannte abscheulich, was man ›mit uns treibt‹, und fand es mit einem bösen zuerst, dann lustigen Lachen schade, daß das große Hexenbrennen-Fest vorbei sei. Sonst hätte man eine grausliche Frau-Maader-Puppe samt dem ganzen BAAAL auf den Scheiterhaufen bringen können.

»Das wäre schön gewesen«, sagte der Schulze. »Für *die*! Wir können uns nicht einmal die kleinste Injurie leisten. Frau Maria Maader ist das Gesetz persönlich. Deswegen bieten wir alle Freundlichkeit auf, die von Natur aus in uns steckt.«

»Du bist ein Gauner, Efef!«

»Ja«, der Schulze lachte. »Das sagt meine Frau auch manchmal. Bloß nicht so anerkennend wie du. – Macht es dir etwas aus, wenn du fünf Minuten später heimkommst?«

Hanna Schneider machte es nichts aus. Der Schulze als gewesener Direktor des volkseigenen Gutes und illegaler Chef der aufs Eis gelegten, die Großgemeinde Salow umfassenden LAFORAG hielt vor einem Schlag Wintergerste, riß eine Pflanze aus, prüfte sie und starrte dann stumm über die Hunderthektarfläche hinweg. Er kam zum Wagen, stieg ein und ließ die Tür weit offenstehen.

»In vier oder fünf Wochen ist die Gerste reif. Zweihundertundvierzig Tonnen, etwa, auf diesem Schlag. Wer's ernten wird und ob überhaupt ... ach, Hanna.« Er legte ihr den Arm um die Schultern, sie fröstelte ein wenig unter seiner Wärme. Einmal, vor zwanzig Jahren vielleicht, hatte er sie anders angefaßt und sie war im letzten Augenblick davongerannt. Er preßte ihre Schulter, ohne sie an sich zu ziehen. »Wenn alles vorbei sein wird, gut oder böse, werfe ich dich ins Gras oder heule mich an dir aus.«

Er startete, vor ihrem Haus stieg sie aus.

»Soll es gut laufen, Franz!« Sie wandte sich auf den zehn Schritt bis zur Tür nicht um, eine kleine, schmale Frau, die sich nicht unterkriegen lassen wird.

Lubina Franska saß mit einer Zeitschrift vor dem Fernseher. Ihr Mann küßte sie, sie sagte: »Noch einmal!«

»Donnerstags auch?« Er wunderte sich und tat, wie geheißen.

»Du schmeckst fremd«, sagte sie.

»Ich bin mir selber fremd.«

»Kein Hurra-und-Hoppla-Mann?« Sie schaltete den stummen Fernseher aus.

Ein kleiner Mann vor einem großen Tier, dachte er.

»Hat Benno angerufen?«

Benno hat nicht. Komm, gehen wir schlafen.

9

Am Freitagmorgen wählte die Sekretärin Roswitha Ziegler die Nummer vom Schulzenamt – es meldete sich Direktor Engelmann. Engelmann rief das Museum an, um mit Frau Elle einen ersten Termin zu vereinbaren – am anderen Ende meldete sich sein Kollege Teufel. Teufel seinerseits schickte ein Fax an das Landratsamt – und das Gerät der Präsidentin spuckte es aus. Wen auch immer sie anriefen oder befaxten, jedesmal erreichte BAAAL BAAAL.

Der Chauffeur wurde losgeschickt, den Schulzen zu holen. Der Schulze ließ ausrichten, früher seien die Anschlüsse alle in Ordnung gewesen, vermutlich habe der Techniker gestern irgend etwas durcheinandergebracht. Er selbst verstehe leider nichts von Telekommunikation.

Der Chauffeur wurde erneut losgeschickt, um vom Schulzenamt aus TELEKOM hierher in Marsch zu setzen. Eine freundliche Frauenstimme beschied ihn, die Anschlüsse der aufgelösten Volksgutverwaltung seien abgemeldet, aber man werde BAAAL natürlich schnellstens helfen, weltweit mit der Welt in Verbindung treten zu können. Aber nicht mehr heute, am Freitag, es sei ja schon bald Mittag.

Frau Maria Maader erzürnte gewaltig, sie riß persönlich das Funktelefon aus dem Auto an sich, befahl den Hubschrauber sofort hierher und mußte sich anhören, daß sie selbst den Brummer für dreizehn Uhr bestellt habe, und anders sei es leider nicht mehr möglich.

»Dann bestellen Sie ihn ganz ab«, grollte sie, warf ihre Tasche ins Auto und brauste in die Landeshauptstadt, eine Linienmaschine würde ja wohl noch zu erreichen sein.

Roswitha Ziegler und Teufel atmeten auf, Engelmann war unglücklich, er hatte auf den Hubschrauber und einen Platz darin gesetzt und den Heimflug von der Hauptstadt aus fest gebucht. Er telefonierte vom Schulzenamt aus nach einem Taxi und fuhr seiner Präsidentin hinterher.

Die Sekretärin war nicht heim*flug*berechtigt, und Teufel wußte nicht, wohin er heimfliegen könnte. Seine Ehe war mit den Jahren auseinandergelaufen wie ein Pudding, der zu lange auf dem Küchentisch steht, und Kinder waren keine da.

Benedikt Teufels Berufung zum Direktor von BAAAL war ein Gnadenerweis von seiten Maria Maaders, entsprungen einer Einmaligkeit: der gleichzeitigen Regung von Mitleid und schlechtem Gewissen. Mitleid mit einer räumlich und auch den Verhältnissen nach entfernten Cousine, Frau eines kleinen Steuerbeamten in einem Nest in Baden. Schlechtes Gewissen gegenüber deren Sohn, der vielleicht ein brotloser Philosoph geworden wäre oder Pastor, Redakteur für Kunst und Kultur, wäre nicht Maria Maader gelegentlich eines offiziellen Besuchs im Südwesten mit der Cousine zusammengetroffen. Sie stellte den jungen Teufel mit Hilfe eines Stipendiums ihres Ministeriums unter Kuratel und leitete ihn in das geldverheißende Studium der Volkswirtschaft um. Teufel machte schließlich einen passablen Abschluß und begriff trotzdem nicht, daß das Goldene Kalb der eine und wahre Gott ist und ihm zu dienen das einzig Verdienstvolle. Am Ende brachte ihn Maria Maader in einer Behörde unter, zum Beamten tauge er allemal, und von dort berief sie ihn zu

BAAAL. Was ihr auch nur zu ahnen völlig unmöglich war, war der Grund, weswegen Teufel ohne Zögern annahm: Eine dumme kleine Blume, zwei Schritt vor einem Gletscher. Ob und wie sie vor dem Gletscher bestünde – das interessierte ihn, solcherart Geschichten schrieb er gelegentlich auf und veröffentlichte sie unter dem Pseudonym Alois Engel.

Bis zum Ende der für einen Freitag üblichen Arbeitszeit von Behörden hockte er zwischen den stummen Kommunikationsgeräten in seinem Büro, überlegte, wie er das Wochenende nützlich verbringen könnte, und schloß Punkt zwei Uhr die Tür hinter sich ab. Er wanderte in die Sportlerschänke, bekam trotz Sperrzeit von der freundlichen Wirtin zu essen, schwätzelte ein bißchen mit ihr und zog nach Kirchdorf, wo ein Fahrradhändler sein sollte. Bei einem einarmigen alten Mann – dreimal schwer verwundet, mein Herr, und lebend aus der Schlacht im Kursker Bogen heimgekommen – kaufte er ein Rad. Dann schlenderte er über den Friedhof und notierte sich immer wiederkehrende Namen, die sich weder in seiner Heimat noch in jenem Maader-Lande, in dem er jetzt lebte, vorfanden.

Teufel war seit Jahren nicht mehr mit dem Rad gefahren, so fühlte er sich am Anfang nicht ganz sicher, doch bald saß er fest im Sattel, und es machte ihm Spaß. Er beschloß, die südlichen Gefilde des Streitobjektes von BAAAL und der Gesellschaft des Schulzen kennenzulernen. Die schmale Straße stieg erst mählich an, dann fiel sie steil ab in ein größeres Dorf rechts und links des Baches Satkula. Teufel fand ein schön restauriertes barockes Kloster vor, grüßte zwei Nonnen, die eine Gruppe debiler Kinder aus dem Klosterhof führten, trank in der »Klosterstube« ein gutes dunkles Bier und fuhr weiter, hügelan und hügelab. Das Land gefiel ihm, vieles erinnerte ihn an seine Heimat.

Am Rand eines riesigen Ackers mit fingerhohem Mais saß neben einer mächtigen Maschine ein Bauer und vesperte. Teufel stieg ab und befragte den Mann nach Maschine, Acker und ihm selbst. Alles gehöre zur ›Grafschaft‹, zwei Hektar seines eigenen Ackers lägen mittendrin im Mais, im ganzen besitze er zehnmal soviel. Über die Vorstellung, das selbständig zu bewirtschaften, lachte er. Achtzehn Stunden Arbeit, kein Feiertag, kein Urlaub – und keine Chance. Der Baal, sagte er, soll sich zum Teufel scheren. Jetzt lachte Teufel.

Er lachte noch immer irgendwo in sich – in der Seele vielleicht –, als er in Schulzendorf einritt. Auf der abschüssigen Straße lag ein Stolperstein, Teufel streifte ihn mit dem Vorderrad, geriet ins Schleudern und landete kopfüber in einem Zaun aus dichten Spiräen. Das Rad war heil, Teufel war heil, nichts passiert, sagte er zu der Frau, die hinter den Spiräen auftauchte. Er entschuldigte sich für ein paar gebrochene Zweige, und sie sagte, die Laster verlören immer wieder einmal Steine.

Ein gutes Gesicht und eine gute Stimme, dachte Teufel, während er durch den Wald fuhr, Kiefern und Fichten, dazwischen wie Farbtupfer ein und ein anderes Birkenwäldchen. In einer tiefen Schneise stand ein Tankwagen, drei Männer mit Spritzen dabei. Nach einer Stunde etwa wies ihn ein Schild auf einen schmalen Weg, und er fand den »Heidehof«, ein anderthalbstöckiges Hotelchen, aufgeputzt von außen, innen ein leerer dämmriger Gastraum. Eine junge Frau, aufgeputzt wie das Haus, brachte ihm ein Bier und erzählte ungefragt, die Woche über sei es hier voll, Vertreter und Monteure, mit dem Auto ja ein Katzensprung in die Stadt. Sie bezeigte Teufel viel freundliche Gewogenheit, er zahlte und ließ sich den Weg nach Salow erklären.

In dem Zimmer, aus dem Roswitha Ziegler in Panik geflohen war, roch es immer noch leicht nach Speck. Kein schlechter Geruch, dachte Teufel, aber welche Maus hat der Schulze mit diesem Speck fangen wollen?

Am Abend las er, um sich auf das Schlafen vorzubereiten, alle BAAAL betreffenden Verordnungen, Erlasse und Bestimmungen durch.

Gegen Morgen erwachte er, laut auflachend, aus einem Traum: Er saß irgendwo – wahrscheinlich im Schwarzwald – und genoß die Natur. Eine Delegation, feierliches Gewand und feierliches Gehabe, erschien und verkündete, er sei als neuer Präsident ihres Landes auserwählt. Er erhob sich und sang: »Herr Heinrich saß am Vogelherd …« und schritt schon an der Seite eines beleibten Adelsmarschalls die breite Treppe im Wiener Burgtheater hoch. Auf halber Höhe öffnete der Marschall eine Tür, zwei oder drei Stufen tiefer saß in einer engen Kammer der König, unterhemdig und in Frackhose, auf einem aufgeschlagenen Bett, er war sehr guter Laune, der pensionierte Lehrer Harro Kettler aus Teufels Grundschule. Oben schob eine Schar von Hofdamen die pompöse Königin, die in einem fahrbaren Thron halb lag, einen Gang entlang. Der Marschall wollte ihr unbedingt Teufel vorstellen. Sie aber wurde weiter gerollt durch eine Tür und eine steinerne Treppe hinunter in den königlichen Garten. Dort verbeugte sich Teufel vor ihr, sie stieß ein verächtliches ›Ppp!‹ aus und erklärte, sie sei von Geburt eine mecklenburgische Prinzessin, und er habe nicht den rechten Anzug an. Da lachte oben auf der Treppe der König Harro Kettler laut, und Teufel erwachte.

Er fand seinen Traum schön; daß die Königin keine Ähnlichkeit mit Maria Maader gehabt hatte, war sicher der Inkonsequenz von Träumen geschuldet. Aber er als Heinrich der Vogler – er sang leise die Ballade, morgens um fünf Uhr im Bett, er fühlte sich sehr wohl.

Im Spiegel dann sah er blaßrote Striche auf Stirn und Wangen, ein Direktor von BAAAL landet kopfüber im Spiräengesträuch – vielleicht ist das kein übles Vorzeichen. Und die Frau – wahrscheinlich hat sie einen kräftigen Mann und – vielleicht – vier Kinder, immerhin war sie ja in Schulzendorf daheim.

10

Roswitha Ziegler, total erschöpft durch die stumme Langeweile nach der Abfahrt ihrer Chefin, legte sich noch vor Schluß der Dienstzeit aufs Bett. Mit einem leichten Knarren öffnete sich die Schranktür. Gegen offenstehende Türen, Fächer, überhaupt alles Verschließbare und nicht Geschlossene war die Sekretärin allergisch, das nagte an ihren Nerven, sie wurde fahrig, und ihr Make-up bekam Risse. Sie schloß den Schrank, legte sich aufs Bett, der Schrank knarrelte leise so lange vor sich hin, bis die Tür wieder weit offenstand. Die Frau faltete ein Stück Papier zusammen, klemmte es in die Tür und legte sich vorsichtig, sogar den Atem anhaltend, aufs Bett. Sie entspannte sich, rückte ein wenig das Kopfkissen zurecht, das Papier in der Tür lispelte, fiel hinunter, die Tür flüsterte und flüsterte und öffnete gähnend ihr breites braunes Maul. Roswitha Ziegler stand auf, strich das Bett glatt, schloß den Schrank, besorgte sich vor dem Spiegel und ging ins Dorf.

Sie fand die Tischlerei, den Meister in der Werkstatt, das Gesicht war das des Mannes im Bratenrock, der Mann selbst ein gänzlich anderer: grobes kariertes Hemd, lange blaue Latzschürze, straffe Jeanshose, die bloßen Unterarme muskulös und dicht behaart, die Faust breit und die Finger schmal.

Jan Tepela hielt in der rechten Hand ein Hämmerchen, in der linken einen Meißel mit schmalem, muldenförmigem Blatt. Im Schraubstock steckte ein ellengroßes Stück helles Holz, schon erkennbar eine menschliche Figur.

Der Meister sprach auch anders, kein Tropfen Öl mehr auf der Zunge. Roswitha Ziegler bestaunte den veränderten Mann, überwand sich nach sichtlichem Zögern, von ihm freundlich ermuntert, und verklagte ihren Schrank.

Der Meister wußte sofort, daß es an der Dielung lag, nicht am Schrank, der stamme ja aus seiner Werkstatt. Die Ungleiche der Dielung könne er nicht beheben, also müsse er schon den Schrank der unebenen Dielung anpassen.

Die kräftige Nase des Meisters – der Frau geriet ein alter Spruch in den Kopf – schnupperte begierig den feinen Duft der Roswitha Ziegler, und er führte ihr ohne Eile die entstehende Figur vor, die er nicht aus dem Stock nahm. Die Frau beugte sich hinunter, erkannte in den Einzelheiten, auf die er hinwies, die Konturen einer Madonna und gab ihrer Bewunderung solchen Ausdruck, daß sich dem Meister der Schürzenlatz blähte.

Er erklärte, während sie weiter bewunderte, daß er an sich keine Madonnen verfertige, das sei ihm fremd, aber der Kunde sei König, er mache einfach eine Frauengestalt mit einem idealisierten Gesicht. Sie beharrte darauf, daß er wirklich ein Künstler sei, er band seine Schürze ab, zog das Latzband über den Kopf, nahm einen kleinen Hobel und ein Brettchen und war bereit, den knörgelnd sich öffnenden Schrank anzugehen.

Dort verwies er als erstes darauf, daß der Schrank natürlich einen Schlüssel gehabt habe und mit dem Schlüssel verschlossen auch geschlossen bleibe. Roswitha Ziegler stimmte ihm ohne Vorbehalte zu, aber leider sei der Schlüssel nicht da. Nicht einmal ein Zimmerschlüssel sei zu finden, und auch die Haustür stehe offen für jedermann.

Der Meister hielt das für bedauerlich, aber außerhalb seiner Kompetenz, doch zu fürchten brauche sie sich nicht, Diebe und Räuber seien in der Grafschaft noch Worte aus Zeitung und Fernsehen – Dank dafür dem HERRN. Kaum ausgesprochen, schien ihm Frommheit hier nicht recht am Platz, und er fügte schnell hinzu, daß Neuerungen allgemein lange bräuchten bis in ihre entlegene Ecke.

»Wir sind auch eine solche Neuerung«, sagte sie und lachte ein wenig.

»Eine angenehme«, sagte der Meister, auf dem Boden kniend.

Sie fand nicht gleich eine passende Antwort, er schob ein winziges Brettstück unter einen der Schrankfüße und bat von unten herauf, sie solle sich aufs Bett setzen. Sie setzte sich, erst auf die Kante, dann weiter nach hinten – die Schranktür öffnete sich nicht.

Unversehens, weil es ihr in den Kopf schoß, fragte sie: »Haben Sie Kinder?«

Immer noch auf den Knien, blickte er zu ihr hin, antwortete: »Fünf ...«, stellte fest, daß sie schöne, feste Beine hatte, stand auf, klopfte sich die Knie ab, fügte für sich selbst hinzu: amtlich, sah auf sie hinunter und sagte: »Er steht wieder.«

Vom Bezahlen für diesen Klacks Arbeit wollte er nichts hören. Roswitha Ziegler bedankte sich, geleitete ihn vors Haus und meinte, sie werde noch ein wenig laufen, in die Sportlerschänke vielleicht, zum Abendbrot. Der Meister hielt das für einen guten Gedanken. Sie sah ihm nach. Es war nicht der Mann, den sie bei der Empfangszeremonie als bescheuert beschimpft hatte.

Der Wirt der Sportlerschänke war eitel Freundlichkeit, er führte sie zu einem Ecktisch für zwei Personen, da könne sie alles sehen, sei selbst schön geschützt, und die Bratkartoffeln nach Art des Hauses stünden schon längst in der Backröhre, ihr Besuch sei angekündigt worden, er empfehle Bier zum rustikalen Abendbrot.

Roswitha Ziegler wunderte sich über die Zuvorkommenheit des Wirtes um so mehr, als er irgendeinen Jakub am großen Fenstertisch anfuhr. Bier auf den Tisch kleckern könne er daheim, aber nicht hier. Der Jakub nahm sein Taschentuch und wischte den Tropfen auf.

Die Männer an seinem Tisch grinsten, einer, lang, mit mächtigen Schultern und passendem Hintern, zehn graue Haare auf einem Kopf, für den es wohl keinen Hut von der Stange gab, dröhnte, Jakub solle heimgehen, der Wirt habe es heute aufs Feine.

Der Wirt brachte neues Bier für die Runde, knurrte ›Suffköppe‹, stellte ein volles Glas vor Frau Ziegler, wünschte, es möge ihr wohl bekommen, und die Bratkartoffeln seien gleich soweit.

Die fünf Männer spielten Karten, mit Trumpf und Kontra und Groschen, einer reihum mußte zusehen, sie beschimpften sich, lachten sich aus oder an und schoben sich unsinnige Sprüche hin und her über den Tisch. Roswitha Ziegler hielt Kartenspiele dieser Art für eine grobe, und Bridge, das sie zu erlernen versucht hatte, für eine langweilige Unterhaltung.

Die Bratkartoffeln kamen und dufteten wunderbar. Eine Stunde in der Röhre, dann Speckwürfel darüber, noch einmal zwanzig Minuten – und wem das nicht schmeckt, der hat einen falschen Gaumen, redete der Wirt und servierte dazu ein großes Holzbrett mit Bauernwurst, Schinken, sauren Gurken, Paprika und Tomaten. Den gesegneten Appetit, den er ihr wünschte, hatte die Frau wirklich und fand, daß dieses Abendbrot und die nachmittägliche Freundlichkeit des Tischlermeisters durchaus auf die positive Seite ihrer privaten Bilanz von und mit Salow gehörten.

Die Männer am Fenstertisch nahmen anscheinend keine Notiz von ihr, aber als sie den letzten Bissen mit einem guten Schluck Bier hinunterspülte, drehte sich der mächtige Glatzkopf um und sagte: »Alle Achtung! Fast meine Portion!« Sie lachten ihr freundlich zu, und sie fühlte sich wohl.

Sie fragte den Wirt nach Zeitschriften. Er bedauerte, das rechne sich hier nicht, und bot ihr den Fernseher an, in der Bar am Ende des Ganges. Sie sagte, Fernsehen sei das Letzte. Der Riese vom Kartentisch, der gerade pausieren mußte, wandte sich um: »Da haben Sie recht, junge Frau!« Die anderen sahen nicht einmal auf.

Daheim in ihrer kleinen Wohnung – aber in einem guten Haus, wie sie immer betonte – schaltete Roswitha den Fernseher wirklich nur bei Sendungen aus der Natur und bei

Judo-Übertragungen ein. Bis vor zwei Jahren hatte sie diesen Sport selbst ausgeübt und sich am Tage ihres vierzigsten Geburtstages von ihrer Gruppe mit zwei Würfen verabschiedet, die ihr, zusammengenommen, beim Wettkampf einen ganzen Punkt eingebracht hätten. Einen Gürtel hatte sie nie errungen, aber nun trug sie einen um die Hüften. Sie seufzte, weil sie daran dachte und daß ein Abendbrot wie das heutige eine schwere Sünde gegen den Judoka-Geist sei. Ihr Freund würde Mordio schreien ... Sollte er, manchmal führte er sich auf wie ein Ehemann. Obwohl ... Sie verlor sich in Nachdenken, was und wie es wohl jetzt wäre, hätte sie damals den Doppelgänger – in Wirklichkeit war es nur ein halber – von Helmut Schmidt geheiratet. Wahrscheinlich Langeweile. Oder andauernd Krach. *Ein* Mann ist immer gut für beides. Oder man müßte eine Maader sein.

Sie schüttelte energisch den Kopf, rief den Wirt, zahlte. Der Riese stand auf, sie reichte ihm so eben an die Halsgrube, er grinste breit, sagte in einem Tonfall, den sie nun gar nicht mochte: »So eine kleine hübsche Frau und will schon heimgehen« und legte, als sie sich abwandte, seine Pranke leicht auf ihr Hinterteil. Sie fuhr herum, und bevor er staunen konnte, lag er auf dem Boden. Nun staunte er. »An der ausgestreckten Hand könnte ich sie wegtragen, und sie wirft mich mitten in die Kneipe ...«

»Tja«, sagte Roswitha Ziegler und ging.

Vor der Schänke stieg Tischlermeister Jan Tepela eben vom Rad. Er müsse bloß eine Tür ausmessen, es dauere zwei Minuten, dann könnten sie zusammen nach Salow gehen. Sie laufe schon voraus, sagte sie, und als sie dann von weitem das Fahrradlicht sah, trat sie hinter einen Busch.

Er fuhr vorbei, sie murmelte: »Ich bin doch nicht verrückt« und war sich dessen nicht ganz sicher. Ihr Erstes Mal fiel ihr ein, es war an einem neunten Juni, ein solches Datum vergißt man nicht. Sie waren mit der Straßenbahn bis zur Endstation gefahren, ein Stück gewandert, der Mond schien, die Nacht duftete. Später hatte er, ganz Staunen, gesagt: »Wie groß dein kleines Gesicht jetzt ist!«

Heute schien kein Mond, die Nacht war sternenklar, Roswitha Ziegler verlief sich auf einen falschen Weg und war ein wenig stolz, als sie am Ende doch richtig in die ›Baracke‹ gelangte. Sie duschte ausgiebig, betrachtete ausgiebig ihr abgeduschtes blasses Gesicht und beschloß, mehr die ländliche Maisonne als den Schminkkasten zu nutzen. Sie legte sich ins Bett, der Schrank öffnete sein Maul nicht. Dank Meister Tepela. Wie er sie angeglotzt hatte, vor ihr auf den Knien …

11

An diesem Abend rief aus Hamburg Benno Bossak seine Frau an. Er fragte, wie es ihr gehe, sie sagte, gut, und er solle auf sich aufpassen in der windigen Stadt und nicht ohne Schal auf die Straße gehen. Er sagte, er passe schon auf, ihm gehe es gut, er wohne in einem sehr vornehmen alten Hotel, ganz in der Nähe des Grafen, der sich nur ›Cordialis‹ nenne und ihn wie einen alten Freund behandle. Das erzähle ich dir alles, wenn ich heimkomme, am Dienstag vielleicht, schlaf gut und auf Wiedersehen, meine Liebe.

Gleich danach rief er beim Schulzen an, sagte nur, es stehe gut, eigentlich sehr gut, aber es brauche noch ein paar Tage, und der Schulze solle zusehen, daß der BAAAL nicht ins Laufen gerate.

Lubina Franska fragte, was der alte Bossak überhaupt in Hamburg treibe. Fährt im Hafen spazieren, schlendert über den Fischmarkt, er wird es erzählen, wenn er heimkommt. Du wärest natürlich auf der Reeperbahn, sagte die Frau. Natürlich, wir fahren einmal hin, du und ich, zur Weiterbildung. Ihre Antwort blieb ihm erspart, weil der Älteste eintrat.

Dreijährig war Franz Franska im Kindergarten in eine Gruppe mit einem Jungen zusammen gekommen, der behauptete, sein Vater habe einen Elefanten in der Scheune. Der Elefant hatte sich bald in Luft aufgelöst, doch die beiden Jungen gingen zusammen in die Schule, zogen im selben Monat die Uniform an, einer Panzergrenadier und einer Funker, wurden Studenten, der eine hier, der andere da, Landwirt dann der eine, Rechtsanwalt der andere – die Freundschaft blieb.

Franska fuhr in die Stadt, begrüßte Frau und zwei Töchter des Anwalts und konferierte mit ihm im Arbeitszimmer: Gesetzt den Fall, du gibst mir Geld, ich kaufe eine Immobilie, die im Grundbuch auf mich eingetragen wird, ich habe aber vor, sie einem Dritten zu überlassen …

Erstens, sagte der Anwalt, gäbe er ihm bestimmt kein Geld, und zweitens habe er sich mit ›Gesetzt den Fall‹-Problemen während des Studiums befassen müssen, jetzt behandle er ausschließlich Konkreta.

Franska erzählte also vom Grafen Cordialis, vom – vielleicht – in Aussicht stehenden Geld, von der Mission Maria Maaders und der eigenen Entschlossenheit, LAFORAG zu retten. Der Anwalt hörte zu und begriff im groben, wer hier gegen wen um welchen Einsatz spielte. Er erklärte, das Bürgerliche Gesetzbuch sei eine wahre Fundgrube, sicher sei auch etwas für Salow darin zu finden, aber guter Rat sei in diesem Fall wirklich teuer, und sein lieber Freund Franz solle nicht glauben, das sei mit einer Privataudienz am Freitagabend abgetan.

Darauf tranken sie einen Cognac, der Anwalt ein Glas, der Schulze einen Fingerhutvoll, und der Schulze von Salow, Dr. Franska, erteilte dem Rechtsanwalt Mokry den Auftrag, in der Fundgrube der Gesetze nach Löchern zu suchen, die aneinandergereiht und miteinander verbunden eine Grube ergäben, in der BAAAL im heiligen Auflöse-Eifer sich selbst auflöste.

Das wäre ein guter Schluß, auch für Maria Maader, wenn sie denn das Gute fürs Land im Auge hätte, dachte der Schulze, während er durch die südlichen Gefilde der Grafschaft heimwärts fuhr. Unterwegs verhielt er bei dem Bauern, der sich mit dem radfahrenden Teufel unterhalten hatte. Franska deutete an, daß vielleicht einiges Geld ins Haus stünde. Der Bauer nickte, mit einem Stück guten Ackerbodens träte er sicher als Wiedereinrichter auf. Und ein, sagte der Schulze. Sie hieben sich auf die Schultern, und der Schulze fuhr in die Heide und besprach Ähnliches mit dem glatzköpfigen Riesen, der sich in der Sportlerschänke so unversehens auf der Diele befunden hatte. Vorwurfsvoll, aber nicht ohne Anerkennung meinte der Bauer, diese kleine Kröte hätte ihm ja glatt das Kreuz brechen können. So etwas habe er bisher nur im Fernseher gesehen. Er schüttelte den Kopf, schüttelte das Staunen heraus und erklärte, was den Landkauf betreffe, so wisse ja jeder, daß er ganz wild nach Land sei und drei tüchtige Söhne dafür habe.

»Aber«, er legte dem Schulzen seine Pranke auf die Schulter und machte ein Gesicht wie ein Makler, der eine Hundehütte als Villa verkaufen will, »dafür muß mir der Hajnik einen Hirsch freigeben. Im Lugwald stehen welche.«

»Du bist kein Jäger mehr.«

»Dann bin ich eben ein Wildschütz«, er lachte dröhnend. »Bevor ich Jäger wurde, war ich auch einer. Drei Monate habe ich damals gebrummt.«

Der Schulze schob die Pranke von seiner Schulter. »Es geht um die ›Grafschaft‹!«

»Weiß ich«, der massige Schädel nickte nachdrücklich. »Aber den Hirsch will ich trotzdem haben.«

Beim Oberforstmeister erwähnte Franska den erpresserischen Hirschhandel. Hajnik wischte das weg, bis zum Oktober fahre noch viel Wind über die Wälder. Zum Bericht über Bossaks Telefonat schrie Hajnik zur Verwunderung des Schulzen nicht Hurra. Es wäre schon ein Wunder Gottes, wenn sie genug Mittel auftrieben, die landwirtschaftlichen Flächen aufzukaufen. Völlig illusorisch sei das in bezug auf die Forsten. In ihrer Euphorie hätten sie alles zusammengeworfen und nicht bemerkt, daß ihr Topf zu klein sei.

»Bevor wir uns umdrehen«, sagte Hajnik, »hat die Maader die Forsten verscherbelt, wenn's sein sollte, für 'nen Appel und ein Ei – Hauptsache ist doch für sie, LAFORAG zu erledigen. Oder denkst du anders?«

Franska bekannte, ihm sei das große Zittern in Kopf und Seele gefahren. Plötzlich komme er sich tatsächlich vor wie das Schneiderlein vor dem Riesen, und kein Limburger Käse in der Hand. »Wir spielen große Trickkiste und können gerade Abracadabra murmeln.«

»So ungefähr«, meinte Hajnik und schlug vor, entweder Bossak anzurufen oder einen Boten zu schicken: Der Graf müsse unbedingt sofort Restitutionsanspruch auf die Forsten erheben.

»Richtig, Rudolf!« Franska nickte und nickte. »Dann sagen wir ihm, machen Sie mal das, Herr Graf, und dann das und das und das …« Er lachte, aber nicht fröhlich. »Ich habe gestern der Maader gesagt, wir seien hier in unserer entlegenen Ecke zurückgeblieben oder hätten uns rückgebildet. Sie hat es geschluckt, und mir scheint, wir müssen es selber schlucken. Wir gründeten in aller Unschuld nach gültigen Gesetzen und allen Regeln eine Gesellschaft, einige hundert Gesellschafter wählten uns beide zu Geschäftsführern, und wir Hansel dachten, nun fröhlich ran an die Arbeit, machen wir doch mal ein Stück blühende Landschaft aus unserer Grafschaft. Dachten wir! Und kein Gedanke daran, irgend jemand könnte ein Teufelswerk darin sehen und BAAAL – oder vielleicht doch Baal, wie der Pfarrer annimmt – als Exorzisten gegen uns Höllengesindel schicken.«

»Ja«, sagte der Forstmann trocken, »und die Maader als Weihwassergefäß. – Trotzdem oder eben deswegen: Schicke jemanden zu Bossak.«

Sie einigten sich – damit niemand Witterung nimmt –, Hanna Schneider, die keiner in irgendeine Verbindung zu

LAFORAG bringen konnte, als Expreßboten nach Hamburg fliegen zu lassen. Hajnik selbst wollte sie am frühen Morgen zum Flughafen bringen.

Als Hajnik von dort zurückkam, hockte Franska eingeschlossen im Schulzenamt, vor sich auf dem großen alten einfüßigen Tisch die Lagepläne der Großgemeinde Salow. Die Bauernäcker und die Flächen, die Frau Maader als ihr Objekt betrachtete, zeigten sich darauf als ein buntes, ineinander verschobenes Mosaik. Im ganzen ein Bild, das zu zerstören Franska den ganzen Sonnabend brauchte. Er schnitt hier ein Stück heraus, da ein Stück, maß und rechnete, und am Ende blieben Flächen übrig, verstreut im Ganzen und eingekeilt, Splitter, die kein Immobiliensüchtiger aufheben würde. Eine Anzahl Flächennummern schrieb er auf, einen Zettel für den Glatzkopf, einen für den Maisbauer, damit sie wüßten, was sie kaufen wollten.

Als letztes vom langen Tag murmelte er zur anderen Bettseite hinüber: »Die Ignilapiswerke und die leere Kaolingrube lasse ich ihr. Und um den Kirchturm kümmert sich der Pfarrer im Bündnis mit dem Lieben Gott.«

»Franska, Franska ...!« flüsterte die Frau.

Aber Franz Franska schlief schon den guten Schlaf des tapferen Schneiderleins, das das Einhorn am eigenen Horn gefangen hat.

12

Am Sonntag predigte der Pfarrer über das Sechste Gebot, das über die Hormonströme zwischen Mann und Frau befindet. Der geistliche Herr war in Sorge: War früher das Taufregister alljährlich sozusagen übergelaufen – nicht wenige Täuflinge darunter, deren Väter nur von Mund zu Ohr bekannt waren –, so war das vergangene Jahr ein nie zuvor aufgeschriebenes Dürrejahr gewesen, und die ersten vier Monate des neuen ließen befürchten, daß noch weniger Saat aufgehen werde. Der Pfarrer erinnerte die Gemeinde an einen seiner Vorgänger im Amt, der gepredigt hatte wie weiland der berühmte Mönch Abraham a Santa Clara im Stephansdom zu Wien. Alljährlich hatte er bei der Verlesung der Zahl der neugeborenen Christenkinder Dorf für Dorf mit einem kräftigen Eigenschaftswort bedacht und stets als letztes, donnernd wie der Prophet Jesaja, das »liederliche, verhurte Schulzendorf, das seine sündige Geschichte zu überwinden nicht willens sei«, genannt. Jedesmal auch spießte sein Zeigefinger von der Kanzel herab einen der Frommen unten auf, der in der Hurerei allen vorangehe. Ein Zeigefinger von oben und aus einiger Entfernung wirkt wie eine Schrotpatrone: wenn keiner aufjault, hat's keinen getroffen. Der damalige Schulze von Salow zuckte nicht einmal, als ihm ein Schrotkorn ins Fleisch fuhr.

Die fröhlichen Sünden jenes Schulzen vor Augen, ging der Schulze Efef in sich und erkannte, daß er in dieser Hinsicht seinem Schulzenamt in der rechten Nachfolge nicht genüge. Oder nicht mehr genüge. Wie jeder, der sich vergangen hat – gegen was auch immer –, suchte er die Schuld nicht bei sich, fand sie auch gleich in Lubina, und ihm wurde warm in Herz und Bauch, und es tat ihm nicht leid, das ehrwürdige Erbe der Schulzenväter nicht hochzuhalten. Er war es darum auch nicht, auf den nun die Faust Gottes niederfuhr, sondern »einer, auf dessen Gewissen es lastet, daß in der Geschichte unserer achthundertjährigen Kirchgemeinde schon das zweite Jahr mehr Totengewänder als Taufkleider gebraucht wurden. Wievielmal mehr, frage ich, als an den Heilkräutern, die Gott in seinem Garten wachsen läßt, verdient einer an sündigen Verhütern und gotteslästerlichen Pillen, Teufelswerk, das Leben …« Hier wollte der Prediger sagen: vernichtet, aber ein kurzer Gedanke an biologische Vorgänge ließ ihn zögern, und so schloß er: »… das neues Leben verhindert.« Sein Zeigefinger fuhr nicht aus, und der Apotheker murrte nur in sich hinein, was er anderen Orts laut gesagt hätte. Als hätte der Predigende das Murren gehört, wandte er sich dem wirklich Schuldigen zu, indem er verlangte, die Marktwirtschaft, an sich ein Segen, müsse in diesem Fall verboten werden. Hier erschrak er, in seinem Eifer sei er wieder einmal übers Ziel hinausgeschossen, fand aber einen guten Schluß mit der Schilderung, wie Jesus den heiligen Tempel von Händlern und Maklern ausräumte und so den Tempel wieder zum Haus Gottes machte.

Fast noch in der Kirchentür traf Franska mit dem glatzköpfigen Riesen zusammen, der dröhnte: »Sollen wir nun mehr, Efef, oder sollen wir weniger? Ich hab das nicht kapiert.«

Franska hatte keine Zeit, die Predigt zu kommentieren, Rudolf Hajnik war sicherlich mit der Botin Hanna schon zurück. Er eilte über den Friedhof zu seinem Wagen, als ihm aus der Sakristei heraus der Pfarrer in den Weg lief, Franska grüßte und legte einen Schritt zu. Der Herr in Schwarz, schon wieder schwitzend, würde sich entweder über Baal auslassen oder seine Predigt erklären, und beides wäre von einiger Dauer.

Bei Franskas Wagen stand lang, aufrecht und entschlossen Kutte, der als Bürgermeister nicht gerade schlecht gewesen war, fürs Schulzenamt aber nicht taugte. Kutte, der sich als Jugendlicher aus fremder und später auch eigener Ansicht des Opiums der Religion entwöhnt hatte, darum keine Kirchensteuer zahlte und Predigten nur aus zweitem Ohr hörte, sagte: »Mindestens tausend Leute wären bei mir zur Demonstration gegen BAAAL aufmarschiert! Und du bläst ihnen noch Zucker in den Hintern!«

»Ja, da hast du wohl recht, Kutte«, sagte Franska. »Ich bin eben der Schulze.« Er schloß den Wagen auf.

Kutte, der sich auf Argument gegen Argument vorbereitet hatte, konnte nur noch erklären: »Wir werden demonstrieren! Wir lassen uns nicht berauben!«

»Frau Maader tut nur ihre Pflicht, Kutte. Und wir werden ihr nach Kräften dabei helfen.« Franska schlug die Wagentür zu und sah im Rückspiegel Kutte stehen, lang, aufrecht, entschlossen und offensichtlich Spucke sammelnd, um ausspuken zu können.

Hanna Schneider wartete noch im Forsthaus. Sie berichtete Franska, was Hajnik schon wußte: sie habe Benno alles ausgerichtet, der habe sich eine Notiz gemacht und nichts dazu gesagt.

Dann aber erzählte sie das wirkliche Erlebnis der wenigen Stunden. Am Nachmittag war sie mit Bossak zum Grafen gegangen, eine zweigeschossige Villa, hell im Grünen am Alsterufer. Der Graf – auf dem Namensschild steht nur Cordialis – bewohnt die erste Etage allein. Am zweiten Weihnachtstag letzten Jahres war sein Sohn in den Schweizer Alpen tödlich verunglückt, daran ist dann bald seine Frau gestorben. Das wisse sie von Bossak.

»Dort dann haben wir darüber nicht gesprochen.« Sie dachte nach. »Der Graf – ich weiß nicht, wie ich ihn beschreiben soll. Ich bin einem Mann wie ihm zuvor nicht begegnet. Es ist vielleicht wichtig für euch zu wissen, wie er ist. Wenn ich sage: imponierend, so heißt das bloß, daß er *mir* zu Anfang so vorkam. In Wirklichkeit tut und sagt er nichts, um irgendwem zu imponieren. Er bat mich gleich, ich möchte den Kaffee kochen, er stellte die Tassen auf den Tisch. Wir redeten über meine Schule, auch über das Unglück mit meinem Mann, er fragte nach dem Frühling in Salow und hörte zu, als ich erzählte, wie wir die Maader empfangen haben. Er war sehr freundlich zu mir, aber er lachte nicht und lächelte nicht einmal. Er hörte zumeist zu, und ich hatte nie das Gefühl, es sei aus reiner Höflichkeit. Sein Gesicht, fast viereckig, war wie aus Holz, und trotzdem ... Ich weiß nicht wie, aber ich hatte das Gefühl, mit ihm zusammen in der Wüste oder im Urwald könnte mir nichts geschehen.«

Sie lächelte, um sich für einen solchen Bericht zu entschuldigen.

»Er hat dich sehr beeindruckt«, sagte Franska in einer sonderbaren, sehr fernen Empfindung von Neid. »Und mehr weißt du nicht?«

»Ich vertraue ihm«, sagte sie. »Am Montag – morgen also – kommt der Mann hin, der sein Vermögen verwaltet. Benno ist sich sicher, daß alles gut läuft.«

»Also«, Franska stand auf, »warten wir auf Benno.«

»Es kann sein, daß auch der Graf herkommt«, sagte die Frau.

»Also warten wir auf Benno, den Grafen und ein Wunder. – Soll ich dich heimfahren?«

»Sie ißt mit uns«, sagte Hajnik. »Dann bringe ich sie heim.«

Franska fuhr nach Hause, irgend etwas nagte an seiner Seele. Das wird eine Woche! dachte er, und anstatt sie weiter zu bedenken, versuchte er sich jenen Cordialis vorzustellen. Muß ja ein Supermann sein, Schild und Schutz im Urwald und in der Wüste ...

Lubina Franska fragte: »Ärger?«

»Hungrig«, sagte er und aß dann nicht einmal sein Schnitzel auf.

Nach dem Essen ließ er alle Fahrräder satteln, und zu fünft fuhren sie nordwärts in den Wald und auf die Heide. An mehreren Stellen fiel der Frau und den Kindern auf, daß Bäume kränkelten, vor allem Kiefern und Fichten entlang der Schneisen, sie trugen fleckenweise bräunliche Nadeln. Franska tat besorgt, zu besorgt, dachte die Frau, riß, als sie ein Stück liefen, einen Fichtenzweig ab, scheuerte mit dem Finger eine Nadel, und Frühlingsgrün kam hervor. Möglicherweise waren es wirklich Schadstoffe aus der Luft, Lubina Franska war sich nicht sicher, sie sah ihren Mann an.

»Ja«, sagte er. »Ich werde es dem Forstmeister sagen.«

Dann spielte er mit den Kindern Fangen und half dem Jüngsten einen Wildkaninchenbau auszubuddeln. Niemand, nicht einmal seine Frau, konnte ihm ansehen, daß er sich am liebsten darin verkrochen hätte.

Warum genau, wußte er selbst nicht. Es war, so empfand er es, eine partielle Seelenfinsternis.

13

Am Sonntagabend langten Direktor Engelmann, ein Sachbearbeiter, eine Sachbearbeiterin und drei Sekretärinnen in Salow an. Der Troß stand vor seiner vorübergehenden Wirkungsstätte und wußte nicht, wohin mit Koffern und Taschen und sich selbst. Engelmann war fahrig, zuständig sowieso nicht, BAAAL zahlt Gehälter, zahlt für Trennung vom eigenen Bett und Nutzung eines fremden in der Fremde, aber wo und wie einer das Bett findet, ist seine Angelegenheit – anders wäre es ein Eingriff in das Persönlichkeitsrecht und die Intimsphäre.

Einer der beiden Taxi-Männer, die nicht abgefahren waren, weil Koffer und Taschen sie ein Geschäft wittern ließen, hatte Mitleid mit dem verlorenen Haufen. Die Sportlerschänke habe einige Gästezimmer, am Sonntagabend könnten da welche frei sein.

Engelmann sah der Abfahrt nicht zu, er suchte Teufel und die Ziegler, fand nur den teuren Duft in dem einen und den leisen Speckgeruch in dem anderen Zimmer. Er packte seine Wochenration an Wäsche aus, aß zwei halbe Baguettes mit Schinken und Käse und viel Grünzeug nach Art des Hauses Big Mäck, vorsorglich auf dem Flughafen gekauft, brühte sich einen Pfefferminztee auf und versank in BAAAL-Gedanken. Dieses, der lange Tag und eine kleine Tablette verbrachten ihn bald ins Bett.

Er schlief fest, als der radfahrende Teufel eintraf und dann, nicht eben leise, unter der Dusche den Kanonensong aus der Dreigroschenoper sang. Nach Teufel duschte auch Roswitha

Ziegler, die beim Abendbrot in der Sportlerschänke sowohl Teufel als auch dem Meister Jan Tepela begegnet war, der auf ein Bier und einen Schwatz mit Freunden dort saß. Der Schwatz erschöpfte sich gerade, als sie und Teufel ihre Jakken vom Haken nahmen. Roswitha Ziegler wäre heimgelaufen, den Weg kannte sie, und Angst hatte sie keine, aber Tepela war so freundlich, sie nicht laufen zu lassen, und Teufel hielt das für vernünftig. Die Fahrt war sehr kurz, und alles, was der Meister sagte, war es auch: »Heute ist der Sternenhimmel wirklich sternenklar« am Anfang, in der Mitte: »Sie haben ein wunderbares Parfüm« und am Ende: »Gute Nacht! Schlafen Sie wohl!«

Mehr war nicht, auch keine falsche Bewegung beim Schalten. Kein dummer Grobian, sagte sie zu sich, als sie im Bett lag, sich drehte und wand, um die richtige Lage zu finden, und der Schrank öffnete sich nicht.

Tepela in seinem Bett war eine Zeitlang im Ring mit seinem Gewissen, das ihn bedrängte, er müsse sich unbedingt an die Spitze der Delegation stellen, die er selbst am Sonnabend nach der abendlichen Betstunde seiner kleinen Christenschar zusammengesucht hatte. Tepela wehrte sich, das sei wieder einmal ein zu hastig ausgesprochener und nicht bis zum Ende überlegter Gedanke gewesen. Das Gewissen sagte, Larifari, angerührt ist angerührt, maulte und murrte, bis er ihm schließlich Roswitha Ziegler und ihren feinen Duft vorhielt, von dem man nicht wisse, in welchem Verhältnis er außerdienstlich zu BAAAL stehe. Das Gewissen jaulte auf und warf das Handtuch, und Jan Tepela schlief ein in dem guten Gefühl, wieder einmal sich selbst in Vernünftigkeit besiegt zu haben.

Am Montagmorgen geschah als erstes ein Unglück.

Der alte Nelepanz, bis zur Rente Forstarbeiter, besaß eine Wiese unmittelbar am Haus, aber auf dem anderen Ufer der Satkula. Der Weg dahin durchs Dorf führte über die Brücke, vorbei am Gehöft von Peter Wotawa, dem Schulzenrat, dem Nelepanz nie im Leben seine Stimme gegeben hätte. Jemand von dieser Sippe könnte gerade aus dem Hoftor treten, Nelepanz würde gegrüßt werden und sich genötigt sehen, taub und blind zu sein.

Der alte Nelepanz war eine Fingerhand Jährchen älter als Peter Wotawa, und doppelt so alt wie ihrer beider Jahre zusammen war der böse Unfrieden zwischen ihnen. Es soll zu ihrer Großväter Zeiten um einen Baum gegangen sein, den der eine fällte und der andere als sein Eigentum betrachtete. Von diesem Baum weiß niemand mehr etwas, nicht einmal, wo er gestanden hat, aber vom Streit wissen alle, ein solcher hat in Salow, wie anderswo auch, ein Leben wie sieben Katzen. Nelepanz hielt den Unfrieden in Ehren, und daß die Wotawas das nicht gleichermaßen taten, nahm er als fortwährende neue Kränkung auf. Darum benutzte er seit jeher zu seiner Wiese nicht den Weg über die Brücke. Zwischen Haus und Bach hatte er noch aus der Zeit, als er im Forst arbeitete, einen Stapel langer Bretter liegen, eines davon pflegte er von Ufer zu Ufer zu legen, wenn er auf die andere Seite wollte.

Auch an diesem Morgen baute er sich seinen Steg, hob den Graskorb auf den Rücken, nahm Wetzstein und Sense und ging nach frischem Gras für Ziege und Kaninchen. Über der Bachmitte brach das Brett, Nelepanz warf geistesgegenwärtig die Sense weit von sich und stürzte rücklings in das brusttiefe Wasser. Unglücklich gefallen, die Füße gegen die Strömung, den Kopf im zerbrochenen Weidenkorb, schluckte Nelepanz viel Wasser. Er kroch ans Ufer, der Wetzstein verloren, der Korb zerbrochen, das Brett den Bach hinabgeschwommen und er beinahe zu Tode gekommen – als die Frau angelaufen kam, japste er: Das Brett war angesägt.

Eine Stunde später wußte das halbe Dorf, daß der alte Nelepanz Opfer eines heimtückischen Anschlags geworden sei. Seine Frau habe in der Nacht undeutlich eine Säge gehen gehört, in der Dunkelheit nur einen Schatten gesehen, und der Schatten hatte einen Hut. Allen war bekannt, daß nur zwei Männer im Dorf Tag für Tag einen Hut trugen: der Kantor einen feinen breitkrempigen und Peter Wotawa einen alten zerbeulten und fast zur Mütze zusammengedrückten. Die Ohren- und Augenzeugin sagte, nein, ein feiner Hut sei es bestimmt nicht gewesen, und so ungeschickt, wie der Kantor sei, hätte er sich bei der nächtlichen Sägerei wenigstens einen Finger abgesägt. Eine Frau erfand ein Anliegen und ging zum Kantor – er hatte alle Finger heil an den Händen. Daran gab es nichts zu deuteln, also mußte die Sache anders gedeutet werden, und weil Nelepanz ins Wasser gefallen war, spaltete sich das Dorf.

Der Schulze stieß einen lästerlichen Fluch aus, als er von der Sekretärin Magermilch erfuhr, was vorging.

»Nelepanz fällt in den Bach, und das Dorf spielt verrückt«, knurrte er. »Das können wir jetzt gerade gebrauchen!«

Er wollte sofort los, an die Quelle des Gerüchts.

Magermilch sagte: »Damit erreichst du gar nichts, Chef. Laß das Brett suchen! Spätestens im Wehrstau hängt es.«

Der Schulze schickte Emil Jurisch los, der schleppte die zwei Brettstücke an, die Bruchstellen paßten zusammen, wie ein Ehering an einer alten Hand steckt. Franska ließ die Stücke vor dem Schulzenamt aufstellen, und jeder konnte mit eigenen Augen nachprüfen, daß Nelepanz' Brett keine Säge gesehen hatte.

Der Kantor in seiner vornehmen Geisteshaltung arrangierte zu Mittag ein zufälliges Treffen mit Peter Wotawa. Aus den Fenstern von Nelepanz – und anderen auch – gut zu betrachten, begrüßten sich freundlich ein feiner breitkrempiger Hut mit einem alten zerbeulten, und die zwei Männer darunter lachten sich an oder lachten etwas oder jemanden aus – das deutete jeder, der zusah und der davon hörte, so oder so.

Der Schulze Efef bat Veronika Magermilch, im Ramsch aus vergangenen Zeiten nach einer Medaille zu suchen, und steckte diese dann an ihre durchaus nicht magere Brust.

Im selben Augenblick donnerte der Hubschrauber und schwebte Maria Maader ein. Das Panzerauto stand parat und parat auch Kutte mit seiner Demonstration. Gegen Hubschrauberlärm und verpanzerte Präsidentin war schwer anzugehen. Kutte und seine vier Leute schulterten ihre auf Stangen genagelten Sprüche, trabten durch den Schloßpark und waren zur Stelle, als sich Frau Maader vor der Baracke aus dem Wagen schob.

Der dünne Chor verkündete: »Wir lassen uns nicht berauben, an Gerechtigkeit wir glauben«, und die Präsidentin schritt ins Haus, durch ein so mickriges Aufgebot gegen sich fast beleidigt.

Als sie zwei Stunden später bei einem Blick aus dem Fenster sah, daß die Stangensprüche weiter unentwegt vor der Baracke hin und her getragen wurden, wandte sie sich an ihre Dienstliche Sekretärin und ordnete an, einen Kasten Limonade für die Leute zu besorgen. Für den Fall, daß sie morgen wieder hier Demonstration übten.

Die Limonade wäre schon jetzt am Platz gewesen, weil eine Delegation aus fünf freundlichen Frauen und einem alten Mann erschien, um ihrer Gewogenheit für Baaal Ausdruck zu geben. Da ihr Sprecher, Meister Tepela, nicht erschienen war, übernahmen es die Frauen zu fünft, der Präsidentin zu erklären, daß Gesetz und Recht gleich Gerechtigkeit seien. Als eine in diesem Zusammenhang meinte, am besten wäre, der Graf käme zurück und alles in seine alte Ordnung, nickten alle, auch der stumme Mann. Eine erinnerte sich an ihre Kindheit, da habe der Graf jedem Kind zu Ostern ein Paar Holzpantoffeln geschenkt, zur Kirmes zwei Billetts für das Karussell und zu Weihnachten für jede Dorfhälfte einen Sack Nüsse und ein großes Paket Pfefferkuchen. Das sei gerecht und schön gewesen, und so sollte es wieder sein. In der Sache waren die Frauen einer, in deren Erscheinung verschiedener Meinung. Eine plädierte für Anoraks einmal im Jahr, eine für Taschenrechner, eine für Spiel- und Sportgeräte, der schweigsame Mann schließlich in Wahrung der Tradition für Holzpantoffeln und Nüsse.

Nach freundlicher Abschiebung der Delegation sagte die Präsidentin zur persönlichen Sekretärin Ziegler: »Notieren Sie das, als Kuriosum.«

Roswitha Ziegler erlaubte sich zu sagen: »Ich habe aber nicht verstanden, was die wollten.«

Die Präsidentin nickte. »Notieren Sie es.«

Sie selbst trug in ihr Persönliches Berichtsbuch ein: »Grafentreue erleichtert Durchsetzung demokratischer Gesetze.« Irgendwie hatte sie das Gefühl, diese Treue beginne sich nun an sie zu heften.

14

Nachdem Engelmann am Morgen aufatmend festgestellt hatte, daß ein Telekom-Trupp dabei war, die sonderbar verwirrten Kommunikationsstränge zu entwirren, begab er sich aufs Schloß. Die Museumsfrau Hanka Elle begrüßte ihn freudig, bot ihm gleich eine Tasse Kaffee an und konnte sich nicht genugtun mit der Schilderung des schönen Empfangs der verehrten Frau Präsidentin, und welch eine Ehre es für sie ganz persönlich gewesen sei, der Präsidentin und den beiden Herren Direktoren ihr bescheidenes, aber mit viel Liebe und Hingabe aufgebautes Museum vorführen zu können.

Engelmann, in geordneten Verhältnissen lebend, war an warmherzige Freundlichkeit nicht gewöhnt, schon gar nicht, wenn sie so aus einem Menschen heraussprudelte wie aus der fülligen, adretten Museumsfrau. Seine zaghaften Versuche, den Fluß ihrer Freundlichkeit aufzuhalten und zu seinem Anliegen zu kommen, wurden als Interesse an den Exponaten des Museums mißgedeutet. Er dürfe noch einmal in aller Ruhe betrachten, was er am Tage des Empfangs leider nur kurz in Augenschein habe nehmen können, sagte die Frau, wies hin auf Details, erklärte Zusammenhänge und wurde nicht müde, herzlich und fachkundig zu sein. Im Obergeschoß schloß sie eine Kammer auf – es sei das gräfliche Ankleidezimmer gewesen –, wo mit dem Gesicht zur Wand ein Dutzend Ölgemälde standen. Sie zeigte ihm jedes einzelne, Werke jener Gräfin, die der Krieg des letzten Kaisers zur Witwe gemacht hatte.

Engelmann, der ohne besondere Kunstkenntnis bestimmte Bilder alter flämischer Meister aus naivem Gefallen liebte, entdeckte unter den Ölgemälden überrascht ein kleines dunkles Bild, das er sofort einem jener Meister zugeordnet hätte: Unter hohen Laubbäumen, gesäumt von Gebüsch, ein ausgefranster schmaler Weg, der zu einer Steinbank führt, Versteck und Geheimnis.

Er bat, das Bild ins rechte Licht stellen zu dürfen. Lichtpünktchen ließen einen Sommertag ahnen und machten den Hintergrund noch tiefer – er hatte den Eindruck, die Malerin habe ein Besonderes, nur ihr Bekanntes festhalten wollen. In der rechten unteren Ecke war ein Datum eingekratzt – 17. 7. 16 –, welcher Maler, dachte Engelmann, hält den Tag so fest, wenn er nicht ein besonderer für ihn ist.

Hanka Elle erzählte, die Steinbank stehe noch im Park, die starke Quelle, die dort, in Stein gefaßt, einst sprudelte, habe der Schwiegervater jener Gräfin-Malerin wegen ihrer Liebschaft mit dem Schulzen zubetonieren lassen. Die Quelle, heißt es, habe liebessüchtig gemacht. Sie lächelte: »Aus ihr kommt heute alles Trinkwasser von Salow. Aber wir Eingeborenen sind immun. Einigermaßen wenigstens.«

Die Quelle und wieviel Liebe sie mache, interessierte Engelmann nicht, das kleine dunkle Gemälde um so mehr. Er wüßte auch den rechten Platz dafür in seinem Arbeitszimmer.

Die Frau sagte: »Diese Bilder haben wir erst kürzlich in einem Bodenverschlag entdeckt. Sie sind noch nicht inventarisiert …«

Engelmann hörte den Satz in der Luft hängen, er atmete flach.

»Einem Gast unserer Gemeinde wie Ihnen, Herr Direktor Engelmann, könnte ich verantworten, es zu überlassen«, erklärte sie, ihre herzliche Freude darüber war nicht zu überhören.

Engelmann wehrte ab, redete von Bezahlen, aber von Bezahlen konnte keine Rede sein, weil kein Verkauf möglich sei. Er konnte sich gegen die resolute Freundlichkeit nicht durchsetzen, und am Ende fand das kleine Werk gut Platz in seinem Aktenkoffer.

Für Engelmann war es nun nicht leicht, auf den Grund seines frühen Besuches zu kommen, doch war er lange genug Beamter, um auch diese schwierige Situation zu meistern. Ohne einen Übergang zu suchen, erklärte er in verbindlichen Worten, daß – leider – BAAAL das Schloß als Amtssitz benötige, und er sei hier, um die Modalitäten einer Übergabe zu vereinbaren, selbstverständlich unter Berücksichtigung der berechtigten Interessen des Museums.

Hanka Elle folgte seinen Ausführungen mit gesammelter Aufmerksamkeit, ihr Gesicht wurde traurig-kummervoll, und dann sagte sie mit wirklich tiefer Anteilnahme: »Es tut mir furchtbar leid für Sie, Herr Direktor Engelmann, und auch für die verehrte Frau Präsidentin, aber das Museum können Sie nicht haben. Es ist erstens im Bestand der Museen des Landes ...«

Engelmann warf ein, daß BAAAL Befugnisse habe ...

Sie ließ sich aber nicht beirren: »... zweitens wäre nirgends Platz, die zum Teil unersetzlichen, wertvollen Exponate sicher unterzubringen, und drittens käme es ohne Zweifel zu einem Aufstand der gesamten Bevölkerung der Grafschaft. Ein gewaltsames Einschreiten dagegen wäre in seinen Folgen nicht ausdenkbar, auch für BAAAL nicht.

Nein, Herr Direktor«, schloß sie, »das geht wahrhaftig nicht. Und«, sie lächelte aus ihrer Betrübnis, »am Ende nur über meine Leiche.«

Sie versicherte, daß sie selbst, der Schulzenrat und alle

Bürger der Grafschaft alles Erdenkliche zu Wohl und Nutzen von BAAAL tun würden, mit Freude und von ganzem Herzen. Doch auch die andere Hälfte des Schlosses, wo behinderte Menschen eine Heim- und Werkstatt gefunden hätten, stehe unter dem Schutz von höheren Werten, als der Amtssitz einer hohen Behörde sie darstelle. Daß das, was sie leider habe erklären müssen, Herrn Engelmann betrübe, betrübe wiederum sie, und ob sie ihm noch einen Kaffee brühen dürfe.

Engelmann ließ den Kaffee ungebrüht und verließ die fast zu Tränen betrübte Museumsleiterin in der dumpfen Ahnung, daß offenbare Freundlichkeit nicht notwendigerweise ein Bestandteil demütiger Ergebenheit ist.

Hätte er gewußt, daß die Museumsfrau nach seinem Abgang in ein Verzeichnis ein genau beschriebenes kleines Gemälde als Leihgabe an Direktor Engelmann eintrug, wäre ihm auch noch andere Ahnung aufgekommen.

Gänzlich anders begann die neue Arbeitswoche für Direktor Benedikt Teufel. In Abwesenheit Engelmanns entnahm er dem Trupp der Neuankömmlinge den fixen jungen Mann als Sachbearbeiter und die jüngste Sekretärin, ein quirliges Mädchen mit rabenschwarzer Durcheinander-Frisur.

Kaum hatte er seine Abteilung etabliert, erschien ein erster Kunde, ein glatzköpfiger Hüne, der sich ohne Umstände in den Sessel vor Teufels Schreibtisch fallen ließ und mit einer Stimme, die die ganze Baracke füllte, erklärte, daß hier ja alles richtig nobel geworden sei. Danach stellte er sich vor als Bauer Werab aus Heidedorf, zweiundzwanzig Hektar Ackerland, sieben Hektar Wald und drei Söhne im Haus.

Er fragte: »Ist euer Laden nun geöffnet? Ich meine, kann ich nun was kaufen?« Bevor Teufel amtliche Auskunft geben konnte, fügte er an: »Ihr habt doch hier so eine kleine Kröte als Rausschmeißerin oder was. – Mit der will ich nichts zu tun haben, Sie sehen ja aus wie ein anständiger Mensch. Also so zweihundert Hektar will ich haben«, er zog seine Brieftasche und fischte einen Zettel heraus, »um es genau zu sagen, zweihundertundachtzehn. Haben Sie den Plan da?«

Teufel fand Art und Tempo der Verkaufsverhandlung ungewöhnlich, rollte zögernd den Lageplan auf dem Tisch aus und hoffte, der Mann würde nicht gleich auch noch das Geld aufblättern. Werab las von seinem Zettel Nummern ab, legte einen dicken, vernarbten Zeigefinger, dem das erste Glied fehlte, auf die betreffende Stelle im Plan, das wolle er kaufen, und Teufel solle das notieren, damit ihm keiner zuvorkomme. Den Preis könnten sie später aushandeln, aber er sage gleich, daß er die Flächen kenne, viel wert seien sie nicht. Er legte seinen Ausweis auf den Tisch, Teufels Sekretärin zog aus dem Computer ein kurzes Schriftstück, Unterschrift und BAAAL-amtlicher Stempel, der Bauer Werab ging, und Teufel kam langsam wieder zu sich. Er schraffierte die ausgesuchten Flächen mit dünnem Bleistift und stellte, leicht verwundert, fest, daß ihm dazwischen leere Flecken blieben.

Er hatte nicht viel Zeit, darüber nachzudenken, ein schwerer Wagen rollte an, und ein Großfabrikant rustikaler Möbel aus der Gegend der Präsidentin erschien, ein magerer Mann in feinem Sommerloden. Er wünsche die Wälder zu sehen, die zum Verkauf stünden, wenn möglich, gleich, Zeit ist Geld.

Teufel rief den Oberforstmeister an, fuhr mit dem Waldkäufer zum Forsthaus, dort stiegen sie um in einen Jeep, und der Oberforstmeister führte dem Möbelmann die Forsten vor. Erst als dieser auf sichtbare Waldschäden hinwies, bekannte Hajnik, sie zu kennen, nicht aber ihre Ursache. Die erfahrenen alten Forstarbeiten, sagte er und lächelte ungläubig, behaupten, es handle sich um eine Wurzelerkrankung durch über Jahre im Boden abgelagerte Schadstoffe. Gegen Ende des Krieges haben ja hier schwere Kämpfe getobt.

Am Rande einer Schneise lagen entästete Kiefern- und Fichtenstämme. »Ich habe wahllos einige Bäume einschlagen lassen«, sagte er.

Dem Möbelfabrikanten genügte ein Blick, um Kernfäule festzustellen. Er habe genug gesehen, sie könnten zurückfahren. Hajnik wollte ihm noch die Schläge zeigen, wo schöne Birken stünden, aber der Fabrikant hatte kein Interesse an heimischen Birken, zuviel Verschnitt, zuwenig Nutzen.

Der Oberforstmeister bedauerte wortkarg, Teufel wortlos und verabschiedete den Holzinteressenten, der seinen Unmut über die unnütze weite Reise nicht verhehlte, noch vor Ankunft der Präsidentin. Er machte eine Aktennotiz über den Besuch und über die Waldschäden der zum Verkauf stehenden staatseigenen Forsten.

Rudolf Hajnik wies seine Leute an, noch mehr kranke Bäume in den Forsten zu suchen und sie an verschiedenen Schneisen abzulegen. Er sah den Himmel blau und wünschte sehr, er bliebe noch lange ohne Regenwolken und wüsche die Waldschäden nicht ab.

15

Gleich nach ihrer Ankunft ordnete die Präsidentin eine Arbeitsbesprechung an. Kurz davor erschien, durch keinen Pförtner und kein Vorzimmer aufgehalten, die Schulleiterin Edith Mikan bei ihr.

Die Präsidentin blickte die unangemeldete Besucherin sehr verwundert und wenig freundlich an und sagte: »Bitte?«

Edith Mikan entschuldigte sich höflich, aber kurz, so gleich zu gleich, stellte sich als Direktorin der Mittelschule vor, sie spreche aber auch für die Grundschule, ihr Anliegen betreffe beide.

Wieder sagte die Präsidentin: »Bitte!« und sah, sitzend, die Stehende unbewegt an.

Die Schulleiterin nahm sich einen Stuhl, »Ich darf mich doch setzen?« Sie erklärte ohne Umschweife, daß seit der Gründung der ersten Schule in Salow durch den Grafen August Friedrich vor einhundertundsiebzig Jahren alljährlich am letzten Mai-Wochenende das große Schulfest gefeiert werde. Das habe früher der Graf finanziert, später das Volksgut und der Staatsforst, und da ja BAAAL nun beide übernommen habe, bitte sie hier um die traditionell gewährte Unterstützung für das diesjährige Fest.

Maria Maader mißfiel diese selbstsichere Person in zunehmendem Maße, Frauen dieser Art waren ihr sowieso zuwider, sie sagte: »BAAAL hat keine Möglichkeit, Ihr Fest zu sponsern.«

Sie stand auf, Edith Mikan stand auch auf.

Sie sagte: »Und Sie persönlich, Frau Präsidentin?« Es war eine freundliche Bitte. »Wir würden Sie gern als Ehrengast begrüßen.«

Die Wunden der Ehrung beim Empfang brachen frisch auf. »Ich bin an Wochenenden nicht hier«, beschied sie die Bittstellerin. Sie überschlug die Zahl der Kinder, zehn Mark für eines – eine horrende Summe! »Leider«, sagte sie.

»Entschuldigen Sie die Störung«, sagte die Besucherin und ging.

Maria Maader ärgerte sich über sich selbst, daß sie so rechnete. Sie murrte und wandte sich wieder der Aufgabe zu, die ihr Tag für Tag eine Steuerlast auferlegte, die die erbetene Summe noch überstieg.

Die Dienstbesprechung bestand zu Beginn vor allem aus einem beifälligen Nicken der Präsidentin für Teufels ersten potentiellen Käufer und einem Knurren für Engelmanns mißlungenen Sturm auf das Schloß. Als Engelmann sich zu erklären erlaubte, daß man nach dem Anfangserfolg Teufels annehmen dürfe, den BAAAL-Auftrag schneller als erwartet erfüllen zu können, möglicherweise und unter Umständen, die Nutzung der Gästezimmer als Büroräume erwägend, das Schloß nicht unbedingt …

Hier unterbrach ihn die Präsidentin. »Herr Engelmann!

Sie sorgen dafür, daß mir entsprechende Arbeitsräume im Schloß zur Verfügung stehen. Und daß ich nicht noch einmal so überfallen werde wie gerade erst!«

Engelmann wußte nichts von einem Überfall, und Teufel hatte die Schuldirektorin nur auf der Treppe getroffen, als der Chauffeur zwei Kästen Limonade herauftrug und sie beide ihm auf dem Treppenabsatz ausweichen mußten. Bei der Gelegenheit bemerkte die Frau, daß – nach wissenschaftlicher Analyse! – das Trinkwasser in Salow besser sei als die marktüblichen Mineralwässer und schon gar Limonaden. Als kleine Unfreundlichkeit fügte sie an, das Salower Wasser sei besonders für die Präsidentin zu empfehlen, weil es zu einem freundlichen Gemüt verhelfe.

Teufel war im weiteren Verlauf der Besprechung versucht, doch ein Literglas Wasser für die Präsidentin zu holen, weil sie sich sehr ungnädig darüber ausließ, daß der Käufer Möbelfabrikant verlorengegangen war. Die Waldschäden schien sie Teufel persönlich anzulasten, wie sie auch die Last der Eroberung des Schlosses am Ende noch einmal auf die hängenden Schultern Engelmanns wuchtete.

Danach labte sich Teufel selbst mit dem Wasser, kredenzte auch seinem Kollegen Engelmann ein Glas, und als Roswitha Ziegler in die Teeküche trat, wurde sie ebenfalls getränkt und durch Teufel über Gemütsheilung und durch Engelmann über Liebeserweckung unterrichtet. Das Wunderwasser schien schnell zu wirken, denn sogar Engelmann verzog einen Mundwinkel bei der Bemerkung der Sekretärin, das Tief ›Maria‹ stecke zur Zeit voller Sturm und Hagel, und da die Chefin mehr als an den Himmel an die Wissenschaft glaube, sollte man ihr die wissenschaftliche Analyse des Salower Wassers auf den Tisch legen. Unvermittelt lachte sie auf, war aber nicht zu bewegen, den Grund zu verraten. Ihr war eingefallen: Wenn nun tatsächlich irgendwie Liebe in diesem Wasser steckte, und die Präsidentin tränke kräftig davon … undenkbar!

Sie ließ noch einmal jedem ein Glas vollsprudeln, dann gingen sie an die Arbeit, die Ziegler, um als Persönliche zur Stelle zu sein, Teufel, um sich mit Lageplänen und Preistabellen auf künftige Verhandlungen vorzubereiten, und Engelmann machte sich auf den Weg ins Schulzenamt, um dort mit den Worten der Präsidentin: »Das Schloß gehört in die Masse«, den Schulzen zur Kapitulation zu bewegen.

Auch der Schulze saß über Plänen und Tabellen, er hatte wenig Zeit, aber doch so viel, um Engelmann gegenüber zuzugeben, das Schloß von 1945 gehöre tatsächlich »zur Masse«, das heutige aber sei an die Großgemeinde Salow so hoch verschuldet, daß BAAAL kaum noch auf einen Ziegel auf dem Dach Anspruch erheben könne. Zum Beweis seiner Behauptung zeigte er Engelmann Fotos vom Zustand des Schlosses vor dreißig Jahren, als es noch dem Landkreis gehörte, und eine Aufstellung der Leistungen, die die Gemeinde dafür erbracht hatte, nachdem es ihr zur Nutzung übergeben worden war. Zehn Jahre lang war jeder gesunde Einwohner der Grafschaft zwischen sechzehn und sechzig Jahren durch Ortssatzung verpflichtet gewesen, monatlich eine Stunde Arbeit in das Schloß zu investieren. Er überließ es Engelmann auszurechnen, was das monetär und moralisch als Summe ergab.

Engelmann, einen gänzlich anderen Schulzen vor sich sehend, stellte sich die Summe vor, eine durchaus mögliche langwierige Auseinandersetzung vor Gericht und vor allem seine entschlossene Chefin. Er knickte ein. »Aber die Präsidentin ...«

»Ich weiß«, sagte der Schulze, »ihr steht ein Domizil zu, das ihrer Bedeutung angemessen ist. Wir, der Schulzenrat, ich persönlich und alle Bürger unserer Gemeinde würden alles tun, was nur zu tun möglich wäre, um sie auch in dieser Hinsicht zufriedenzustellen.« Er dachte nach, und Engelmann schöpfte Hoffnung. »In Kirchdorf«, er wiegte den Kopf, »steht ein Schloß, das heute zwar so aussieht wie das Salower vor dreißig Jahren. Aber mit ein paar Millionen ...«

Engelmann fuhr auf: »Sie machen Witze, Herr Franska!«

»Durchaus nicht«, sagte der Schulze. »Ich suche nur nach Möglichkeiten. Außerdem – eben fällt es mir ein –, jenes gehört ja nicht zu Ihrer ›Masse‹. Es tut mir außerordentlich leid, Herr Engelmann.« Er nahm Fotos und Leistungsverzeichnisse an sich und wartete auf Engelmanns Abschied.

Doch der Direktor sah das Tief *Maria* vor sich und nahm einen neuen Anlauf.

»Versetzen Sie sich doch bitte einmal in meine Lage«, sagte er. »Wenn Sie jetzt mir hülfen ...«

»Nichts lieber als das!« beteuerte der Schulze. »Und was Ihre Präsidentin betrifft, sie ist eine so umgängliche, freundliche Frau mit einem überragenden Verstand – ich bin sicher, sie wird es weder Ihnen noch uns verübeln, daß sie das Schloß leider nicht beziehen kann. Da würde ich mir an Ihrer Stelle keine Gedanken machen. – Aber was die Hilfe anbelangt: Wir haben eine eigene Baufirma, die könnte Ihnen in kürzester Frist neue Büroräume aufstellen, so daß die Präsidentin dann das Gästehaus für sich allein hätte.«

Engelmann sah zwar, daß sich hier eine vernünftige Lösung anbot, doch aus Erfahrung wußte er, daß bei einem Streit zwischen Prinzip und trivialer Vernunft die Präsidentin sich in der Regel – wie ein unverrückbarer Felsblock – auf die Seite des Prinzips stellte, vor allem, wenn dieses – wie im vorliegenden Fall – sozusagen von ihrem Fleisch und Blut war.

Der Schulze, als versetzte er sich wirklich in seine Lage, grinste. »Unser Wasser ist sehr gut fürs Gemüt. Lassen Sie Ihre Chefin viel trinken!« Er reichte ihm die Hand, geleitete ihn hinaus und sagte als ein gutes Wort zum Schluß: »Wir sind, wenn es um mögliche Dinge geht, sehr kooperativ, Herr Engelmann, und immer auf gutes Einvernehmen aus.«

»Uff!« sagte er drinnen zu Veronika Magermilch, und jetzt sei er nicht mehr da, höchstens für seine Frau.

Eine halbe Stunde später rief die Dienstliche Sekretärin

der Präsidentin an, der Schulze möge herkommen, die Frau Präsidentin wünsche ihn zu sprechen.

Veronika Magermilch sagte ihr Sprüchlein auf, und als der Schulze auch nach wiederholter Aufforderung nicht in der ›Baracke‹ erschien, fiel der Präsidentin ein, daß Franz Franska als Schulze nicht ihr Untergebener war und als gewesener Direktor des gewesenen Volksgutes in keinerlei Beziehung zu ihr stand. Vor Zorn trank sie ein Glas Wasser und dann noch eines und überschlug, wieviel Geld Salow einnehmen könnte, wenn es diese wirklich wohlschmeckende Mineralquelle marktwirtschaftlich nutzte, statt sie als gewöhnliches Naß durch gewöhnliche Leitungen an die Leute zu vergeuden.

Als ihr tags darauf Teufel die wissenschaftliche Analyse der Quelle vorlegte, verhärtete sich ihre Ansicht über die Absonderlichkeit der Eingeborenen von Salow, und sie bedauerte, daß rechtlich nur oberirdisches Wasser zur ›Masse‹ von BAAAL gehörte.

16

Während Kutte und sein Häuflein weiter unentwegt ihren Gerechtigkeitsglauben auf Stangen vor der Baracke hin und her trugen, ab und zu sich versammelten und vor den Fenstern der Präsidentin laut ihre Sprüche skandierten, befand sich Teufel ganz konkret inmitten eines Knäuels von Recht und Gerechtigkeit.

Er besuchte mit dem brandneuen Dienstwagen eine große Schweinemastanlage, zu der eigene Schlachtung und mehrere Verkaufsstellen auch außerhalb der Großgemeinde Salow gehörten. Diese Anlage war vor Jahren auf bäuerlichem Grund in enger Kooperation des Volksgutes und der weiterhin bestehenden Bauerngenossenschaft errichtet worden – einige Kubikmeter Mauerwerk und eine unbestimmte Anzahl der Tiere mußte Teufel also verkaufen.

Der Leiter des Betriebes, ein robuster graustoppeliger Mann mit dem Beinamen ›Arafat‹, zeigte sich im Hinblick auf die Tiere sofort kooperativ.

»Die mit den roten Ohren sind BAAAL-Schweine«, erklärte er freundlich, »die mit den rosigen gehören uns. Sie können sich die Ihren gleich heraussuchen und auf den Markt treiben. Wir haben nichts dagegen.«

»Und ernsthaft?« sagte Teufel.

»Das steht in Ihren Akten.«

Teufel wußte, was in den Akten stand, aber BAAAL als Schweinehändler konnte er sich trotzdem nicht vorstellen, schon gar nicht als Wurstverkäufer, obwohl laut damaligem Kooperationsvertrag von jeder Wurst ein Zipfelchen rechtens ein BAAAL-Zipfel war.

Auch darin war der Mann mit Teufel einer Meinung, nur daß die Wurst hier Schulden hieße. Wenn BAAAL dafür einen Käufer auftriebe, wäre das für sie wie Schinken oder Speck. »Wenn Sie gar einen Großhändler von jenseits der Elbe fänden, der fett im Geschäft ist, würden wir sogar möglicherweise unsere Zahlen mit dickem schwarzem Stift schreiben«, sagte der Mann. Im übrigen aber sei er zwar hier der Chef, der richtige Partner für BAAAL aber sei der Vorsitzende der Genossenschaft.

Teufel wollte die an sich ungewichtige Schweinegeschichte möglichst schnell und ohne bürokratischen Aufwand von seinem Tisch haben, er sagte: »Aber Sie könnten doch unsere Viecher kaufen ...«

»Könnte, aber kann nicht«, der Stoppelbärtige grinste. »Kein Bedarf. Kein Geld.«

Teufel sprach von Kredit, der andere hob abwehrend die Hände, Kredite fressen Schweine schweineweise, nein, BAAAL soll seine Viecher abholen, sie hätten selbst noch zuviel.

»Wieviel?«

»Vierzig Prozent von dem, was wir damals hatten.«

Teufel bezog das ›damals‹ auf den Beginn, in den Akten

waren fünftausend Tiere festgehalten, zehn Prozent davon gehörten dem Volksgut, zweihundert Tiere also heute. Ein Klacks.

»Welchen Preis würden Sie bieten?«

Der Mann lachte. »Gar keinen. Geschenkt wäre noch zu teuer. Das Futter ist jeden Tag teurer, das Fleisch jeden Tag billiger. Nein, Herr Direktor, lassen Sie einen Transporter anrollen und laden Sie auf.«

Jetzt lachte auch Teufel. »Oder aber ich zahle Ihnen für jedes Schwein eine Mark.«

Der Betriebsleiter grinste. »Da würde ich vielleicht anfangen zu überlegen.«

Sie reichten sich freundschaftlich die Hand, Teufel fuhr zum nächsten Teil seiner ›Masse‹, und der Mann mit dem Beinamen Arafat informierte telefonisch seinen Vorsitzenden über die wacklige Position von BAAAL in der Schweinegeschichte.

Teufel traf in der Milchviehanlage ein, wo zur Zeit noch rund ein halbes Tausend Milchkühe, Jungtiere und Kälber standen. Hier waren die Besitzverhältnisse noch verworrener. Die Anlage stand auf volkseigenem Grund, war von der Bauerngenossenschaft errichtet worden, die Tiere überwiegend bäuerlicher Besitz, das Futter zum guten Teil vom Volksgut, die Weideflächen für das Jungvieh volkseigen – ein Durcheinander, das, so dachte er, in einer Eintopf-Wirtschaft – jeder gibt hinein, einer rührt, alle löffeln – irgendwie vorstellbar war, der Marktwirtschaft aber fremder als die Vorstellung, unter dem Weihnachtsbaum säße ein Osterhase.

Der Chef hier, von so milder Gemütsart, als ernährte er sich ausschließlich von Salower Quellwasser, war wortkarg, schien viel vom Rindvieh zu verstehen, aber nichts von Verträgen und Geschäften. Er klagte, leise vor sich hin, über den Milchkonzern, der karg und zögernd zahle, über Arafat, der zu wenig Rind und Kalb aus diesem Stall auf seine Ladentische bringe, und die EU in Brüssel, die die Bauern an den Katzentisch setze.

Teufel durfte einen Blick auf die Milchkühe werfen, ihm kamen dabei die lila Milchkuh und die ›glücklichen Kühe‹ im Fernsehen in den Sinn und daß ihretwegen hier manches Eutertier vorzeitig auf die Schlachtbank gemußt hatte.

Den angebotenen Becher Milch trank er gern, sie schmeckte ihm nicht anders als die aus den Flaschen, die siebenhundert Kilometer weit in die Salower Dörfer gekarrt wurden. Möglicherweise, dachte er, trinken die Bayern im Austausch Milch aus diesem Stall. Solcher Austausch förderte sowohl die Nationalstaatlichkeit als auch die Transportunternehmer.

Er bedankte sich bei dem Milchmann und fuhr nach Kirchdorf.

Die GmbH »Agrargenossenschaft Satkula« residierte in einem alten Bauernhof, ihr Vorsitzender war ein kleiner, in der rechten Schulter ein wenig schief gewachsener Mann mit einer Stimme, der Teufel weder Freundlichkeit noch Unfreundlichkeit abzuhören vermochte. Der Bauer hörte sich ruhig an, was sein Besucher über Rindvieh und Schweine zu sagen hatte, und erklärte sich ohne Umstände bereit, BAAAL beim Viehhandel selbstlos mit gutem Rat zu unterstützen, ab sofort auf Weiderechte und Futterlieferungen zu verzichten, den Hektar Unland, auf dem die Milchviehanlage stehe, zu einem vernünftigen Preis zu kaufen und den Kooperationsvertrag, auf Null zu Null berechnet, aufzulösen. Da sei kein langes Verhandeln nötig, weil der Vertrag, den Bauern vor zwölf Jahren aufgezwungen, ihnen sowieso wie ein Klotz am Bein hänge.

Teufel, die Weisung der Präsidentin im Ohr – verkaufen um jeden Preis – und von der klaren Position seines Partners beeindruckt, verkaufte schließlich die Tiere zu einem symbolischen Preis und nach einigem Handeln einen Hektar Unland für eine Summe, die ihn vor sich selbst in den Verdacht brachte, ein billiger Jakob zu sein. Sie unterzeichneten die getroffene vorläufige Vereinbarung und einigten sich auf einen notariellen Vertrag. Am Ende schied Teufel zwar mit dem Gefühl, ein verworrenes Geflecht nach Recht und Gerechtigkeit entflochten zu haben, doch irgendwo bohrte es in ihm, und als er den Wagen aufschloß, kam ihm der heidnische Baal in den Sinn und daß diesen erst eine Gemeinschaft von Gläubigen besiegt hatte. Die alte Geschichte ins Heute versetzt: Frau Präsidentin könnte auf den Gedanken geraten, er habe mit dem eben abgeschlossenen Handel einer Gemeinschaft von falschen Gläubigen in die Karten gespielt.

Er fuhr – weil es für die Sportschänke zu spät war – in die Stadt zum Mittagessen. In der Enge der Altstadt suchte er lange nach einem Parkplatz, und als er ihn schließlich fand, stieg neben ihm die Gymnasiallehrerin Hanna Schneider in ihren Wagen. Sie erkannte Teufel wieder und war nach kurzem Zögern bereit, ihm ein Lokal, wo man gut essen und angenehm sitzen könnte, zu zeigen. Das Lokal, ein mittelalterliches, sorgsam restauriertes Gewölbe, befand sich im Eckhaus einer schmalen, kurzen Gasse und bot kaum mehr als einem Dutzend Gäste Platz.

Hanna Schneider hatte schon gegessen, aber ob sie den Kaffee hier trinke oder erst daheim – die Zeit dafür nehme sie sich immer.

Sie ließ sich ausfragen über die Stadt, ihre Schule, die sieben Satkula-Dörfer und fragte selbst, ganz unbeteiligte Zuschauerin, nach BAAAL, seinem Zweck und Nutzen. »Die Leute sagen alle: der Baal – das ist lustig, nicht?«

»Tja, und ich heiße Teufel.«

Sie lachten, Teufel sagte: »Ihre Nase lacht mit.«

»Ich weiß. Irgendwie ist sie nicht erwachsen.«

Teufel erzählte, daß und wie er soeben eine Herde Schweine und eine Handvoll Rindvieh losgeworden sei, beinahe hätte er dafür noch Dankeschön sagen müssen.

Die Lehrerin fragte nach der Heide, sie meine, die Forsten.

Man höre so vieles, Leute kommen von sonstwoher, schlachten die Wälder aus, barbarisch, und zurück bleibt eine Wüste.

»Die Leute kaufen die Flächen«, sagte er. »Was sie dann mit den Bäumen machen … Es ist ihr Eigentum.« Er zuckte mit den Schultern. »Vielleicht gelingt es mir, einen Millionär zu fangen, der unbedingt ein Jagdgebiet haben will.«

»Ich wollte, ich wäre einer«, sagte sie.

»Ich würde Ihnen einen guten Preis machen.«

Sie lächelte, unter ihren Augen zeigten sich kleine Fältchen. »Ich muß los«, sagte sie. »Im Auto liegen neunundzwanzig Englisch-Diktate.«

An seinem Auto steckte ein Bußgeldzettel, er hatte vergessen, einen Parkschein zu lösen. Er brummte, er fühle sich gleich heimischer.

»Wir holen auf«, sagte sie.

Sie fuhr voraus. In Schulzendorf stieg er aus seinem Wagen, vom Haus her kam ein großes, schönes Mädchen und öffnete die Garteneinfahrt.

»Meine Familie«, sagte die Frau.

Er bedankte sich für die gute Stunde und wünschte, ihr stünde über den kurzen Weg großes Geld ins Haus. Mit ihr würde er gern um Wald und Heide feilschen.

Im Büro verfaßte er einen kurzen Bericht über die erfolgreiche Privatisierung von Schweinen, Rindern und einem Stück Unland. Der Bericht war der eines erfahrenen Beamten und eines Mannes, der vielleicht eine Geschichte schreiben würde über eine kleine dumme Blume fünf Schritt vor einem Gletscher.

17

Die Präsidentin war nicht gut gelaunt. Die Eroberung des Schlosses kam nicht voran. Statt zu stürmen, erfand Engelmann butterweiche Ausflüchte und unternahm es sogar, ihr in seinem ausufernden Bürokratendeutsch möglichen Nutzen und voraussehbaren Schaden einer Inbesitznahme des Schlosses vorzutragen. Ihm zuzuhören war reine Zeitverschwendung, weil er zwar Verordnungen und Gesetzestexte seitenweise aus dem Kopf herbeten konnte, für Übergeordnetes aber keinen Platz im Hirn hatte. Das Übergeordnete war erfaßt im Persönlichen Berichtsbuch der Präsidentin: Der Schulze, der den Hinterwäldler spielt, hat mit allem Bedacht das Schloß als Museum sozusagen zu einer Festung ausgebaut. Seine Rechnung ist einfach: BAAAL braucht zur Erfüllung seiner Aufgabe das Schloß nicht. Wenn es trotzdem unser Museum zerstört, tut es das einzig, um sich als Sieger zu erweisen und uns zu erniedrigen …

An dieser Stelle hatte Maria Maader ihren Bericht ausgesetzt, weil sie ins Grübeln geriet. Natürlich konnte von einer absichtlichen Erniedrigung der Leute hier keine Rede sein. Da sie aber die abstruse Vorstellung hatten, sie könnten sich die verflossene Grafschaft unter Mißachtung klarer Rechtsverhältnisse nach Gutdünken einrichten, das Schloß als Symbol – ihr triumphaler Radetzky-Marsch durch das Dorf fiel ihr ein, die Impertinenz, mit der sie sich im Schloß als Gastgeber aufspielten, das Monstrum von Sessel, ihr in die Kniekehlen gestoßen, das boshafte Ave Maria – widersetzlich von Anfang an, und also …

Bis dahin gelangte sie jedesmal, und wenn einmal doch darüber hinaus, rief sie sich selbst aus Gesetzestreue zur Ordnung.

Das Also war der Nagel, den der Schulze in den Balken BAAAL getrieben hatte, und sie hatte keine Zange, ihn herauszuziehen. Sie dachte nach, ob sie je schon in einer solchen Lage gewesen war.

Dabei geriet sie auf einem Nebengleis wieder ins Schloß, an das abscheuliche Sesselmonstrum, wandte sich ab und sah die Truhe, mit der Großgraf Emanuel zur Wartburg gereist war, um Luther zu sehen. Sie roch den duftenden Ambrosius und sah den widerlichen Schulzen …

Da meldete sich am Telefon Hajnik, der Oberforstmeister.

»Ja?« knurrte sie.

Um sich in Erinnerung zu bringen, sagte er, er sei der Dirigent der Feuerwehrkapelle, und ob er zu einem kurzen Besuch zu ihr kommen dürfe.

»Selbstverständlich!« sagte Frau Maader. »Kommen Sie.«

Hajnik erschien in glänzenden Langstiefeln, forstmeisterlich gewandet. Er grüßte höflich und knapp und verbeugte sich leicht – der erste wirklich gebildete Mann in dieser Umgebung. Sie bot ihm einen Sessel an und zog wie zufällig ihren eigenen hinter dem Schreibtisch hervor an dessen Seite.

»Der Grund meines Besuches, Frau Präsidentin«, sprach Hajnik, »ist der momentane faktisch herrenlose Zustand, in dem sich die ehemals gräflichen Forsten befinden.« Nach ihrer Herausnahme aus den Staatsforsten und der Stornierung der LAFORAG als Aktiengesellschaft hingen – rein rechtlich – alle Arbeitsverhältnisse sozusagen in der Luft.

Die Präsidentin benötigte keine weiteren Erklärungen, sie machte sich eine Notiz und bat Hajnik, mit seinen ›Leuten die Stellung zu halten‹, bis die Forsten verkauft seien. Und natürlich würden die im Gesetz vorgeschriebenen Ablösungen für die, die nicht im Staatsforst verblieben, von BAAAL gezahlt werden.

Hajnik bedankte sich für die Zusicherung und gab zu bedenken, ob nicht ein Forstfachmann bei den Verkäufen ein Wort haben sollte, damit nicht eine Wüstenei entstünde an Stelle der ausgedehnten – und das dürfe er wohl sagen: gut gehaltenen – Waldungen.

Die Präsidentin hielt die von Teufel festgestellten Waldschäden in diesem Zusammenhang nicht für relevant und meinte, natürlich dürfe man diese besondere Landschaft nicht zerstören, und wenn er in dieser Hinsicht für BAAAL tätig sein könnte, würde sie das begrüßen. Hajnik bekundete sein Einverständnis, und die Präsidentin machte sich auch dazu eine Notiz.

Dann sah sie den Oberforstmeister mit ihren kühlen grauen Augen außerdienstlich an, eine Spur von Freundlichkeit zwischen Stirn und Kinn. »Wissen Sie, daß Sie eine große Ähnlichkeit mit einem berühmten Schauspieler haben?«

Hajnik nickte. »Mit Willy Birgel, ich weiß. Eine Cousine meiner Großmutter war eine geborene Birgel.«

Die Cousine der Großmutter hatte zwar Perchel geheißen, war nie in ihrem Leben aus dem heimatlichen Kirchdorf hinausgekommen, hatte vermutlich nie jenen Willy auf der Leinwand gesehen – aber was bedeuten schon ein paar Buchstaben vor der Möglichkeit, für eine hochvermögende Persönlichkeit den Schwarm ihrer Mädchenjahre darzustellen?

Die Präsidentin lächelte auch wirklich. »Was für Zufälle doch das Leben bereithält!« sagte sie und war beinahe bereit, Hajnik eine Tasse Kaffee anzubieten.

Hajnik war nicht auf ein Gespräch vorbereitet, das diesen konkreten Zufall näher beleuchten sollte, er rückte sich steif zurecht, bereit zum Aufstehen.

»Ja, Frau Präsidentin. – Ich fürchte, ich habe Ihre Zeit schon über Gebühr in Anspruch genommen.«

»Ich freue mich«, sie erhob sich, er stand auf, »daß Sie uns mit Ihrer Erfahrung zur Verfügung stehen wollen. Ich lasse den Vertrag aufsetzen und bitte Sie, gelegentlich vorbeizukommen.« Sie reichte ihm die Hand.

Hajnik verbeugte sich wie weiland Willy Birgel. »Ich danke Ihnen, gnädige Frau.«

Er ging, die Stiefel glänzend, das Forstgewand eine Litewka.

Nun war die Präsidentin ganz sicher, einen wirklich gebildeten Mann vor sich gehabt zu haben. Sie schob ihren Stuhl wieder an seinen amtlichen Platz, um sich weiter mit dem Problem ›Schloß‹ zu beschäftigen. Eine noch ferne Ahnung bot eine überraschende Lösung an: Vielleicht könnte Hajnik die Zange gegen den Nagel des hinterhältigen Schulzen sein.

Doch kaum hatte sie angefangen, diese Ahnung abzutasten,

versetzte ihr das wirkliche Leben einen wuchtigen Schlag. Ein Fax voller Zeichen und Zahlen, kein Buch mit sieben Siegeln für sie: die Börse der vaterländischen Geldmetropole spiele verrückt, bringe ins Taumeln auch ihre eigenen Werte. Es schrie nach sofortiger Intervention aus nächster Nähe, Erfahrung war gefragt, um Taumelndes zu stützen. Ein Wider-Fax wurde losgejagt, und ihm hinterdrein jagte die Präsidentin, um das Ihre zu verteidigen.

Im Flugzeug spielte sie ein schwieriges börsenstrategisches Planspiel durch. In einer Spielpause trat plötzlich Anomen auf, jener der Maria Castella. Die Präsidentin beäugte ihn, sehr von weitem, und beschloß, vom heimischen Grund aus nach einem möglicherweise vorhandenen Grafen Cordialis Und Anomen fahnden zu lassen.

Roswitha Ziegler informierte die Direktoren Engelmann und Teufel über die Abwesenheit der Präsidentin bis Anfang nächster Woche. Engelmann erlitt einen einmaligen Anfall von Entscheidungsmut und trug den beiden vor, daß jetzt die Gelegenheit sei, im Kampf um das Schloß den Sturm abzublasen, ohne die Belagerung aufzuheben. Vor sich selbst erschrocken, geriet er nach wenigen Sätzen ins Stottern und Stocken, aber Teufel und die Ziegler erfaßten den Kern seines taktischen Einfalls schnell und entwickelten ihn zum fertigen Plan. Sie waren mit solchem Eifer dabei, daß Engelmann keine Zeit blieb, seinen Mut zurück in die wohnliche Hütte vorsichtiger Inkompetenz zu treiben.

Erschöpft durch die Beratung und auch durch das Vergnügen der beiden anderen daran, überließ er Teufel das Handeln. Der telefonierte sofort mit dem Schulzenamt, erfuhr von Veronika Magermilch, wo etwa der Schulze zu finden sei, setzte sich ins Auto und fand Franska bei drei Leuten, die mit einer Pflanzmaschine Kartoffeln in BAAAL-Acker verbrachten.

Teufel wunderte sich, aber Franska erklärte, es geschehe

aus reiner Liebe zu BAAAL, denn ein gut bestellter Acker lasse sich besser verkaufen als ein versteppender. Die Beteuerung der Liebe ließ Teufel lieber unerörtert, die Argumentation aber leuchtete ihm ein, und daß die Pflanzkartoffeln nicht so gut rochen wie Frischware aus Malta, hielt er für natürlich. Es geht um das Schloß, sagte er, und her mit der Baufirma, die – laut Engelmann – am Ort und innerhalb kürzester Frist in der Lage sei, einen Bürotrakt aufzustellen. Dieser müsse den Anforderungen von BAAAL genügen und seiner Bedeutung entsprechen, kurz so sein, daß die Präsidentin im Angesicht des während ihrer Abwesenheit Hingezauberten nicht vor Zorn explodiere.

»Fahren wir!« sagte der Schulze.

Sie fuhren nach Heidedorf, die Firma hieß »Satkula-Bau«, ihr Chef Martin, Franska verfrachtete ihn ohne Umschweife in sein Auto, Teufel fuhr hinterher, holte Engelmann aus der ›Baracke‹, sie besichtigten den Standort, einigten sich, der Chef Martin versprach, am nächsten Morgen den Entwurf für einen Bau aus Fertigteilen und einen Voranschlag vorzulegen, und Engelmann wurde taumelig im Kopf und mußte eine Tablette nehmen.

Nach der Abfahrt von Schulze und Baumensch kochte Roswitha Ziegler für sie drei Kaffee, danach fand Engelmann wieder gänzlich zu sich, zitierte einen alten Römer mit dem Spruch von der Notwendigkeit, bei jedem Beginn das Ende zu bedenken, und entschied, daß bis zur Wiederkehr der Präsidentin das Obergeschoß der ›Baracke‹ so herzurichten sei, daß sie darin komfortabler wohnen könne, als es im alten Schloß möglich wäre.

Er stürzte sich ohne Verzug mit seinem elektronischen Notizbuch und Roswitha Ziegler, die ja die Bedürfnisse und Gewohnheiten ihrer Chefin am besten kenne, in die Besichtigung der bescheiden ausgestatteten Räumlichkeiten, erkundigte sich im Schulzenamt bei Magermilch nach einem kompetenten Wohnungsausstatter in der Stadt und bestellte diesen her.

Roswitha Ziegler meinte, man dürfe die Ortsansässigen nicht übergehen, der Tischlermeister Tepela sei ein wirklicher Meister seines Fachs, es könnte von mancherlei Nutzen sein, ihn hinzuzuziehen.

Engelmann hielt das für richtig und wichtig, und Frau Ziegler machte sich auf den Weg. Sie fand den Meister in der Werkstatt, zwei Lehrlinge bei ihm, einer, ein langer Schlacks mit Ohren wie weiland ein Außenminister, starrte sie groß an und schnupperte hörbar. Der Meister selbst begrüßte sie höflich und bedauerte, ihr keinen Stuhl anbieten zu können, höchstens, er lachte, die Hobelbank seines Großvaters, die nur noch aus Tradition hier stehe.

Der Sekretärin fiel als Auftrag an diesen kleinen Handwerksbetrieb nichts ein als die Möglichkeit, das langweilig weiß gestrichene Wohnzimmer der Präsidentin mit edlem Holz verkleiden zu lassen.

Der Meister wiegte den Kopf, das Holz sei kein Problem, er brauche nur in die Stadt zu fahren, aber für einen solchen Auftrag müßte er alles andere liegenlassen, und die Kunden sprängen schnell ab, wenn man vereinbarte Termine nicht halte. Andererseits freilich – die Frau Präsidentin und – als sich die Besucherin doch auf die Hobelbank setzte, die Knie rund, die Beine eine gute Ansicht – wenn er ihr, Frau Ziegler persönlich damit einen Dienst erwiese …

»Sie täten es wirklich, Meister«, sagte Roswitha Ziegler sanft, glitt von der Hobelbank und legte wie zuredend die Hand auf seinen glatten, muskulösen Unterarm. »Wirklich. Ich führe auch gleich mit Ihnen, um das rechte Holz auszusuchen.«

Jan Tepela zögerte nicht länger. Ein Wort an die Lehrlinge, der Frau in den Kleintransporter geholfen, fuhr er zur Baracke, um auszumessen. Engelmann gab seine Einwilligung, und Roswitha Ziegler half dem Meister beim Messen, geschickt und einmal auch so ungeschickt, daß sie stolperte und er sie auffangen mußte. Jan Tepela war fröhlich und hatte die Bibel nicht im Kopf.

18

In Kirchdorf läutete es zu Mittag, als Benno Bossak vor der Gartentür aus dem Taxi stieg. Der alte Kater Nikolaus schlenderte heran und strich um seine Füße. Die Frau kam, das Gesicht voller Freude. Bossak ließ seine Tasche fallen, umarmte seine Frau und küßte sie.

»Ach, meine Alte!« sagte er.

»Ach, mein Alter!« sagte die Frau und klopfte ihm auf den Rücken.

Er nahm die Tasche auf, umfaßte mit der freien Hand ihre Schulter, sie gingen ins Haus, der Kater schritt hinterher.

»Am Sonnabend kommen die Kinder, alle Mann«, redete sie. »Bis dahin wirst du dich ja wieder erholt haben.«

»Ich fühle mich sehr gut, ich freue mich auf sie.«

Ihre zwei Söhne und die Tochter hatten jedes drei Kinder. Wenn sie zu Besuch kamen, selten alle auf einmal, war die Freude groß, und wenn die beiden Alten am Gartentor standen und den Abfahrenden hinterhersahen, waren sie auf eine andere, stille Art froh.

Im Haus schnupperte der Mann.

»Die Plinsen stehen in der Röhre«, sagte sie.

»Ich beeile mich.« Plinsen auf Leinöl – es gab nichts, was besser schmeckte.

Er brachte seine Tasche nach oben, hängte die Jacke auf den Bügel, nahm eine gestrickte, wusch sich die Hände, die Frau zog die Plinsen aus der Röhre, er öffnete das Glas mit dick in Zucker eingekochten Preiselbeeren, sie saßen einander gegenüber im kleinen Zimmer am Tisch, und er sagte: »Es ist schön, wieder zu Hause zu sein.«

»Ich bin froh, daß du gesund zurück bist«, sagte sie.

Sie aßen, sie fragte ihn nicht aus, seit vielen Jahren wußte sie, daß er nach einer Reise eine Zeit brauchte – sie meinte: er muß erst das ›Daheim‹ einatmen, bevor er erzählt.

Er trank ein Glas Wasser, schluckte seine Tabletten und wollte, wie immer, das Geschirr abtrocknen.

»Setz dich in deinen Sessel und ruh dich aus«, sagte sie. »Ich mache das allein.«

»Na gut, bis du fertig bist. – Dann laufen wir ein bißchen.«

Sie hantierte so leise wie möglich in der Küche; als sie ins Wohnzimmer trat, schlief er. Sie setzte sich in ihren Sessel und wartete.

Nach einer halben Stunde wachte er auf, zog sich für den Alltag um, und sie gingen ein kurzes Stück Straße und dann ihren Waldweg.

Er nahm ihre Hand, eine kleine, feste, warme Hand.

»Hänsel und Gretel«, sagte er.

»Ja, mein Hans«, sagte sie.

Ihm fehlten ein paar Wochen zu achtzig, ihr ein paar Monate zu fünfundsiebzig. Gefährtin meiner Jahre, dachte er, es war sehr gut, zusammen alt zu werden.

Sie querten die Fahrstraße, die zum »Heidehof« führte, und bogen hinter den »Steinbergen«, drei riesigen Findlingsblökken, auf einen zwei Schritt breiten Pfad in den Hochwald ab.

»Nun erzähl schon«, sagte die Frau.

»Den Anfang kennst du ja aus meinem Brief.«

»Hast du schön geschrieben, mein Chronist«, lobte sie.

»Das Ende war das Interessanteste. Kannst du dich an Aureano erinnern?«

Sie erinnerte sich vage. Als blutjunges Ding war sie Hausmädchen beim Forstmeister gewesen, war manchmal ins Schloß geschickt worden, mit einem Fasan, einem Hasen, einer Botschaft.

»Der Diener?« fragte sie. »Auro?«

»Ja«, sagte er. »Er war ein Jahr jünger als ich.«

Aureano war der einzige Sohn des Bankiers Golder, Inhaber der Hausbank des Grafen in der schlesischen Provinzhauptstadt. Seine Eltern entkamen mit dem wirklich letzten Zug in die Schweiz, er lag mit einer Lungenentzündung im kleinen Krankenhaus der Schwestern von St. Boromäus. Noch bevor ihm irgendwer den gelben Stern aufzwingen konnte, verschwand er dort. Eine Zeit später hatte der Graf einen Diener, der staatenlos war, aufgewachsen irgendwo zwischen Sankt Bernhard und dem Genfer See – so stand es in seinen ordentlichen Papieren. Wie die Papiere ins Schloß Salow gelangt waren, welchen Anteil und Vorteil der einarmige Graf, der bis zum Ausbruch des Krieges alljährlich irgendeinen seiner zahlreichen Verwandten jenseits der Reichsgrenzen besuchte, dabei hatte, blieb sein und des Bankiers Geheimnis. Geheim auch die Summe, die die Beförderung des Grafen zu einem hohen Offizier – sozusagen honoris causa – der Waffen-SS und die Lieferung der zugehörigen Uniform den Bankier Golder gekostet hatte. Das Geschäft war so abenteuerlich wie gefährlich gewesen, und wieviel das schwarze Gewand im Mottenschrank des Grafen zur Rettung des Dieners Bartomeo Aureano beigetragen hatte, ist nicht ermeßbar. Er wurde gerettet über die Zeit, hieß wieder Dietrich Golder und übernahm nach seinem Vater das angesehene Bankhaus, zu dem der alte einarmige Graf Cordialis Und Anomen bis zu seinem Tod enge freundschaftliche und ersprießliche geschäftliche Verbindung hielt. Ob dieses Verhältnis mit mehr als einem guten Rat dazu beitrug, daß »die Lasten« des Grafen »ausgeglichen« wurden nach dem Bestand der längst verblichenen Großgrafschaft, oder ob ein Behördenmensch die, in dieser Hinsicht unfreundlichen, Beschlüsse des Wiener Kongresses von Anno Tobak nicht im Kopf hatte oder haben wollte – das so aufgefüllte Konto des Grafen glich im höheren Sinne zwar seinen Verlust nicht aus, machte ihn aber im trivialen erträglich und im Laufe der Jahre auch ertragreich.

Der Erbe des Kontos, Robert Donatus Graf Cordialis, geriet auf eine fremde Bahn, studierte zunächst das alte Athen von Sokrates, Perikles und Aristoteles und dann mit wachsender Intensität die sonderbar visionäre Zeit der Staufer. Er verlor sich mehr und mehr darin, und damit ging auch das von vornherein kümmerliche Interesse an seinem Geld verloren. Seine Verbindung zum Verwalter des Vermögens, dem um zehn Jahre älteren zeitweiligen Diener Aureano, vertiefte sich zu einer jener Freundschaften, die keiner Beteuerung durch Worte und keiner Erneuerung durch Feste bedürfen.

»Der also«, erzählte Bossak, »ist nach Hamburg gekommen, ein alter Mann wie ich, kein Haar auf dem Schädel, aber Witz im Kopf. Er hat seine Jahre in Salow nicht vergessen. Sogar an dich konnte er sich erinnern, ein schönes Mädchen mit einem dicken Zopf, und gut singen hättest du können.«

»Manchmal in der Küche haben wir gesungen. Er hat Mundharmonika gespielt.« Sie lächelte. »Was für Geschichten es doch gibt!«

»Die Zeit solcher Geschichten«, sagte er. »Oder auch: die Geschichten solcher Zeit.«

An einer Kreuzung bog er ab.

Sie wunderte sich. »Heute anders herum?«

»Zu Hajniks«, sagte er. »Besuch ankündigen. Cordialis und Golder kommen am Abend.«

Im Forsthaus gab es einen Anbau, zu Grafenzeiten waren hier die Forstadjunkten untergebracht gewesen. Hajnik hatte die Räume ausbauen und modernisieren lassen, im Sommer und vor allem, wenn die Heide blühte, fragten oft Fremde nach Unterkunft.

Frau Hajnik brachte Beerensaft, Bossak rief den Schulzen an, informierte ihn über die bevorstehende Ankunft von Cordialis und Golder, ihren Wunsch, sich noch am Abend zum Gespräch zu treffen, und bat, ihn selbst mit dem Auto abzuholen.

Heimwärts nahmen sie den kürzesten Weg.

Die Frau sagte besorgt: »Was habt ihr vor, mein Alter?«

»Die Rettung des Vaterlands.« Er legte ihr den Arm um eine Schulter, die andere schob sich unter die seine. »Mach dir keine Sorgen, ich bin nur ein Bote. Und außerdem«, er zitierte einen Wirtschaftsboß bei der Verteidigung dunkelgraumelierter Geschäfte, »bewegen wir uns absolut im Rahmen der Gesetze.«

»Denk an dein Herz!« mahnte sie.

»Ich denke immer an mein Herz, mein Herz.« Er zog sie für einen Augenblick fester an sich.

Der Kater Nikolaus wartete auf dem Torpfosten. Er ging mit ihnen ins Haus. Sie tranken Kaffee, es gab Sandkuchen dazu, und Bossak erzählte vom Fischmarkt, vom Hafen, von St. Petri – in Sankt Pauli war er nicht gewesen, zu spät, meine Liebe, zu alt.

19

Sie trafen sich, zwei Fremde und zwei Fremde, und Benno Bossak kannte alle. Professor Cordialis war sein eigenes Denkmal, der Bankier ein feiner alter Herr, das Gesicht tief verfaltet und die Kopfhaut blank, Hajnik sah aus wie Willi Birgel vor einem Graben, springen oder nicht springen, und der Schulze Franz Franska dachte an Kolumbus, der auch nicht wußte, ob er Land finden wird.

Sie setzten sich an Hajniks runden Tisch, durchs Westfenster schien noch die Sonne.

»Die Fünfer-Bande also«, sagte der Bankier, während er sorgsam eine schmale Zigarre aus ihrer Hülle schälte.

»Wir, Hajnik und ich, sind Lehrlinge«, sagte Franska.

»Reden Sie sich nicht heraus!« brummte Golder, während er das Anzünden der Zigarre zelebrierte. »Habe ich vielleicht Ihre Väter gekannt, damals?«

»Meinen kaum, er war hier Waldläufer«, antwortete Hajnik.

»Meiner war ein kleiner Bauer in Heidedorf, wir hatten nichts mit dem Schloß zu tun«, erklärte Franska.

»Also ehrbare Leute.« Golder nickte. »Und deren Söhne zetteln nun eine schlimme Staatsgeschichte an! Ich als unbescholtener Schweizer Bürger soll da meine Finger reinstecken.«

»Beide Hände, Herr Golder«, sagte Hajnik.

Golder sah ihn an, der Birgel war mir immer zu forsch, er sagte: »Also, meine Herren, reden wir Tacheles, ich habe wenig Zeit.«

Franska begann: »Professor Cordialis«, er blickte in dessen unbeweglich erscheinendes Gesicht, »kennt unser Anliegen im groben ...«

»Im groben ich auch«, warf Golder ein.

»... und im einzelnen haben wir nur vage Vorstellungen, die wir nicht präzisieren müssen, solange wir«, Franska grinste breit, »das Grobe nicht in den Händen haben. Hätte man nicht BAAAL gegen uns losgelassen, würden wir keinen Nothelfer brauchen. Unsere LAFORAG – gräflicher und bäuerlicher Besitz, dazu Läden und kleinere gewerbliche Betriebe – schrieb die letzten drei Jahre schwarze Zahlen. Sie machte keinen reich, aber sie ließ uns leben. Wir glaubten schon, wir seien davongekommen, hier in unserer äußersten Ecke. Doch leider hat man uns nicht vergessen. – Wenn BAAAL das ganze auseinanderreißt, werden wir zum Armenhaus im Lande. Und eben das wollen wir verhindern.«

»Dieser Baal wirkt laut Gesetz, wenn ich recht verstehe«, sagte Golder.

Franska nickte. »Wir haben keine Revolution vor.«

»Wir könnten uns freikaufen«, sagte Hajnik. »Wenn wir das Geld hätten.«

»*Sein* Geld«, sagte Golder und zeigte mit der Zigarre auf Cordialis, der keine Miene verzog. »Wieviel?«

Hajnik, ganz Birgel als Intrigant, antwortete: »Das kommt ganz darauf an, wie gut wir als listige Händler und ehrliche Betrüger sind.«

Cordialis grinste, der Bankier sagte: »Benno, in welche Gesellschaft hast du uns da gebracht!«

Bossak senkte den Kopf. »Ich habe sie bis heute für ehrenwerte Männer gehalten.«

Die Ehrenwerten Franska und Hajnik brauchten dem Bankier die Gesetze des Marktes von Angebot und Nachfrage nicht zu erklären, dafür aber die Lage der Frau Maader: sie *müsse* verkaufen, die amtlich nicht mehr existente LAFORAG dürfe nicht kaufen, und je weniger andere Käufer sich einfänden, um so größer die Chancen für Salow. Golder wiegte den Kopf: je mehr Interessenten herkämen und, ohne zu kaufen, wieder abführen, desto tiefer fielen die Preise. Wär's nicht auch so?

»Die Grafschaft muß zusammenbleiben!« bestimmte Cordialis. »Das Geld steht zur Verfügung – dank der abgelasteten Großgrafschaft. Klären Sie die Einzelheiten bitte unter sich.« Er wandte sich an Bossak. »Herr Lehrer, würdest du noch ein wenig mit mir laufen? Nicht weit, zum ›Lilienteich‹ nur. – Hier ist es mir zu langweilig.«

Bossak zögerte. »Da geht aber meiner Chronik viel verloren.«

»Besser verloren als aufgeschrieben, Benno«, sagte Golder. »Du schreibst einfach: Graf Cordialis besuchte die Grafschaft, trank Kaffee und ging in Begleitung seines alten Lehrers spazieren.«

»So ungefähr.« Bossak nickte und stand auf.

Die Sonne steckte schon hinter den Bäumen, aber es war noch hell. Der Wald duftete, zwei Finken sangen sich an, ein Zeisig zwitscherte, von fern quorrte ein Kolkrabe.

Sie liefen fast wortlos nebeneinander her, zwischen ihnen ein schmaler Streifen niedrigen, feinen Grases. Als sie am Teich anlangten, meinte Cordialis, der Weg vom Forsthaus bis hierher sei früher weiter gewesen.

»Und der Teich größer, der Himmel blauer, die Luft luftiger …«, Bossak lächelte. »Hier hast du übrigens schwimmen gelernt. Schwer, sehr schwer.«

Cordialis wollte das nicht wahrhaben. »Ich bin geschwommen wie ein Fischotter!«

»Später«, sagte Bossak. »Am Anfang warst du wasserscheu.«

Cordialis lehnte sich an den mannshohen granitenen Ständer am Abflußgraben, sah den rötlichen Abendschein auf dem Wasser, die Sprosse der Lilien, den grünenden Schilfgürtel, den Wald dahinter – er sagte: »Und der Stein, liegt er noch da?«

Der riesige glatte Stein lag noch halstief im Wasser, uralte Legende von bösem Recht und himmlischer Errettung durch die Madonna, älter die Geschichte als die Geschichten der Stauferzeit. Geschichten der Bossaks und Anomens und – später – der Cordialis'.

Darum, dachte Cordialis, und dann, auf dem Rückweg, und es dunkelte, sagte er: »Ich bin weder sentimental noch ein Philantrop. Aber …«

Zwanzig Schritt, und Bossak fragte: »Aber?«

Fast unwirsch antwortete Cordialis: »Es ist falsch, Geschichte zu zerreißen. Aus welchen Gründen auch immer.«

Bossak wollte sagen: Darum meine Reise zu dir. Bei Gott! – es ist mir schwer gefallen, dich, den Fremden, um Hilfe zu bitten. – Doch er schwieg. Während der Tage in Hamburg hatte er schnell erkannt, daß dieser verschlossene, letztlich vielleicht durch den Tod des Sohnes und der Frau gebrochene und seine Gebrochenheit niemandem zu zeigen gewillte Mann nicht einmal ertrug, daß man ihn in seinen ganz persönlichen Gedanken berührte.

Eines Abends freilich … Sie hatten vor dem Kamin gesessen, ein Glas Rotwein getrunken, erzählte Cordialis von Friedrich II, dem Staufenkaiser, der sich lieber Roger nannte, das Karolingische Reich in den Süden verlagert und noch einmal die Vision des Abendlandes …

Der alte Dorfschullehrer wußte wenig darüber, war fasziniert und fragte und fragte wieder. Cordialis nahm jede Frage an, er schlug ein Buch auf für seinen Zuhörer, romanesk, bunt und manchmal auch amüsant.

Plötzlich unterbrach er sich und sagte im gleichen Ton: »Ich doziere vor Ihnen, meinem ehemaligen Lehrer. Damals haben Sie Du zu mir gesagt und ich, wenigstens in der ersten Klasse, auch zu Ihnen. – Wollen wir es nicht wieder so halten?«

»Gern«, sagte Bossak, Cordialis nahm das zur Kenntnis, und dann war wieder der Staufer an der Reihe.

Vor dem Schlafengehen hatte Bossak notiert: Er ist ein sonderbarer Mensch. Irgend etwas bei jenem Kaiser hat ihn auf Salow gebracht. Man kann ihn darüber nicht befragen.

Sie sahen schon die Lichter im Forsthaus, als Bossak über eine Baumwurzel stolperte und gegen Cordialis' Schulter prallte.

Der Prellbock brummte: »Na, na!« und sagte vor der Haustür: »Du solltest im Finsteren nicht spazierengehen, Benno.«

Die »Dreierbande« saß noch am Tisch in Hajniks Arbeitszimmer, ziemlich zufrieden mit sich, wie es schien.

»Die Verschwörung ist perfekt«, sagte der Bankier. »Ob das Haupt der Königin fällt, hängt von diesen beiden jungen Leuten ab. Ich habe das Meinige getan und das Deinige eingesetzt.«

Cordialis sagte: »Ich habe erfahren, daß ich als Junge wasserscheu war.«

Hajnik und Franska starrten ihn an, als wäre ihnen der alte Mann vom Mond erschienen.

Frau Hajnik hatte im Wohnzimmer den Tisch gedeckt. Es gab Försterliches: Rehrücken in Sahne und Schinken vom Wildschwein, eingelegte Steinpilze und dick eingekochte Preiselbeeren.

Der feine alte blankschädelige Herr war der hungrigste Esser und der gesprächigste Gast. Er erzählte von seinen Jahren auf Schloß Salow, von dem Treck gen Westen, erinnerte sich an den letzten Augenblick vor dem Auszug, als er plötzlich, ohne nachzudenken, aus der Diener-Rolle zurück in die – vielleicht jahrhundertealte – Tradition der eigenen Familie fiel, jedem ein Glas eingoß und feierlich sprach: »Setzen wir uns noch einmal hin und trinken auf die, die bleiben, und die, die gehen.«

Jetzt hob er sein Glas vor der Hausfrau: »Ich bin froh, daß ich hergekommen bin. Die damalige Försterin war alt, unschön und geizig – Sie sind in allem das Gegenteil.«

Frau Hajnik wurde rot, antwortete aber tapfer: »Ich kenne nur Schweizer Käse und Schweizer Schokolade – daß Schweizer Bankiers auch gut sind, habe ich nicht gewußt.«

Cordialis sah die Frau erstaunt an, Golder strahlte. »Ich mußte erst nach Salow, wo ich so lange unerkannt lebte, zurückkehren, um richtig erkannt zu werden. Darauf nehm' ich noch einmal Schinken!«

Cordialis sagte: »Was ich vermisse, wenn Sie erlauben, ist Leinöl.«

Frau Hajnik sprang auf und brachte ihm ein frisches Tellerchen und in einem Sahnekännchen Öl, er brach Brot, stippte es in das Öl, bestreute es mit Salz und aß.

Sie sahen ihm zu und warteten, irgendwie war es sonderbar feierlich.

Cordialis strich mit einer Krume den letzten Tropfen auf und nickte. »Es schmeckt wie damals. – Wir hatten ein Gemälde, das duftete danach.«

»Es hängt im Schloß«, sagte Franska. »Graf A. B. C. D …«

»… der noch Napoleon gesehen hat auf seinem Wege nach Moskau. Später ist er erblindet«, deklamierte der Professor. »So habe ich es von meinem Vater gelernt.«

Später, als die Gäste gegangen waren und ihr Mann ihr beim Abräumen half, behauptete Frau Hajnik, Cordialis habe dabei gelächelt, ein winziges bißchen.

Bossaks Frau wachte auf, als er heimkam. Er berichtete, und sie seufzte: »Gottseidank, und nun schlaf schön.«

Lubina Franska wartete im Wohnzimmer und ließ sich berichten. Sie sagte: »Und nun bist du wieder der Strahlemann! Ach Gott, Franska, beinahe könnte ich sagen, ich liebe dich.«

»Tu's!« knurrte er.

Draußen schien der Mond, und wenn es noch Nachtigallen gäbe in Salow – jetzt hätten sie gesungen.

20

Engelmann war das erste Mal im Leben ins Wasser gesprungen, ohne zu fragen, wie tief es sei. Nun schwamm er und hatte keine Zeit nachzudenken, ob ihn am Ende Untergang oder Siegerpodest erwartete.

Der Baumensch Martin legte den Plan auf den Tisch, Striche und Linien, Quadrate und Rechtecke, Zahlen für Länge und Höhe – Engelmann machte die Augen zu, *Sie sind der Fachmann, und wenn Sie Mist bauen, dann* – grimmig entschlossen – *verkaufe ich auch Sie meistbietend für eine Mark!* Er hieb den BAAAL-Stempel darauf, unterschrieb, und eine Stunde später rückten die Bauarbeiter an mit Lärm und Getöse. Engelmann setzte sich ins Auto, fuhr in die Heide, hörte den Vögeln zu und der Stille, und manchmal war ihm wie Napoleon nach der Schlacht von Austerlitz und manchmal wie Napoleon auf St. Helena. Er bestellte ein Essen im »Heidehof«, aß nicht, nahm eine Tablette und schlief sich im Auto den Napoleon aus Kopf und Herz. Als er zurückkam, wuchtete ein Kran Fertigteile vom Wagen, später brannten Lampen, und erst zwei Stunden vor Mitternacht kehrte Ruhe ein am Bau.

Teufel sagte: »Toll! Einfach toll!«

Engelmann knickte ein in der Seele und dachte: Tollheit.

Roswitha Ziegler war ganz der Meinung Teufels über das, was draußen vorging, insbesondere aber über die Veränderung im Inneren des Gästehauses. Sie hatte drei junge Leute aus der Malerabteilung der Baufirma für eine Nachfeierabend-Arbeit gewonnen, um auch die letzte Wand des künftigen Präsidentinnen-Sitzes auf Wohlgefälligkeit herzurichten. Sie machten – nach den ersten Stunden zu urteilen – ihre Sache hervorragend, hervorragender noch war freilich Meister Tepela. Schon wie er im »Baumarkt« mit seinen starken Händen prüfend über das Holz strich und mit sicherem Blick jedes auch nur gering fehlerhafte Stück aussortierte, vermerkte sie mit Erleichterung – dieser Mann wird ihren impulsiven Vorschlag zur Zufriedenheit auch der Präsidentin verwirklichen. Am Ausgang kaufte er für sie und für sich eine Bratwurst, um Zeit zu sparen, sagte er, und als sie in den Wagen stiegen, daß sie eine patente Frau sei.

In Salow holte er seine beiden Lehrlinge heran und machte sich unverzüglich an die Arbeit. Roswitha Ziegler fühlte sich überflüssig, brühte aber zur rechten Zeit Kaffee auf. Danach hatten die Lehrlinge Feierabend, und sie ging dem Meister zur Hand, im Trainingsanzug und mit einem Stirnband für die Haare.

»Wenn ich Sie so sehe«, sagte der Meister, »glaube ich auch, daß Sie tatsächlich den Klotz Werab mitten in die Sportlerschänke geworfen haben.«

Sie lachte. »Gelernt ist gelernt. Ich war ja richtig wütend.«

»Hätte ich Ihnen auch nicht zugetraut«, sagte er, und sie meinte, daß man sich eben manchmal täusche, wie zum Beispiel sie in ihm, als er bei der Begrüßung der Präsidentin die halbe Bibel vorpredigte.

Das habe so sein müssen, erklärte er, damit die Präsidentin nicht denke, sie gerate hier unter heidnische Buschleute. Darum habe der Schulze ja ihn vorgeschickt.

Weil er sich in der Bibel auskenne?

»Ein wenig«, antwortete er zurückhaltend.

Später, da mußten sie schon das Licht einschalten, kam er auf die Bibel zurück, auf Adam und Eva und wie die Worte wirklich zu lesen seien. Nämlich: es sei nicht um *einen* Apfel gegangen, sondern um Äpfel, und zwar von dem Baum, der ›mitten im Garten‹ stünde. Wer aber stand für Adams Augen mitten im Garten Eden? Das war, jung und erst frisch gemacht, Eva! Sie stand da, lächelnd, und bot ihm – weil er schüchtern war – die verbotene Frucht an.

»Daß Adam gleich reinbiß, glaube ich nicht«, schloß Jan Tepela, Augen und Hände fest auf die Schraube gerichtet, die er gerade durch das Holz in die Wand trieb.

»Weiß man's?« sagte sie und trug ein neues Stück der Täfelung herbei.

Der Meister spürte in den Händen und auch anderswo, daß das Werk gedieh, und Teufel, der hereintrat, meinte, die Kemenate der Präsidentin werde fast so schön wie das Bernsteinzimmer der Großen Zarin.

Dank des sicheren Gefühls von Frau Ziegler für das Richtige, beschied Tepela, und wirklich schön werde es sein, wenn Gottes Sonne ganz das Zimmer fülle.

Mit diesen Worten beendete er seinen langen und – wie er empfand – erfolgreichen Arbeitstag und fuhr heim. Daß er Teufel zum Teufel wünschte und zugleich über sein Erscheinen erleichtert war, machte ihm die Seele krößig. Er brummte seine Frau an, weil die Bratkartoffeln verkrustet seien und die beiden Ältesten, Tochter und Sohn, noch nicht im Bett waren.

»Wenn du Ärger hast – den laß gefälligst vor der Haustür«, sagte die unangezweifelte Obrigkeit im Haus ruhig. In die Werkstatt kam sie so wenig wie er in ihr Bienenhaus, er fürchtete sich vor den Bienen, und sie galt als beste Imkerin der Grafschaft. Wo ihre Bienen Honig weideten, wußte sie immer genau, wo ihr Mann nach Honig ging, dem frommen vom Samstagabend oder dem weniger frommen des Erbes der Salower Männer, kümmerte sie nicht. Sie führten eine gute Ehe, und der Haussegen hing niemals schief.

Also sagte Jan Tepela jetzt auch: »Du hast recht, Frau Meisterin«, und die Bratkartoffeln seien im ganzen so gut wie immer, und er fahre noch auf ein Bier in die Sportlerschänke.

Die Schänke war leer, die Wirtin hockte halb schlafend vor dem Fernseher. Tepela trank sein Bier und fuhr heim, auf eine sonderbare Art zufrieden mit der Enttäuschung.

An der Enttäuschung Meister Tepelas war Teufel schuld, der Mitleid mit dem trotz Schlafs in der Heide völlig abgeschlafften Engelmann hatte und darum Frau Zieglers Bitte, mit ihr in die Sportlerschänke zu fahren, ablehnte. Er schob drei Sessel im Wohnzimmer der Präsidentin in eine Ecke, in der Meister Tepela noch nicht gewerkt hatte, holte eine Flasche besten heimatlichen badischen Weins aus seinem Mundvorrat, lobte den Tag mit seinen Ergebnissen, listete mit Verstand und Witz auf, welchen Anteil jeder von ihnen daran gehabt habe, und stellte die alles entscheidende Szene – Engelmann unterschreibt geschlossenen Auges den Bauplan – so plastisch dar, daß diesem der Harm vom Gesicht fiel und auch er lächelte.

Engelmann wuchs bei Teufels Schilderung in seinem Sessel vom Kümmerling wieder zum Direktor, pries die Einrichtung, die er geordert hatte, erwähnte fast nebenbei, um wieviel Prozent den Preis zu drücken ihm gelungen sei, und rechnete vor, daß – obwohl es für BAAAL keine Rolle spiele – die Inbesitznahme und Neueinrichtung des Schlosses das Mehrfache der Summe verschlungen hätte, die sie hier verbrauchen würden.

Er sah sich so sehr als Mann der Tat, daß ihn nach mehr Wein verlangte. Auf Geschäftskosten, sagte er, notierte sich Marke und Preis und stellte nach dem dritten Glas höchst erstaunt fest, daß seine doch so empfindlichen Innereien nicht den geringsten Einspruch erhoben.

Roswitha Ziegler trug zur Fröhlichkeit bei, indem sie feine kleine Geschichten aus ihrer Erfahrung als Persönliche erzählte. Engelmann lachte laut, und Teufel nahm sich vor, gelegentlich geistigen Diebstahl an Frau Ziegler zu begehen.

Als die gebrechliche Glocke am Schloßturm heiser Mitternacht auszählte, standen sie auf, und der Herr Direktor Engelmann wedelte mit dem Zeigefinger und erklärte, daß die Mäuse auf dem Tisch tanzten, wenn die Katze aus dem Hause sei. Quod erat demonstrandum, brummelte er und gelangte mit Teufels Unterstützung wohlbehalten in sein Zimmer. Teufel sang dabei Ergo bibamus, und als er nicht weiter wußte, von der schwäb'schen Eisenbahne.

Roswitha Ziegler sang auch, unter der Dusche ohne Worte, sank dann ins Bett, und das letzte, was ihr durch den Kopf ging, war der Bericht des Meisters Tepela über Eva und Äpfel und daß Adam nicht zubiß.

21

Der Bankier hatte vorgehabt, mit der Mittagsmaschine nach Zürich zurückzufliegen. Beim Frühstück mit Cordialis erklärte er jedoch, er werde noch einen Tag oder auch zwei bleiben. Cordialis nickte, er selbst hatte die Dauer seines Besuches von vornherein nicht festgelegt.

»Ich will ins Schloß«, sagte Golder. »Für dich stecken da Kindheitserinnerungen drin. Für mich war es acht Jahre lang die Todeszelle. Ich kriege das nicht aus dem Kopf.«

»Überlebte Todesangst bleibt Gegenwart«, sagte Cordialis. »Habe ich irgendwo gelesen.«

»Oder du überlistest sie.« Golder erzählte, wie seine Mutter, damals schon eine alte, zerknitterte Dame, ihr Trauma von der letzten Paßkontrolle durch deutsche Grenzer auf dem Badischen Bahnhof in Basel schließlich losgeworden war. Sie fuhr nach dem Krieg immer wieder auf jenen Bahnhof, reiste ein als Schweizer Bürgerin und reiste mit dem nächsten Zug aus, mit einem großen gelben Judenstern auf der Brust.

So lange, bis sie über ihre eigene Provokation lachen mußte. Er lächelte.

Cordialis sagte: »Ich gehe ins *Museum.*«

Frau Hajnik bot an, sie mit dem Wagen ins Dorf zu bringen, es sei weit. Golder dankte, sie seien gut zu Fuß.

So gut zu Fuß war er nicht, aber die Sonne schien freundlich, die Luft war reine Atemluft, die BAAAL-Äcker menschenleer, und oben im Blau hingen Lerchen. Sie schlenderten, zwei Touristen vielleicht, die zufällig ins Forsthaus geraten waren, gemächlich dem Dorf zu. Am Gartenzaun des ehemaligen Rentmeisterhauses blieb Golder stehen, ein Kran, Baumaschinen, alte Büromöbel im Garten. Er konnte sich kein Bild machen von dem, was BAAAL – wer sonst – da trieb.

»Es war ein schönes Haus in einem schönen Garten«, brummte er. »Diese Frau hat keinen Verstand.«

Sie gingen schon im Park, als Cordialis entgegnete: »Vielleicht doch.«

Der Park war gut gehalten, der Rosengarten gepflegt, und das Schloß – in ihrer beider Erinnerung ein grauer, wuchtiger Klotz – stand freundlich sandsteinfarben da. Das hohe Portal glänzte, und das damals schon halbverwitterte Doppelwappen der Anomen Und Cordialis darüber sah aus, wie es vielleicht vor zweihundert Jahren ausgesehen hatte.

»Toll!« sagte Golder.

Schon allein dafür verdienen sie das Geld, dachte Cordialis und schritt voran die Freitreppe hoch. Der Klopfer am Portal, ein Ochsenkopf, war fest angeschraubt, bloße Zierde. Weder Cordialis noch Golder hatten das Ding je gesehen, der emsig-ordentliche Bürgermeister Kutte hatte es unter allerlei Gerümpel auf dem Oberboden entdeckt. Die goldglänzende elektrische Klingel neben dem Portal benötigten sie nicht – die Tür öffnete sich, und Hanka Elle lächelte den Besuchern freundlich entgegen.

»Ich habe Sie durch den Garten kommen sehen«, sagte sie. »Treten Sie bitte ein.«

Sie traten ein, Golder erzählte, sie seien aus der Schweiz, durch puren Zufall hierher in die Heide geraten, ein schönes stilles Stück Land, und das Museum habe ihnen die Forstfrau vorgelobt.

Hanka Elle hoffte, sie würden zufrieden sein – ›unsere Mittel sind ja sehr bescheiden, aber wir haben uns Mühe gegeben‹ –, und es koste fünf Mark Eintritt.

Cordialis zahlte, und in der Halle, ihren sparsamen, offenbar fachkundigen Erklärungen lauschend und die Porträts der Ahnen vor Augen, schnupperte er und sagte, das eine Bild rieche seltsam.

Die Museumsfrau blickte ihn überrascht an, lobte seine feine Nase und erklärte, es gebe zu diesem Porträt einen Spruch, der noch aus alten Grafenzeiten stamme. Sie machte ein feierliches Gesicht und sprach: »Das ist Ambrosius Benediktus Christofer Deodorantus Graf Cordialis …«

Robert Cordialis, Professor in Hamburg, mußte an sich halten, um nicht mit ihr zusammen weiter zu deklamieren: »… der noch Napoleon gesehen hat auf dessen Wege nach Moskau. Später ist er erblindet.«

Golder lachte, und Cordialis sagte: »Den Spruch merke ich mir«, und plötzlich, ohne es bedacht zu haben: »Ich würde das Bild gern kaufen.«

Die Museumsfrau bedauerte sehr, nichts hier sei zu verkaufen, nicht einmal für Schweizer Franken, und wenn sie ihr bitte folgen wollten. Sie folgten ihr, sahen Bekanntes und Unbekanntes, bäuerliche Kunst, altes Gerät der Heidebauern, eine Ölpresse – Leinöl sei seit alters her eine Spezialität dieses Landstrichs –, ein Raum gehörte dem Flachs, von der Raufe bis zum Spinnrad und einem Handwebstuhl.

»Es ist ein Heimatmuseum«, betonte ihre Führerin. »Da gehört alles zusammen, die Grafen und die Bauern. Die Geschichte war so, man kann sie hinterher nicht zerreißen. Aber jetzt …« Sie seufzte bekümmert und hatte Trotz im Gesicht.

»Aber jetzt?« fragte Golder.

»Sie kommen aus einem anderen Land, Sie werden das nicht verstehen«, antwortete sie. Von Golder gedrängt, erzählte sie von BAAAL, der Präsidentin – »eine Frau wie aus dem Eiskeller« –, von dem Empfang, den sie für sie zelebriert hatten – hier lachte sie –, und von der Entschlossenheit dieser Frau, das Schloß zu requirieren – hier hatte sie Trotz und Trauer in der Stimme – und sogar die Behinderten im anderen Seitenflügel zu vertreiben.

»Tatsächlich«, sagte Golder. »Wir kommen aus einem anderen Land.«

Cordialis war aus Holz. Ins Gästebuch schrieb er: »Baal soll das Schloß nicht haben!«

Sie unterschrieben als Dietrich Aureano und Robert Herzig.

Draußen fragte Cordialis: »Habe ich noch Geld?«

Golder sagte: »Ich war soeben auf dem Badischen Bahnhof meiner Mutter.«

Cordialis wollte, daß er nirgendwo gewesen war.

Auf der Baustelle sahen sie in einer Gruppe Franz Franska. Golder lüftete den Hut und fragte höflich: »Entschuldigen Sie, mein Herr, sind Sie von BAAAL?«

»Leider nein«, antwortete Franska. »Ich bin der Schulze von Salow. Diese beiden Herren hier sind von BAAAL.«

Engelmann und Teufel verbeugten sich leicht.

»Wir wollten mit Frau BAAAL sprechen«, sagte Golder. Wir wären eventuell interessiert.«

Direktor Engelmann nahm sich ihrer an, bedauerte, daß im Augenblick alles im Umbruch sei, aber ein Raum ließe sich noch finden.

Golder erkannte den Raum als einstiges Büro des Rentmeisters. Der war ein unangenehmer Mensch gewesen, klein, rundlich und ein Nazi der ersten Stunde. Vor dem Grafen stand er immer mit dem Hut in der Hand.

Engelmann legte dar, was zu welchen Konditionen zum

Verkauf stünde, und erkundigte sich, ob spezielle Interessen vorhanden wären.

Vorläufig ganz allgemein, erklärte Golder. Was wäre zum Beispiel mit dem Schloß? Oder dem Forsthaus? Den Forsten überhaupt?

Engelmann schoß ein großartiger Gedanke in den Kopf: Wenn es ihm in Abwesenheit der Präsidentin gelänge, das verdammte Gemäuer loszuwerden, wäre das schlimmste Übel aus BAAALs Welt geschafft, wären alle Maßnahmen rund um den Sitz der Anstalt nicht nur legitimiert, sondern allen Lobes würdig, die ungeliebte Mission liefe wahrscheinlich glatt einem baldigen Ende zu, und er, Engelmann, könnte zurückkehren zu Heim und Herd und in sein Büro, wo er mit verbundenen Augen jede Akte zu jedem Vorgang findet.

Er entfaltete seine Listen und zählte auf, wieviel Grund der Rosengarten, wieviel der Park messe, wie viele Räume das Schloß habe und wie groß …

Golder unterbrach die Aufzählung, er habe alles selbst in Augenschein genommen, kenne auch die Höhe der Räume, ihn interessiere allein die Höhe der Kaufsumme für Schloß samt Rosengarten.

Engelmann wurde fahrig, fand aber in seinen Unterlagen eine Vorgabe und nannte eine Summe.

Golder lächelte ihn freundlich an. »Wenn Sie einen Käufer finden, der Ihnen zehn Prozent davon zahlt, haben Sie einen Idioten gefunden.« Wer sollte in dieser gottverlassenen Ecke – von der Autobahn eine Autostunde Fahrt auf einer Landstraße, dreimal täglich ein Personenzug, noch aus dem letzten Jahrhundert, in der Kreisstadt – ein Schloß kaufen wollen, dessen Unterhalt allein jährlich Unsummen verschlingt. Und die nicht geringen Ansprüche der Gemeinde, die unwägbaren Schwierigkeiten durch das Museum und die Behinderteneinrichtung.

»Nein, Herr Direktor, das ist kein seriöses Geschäftsgebaren.« Er stand auf, der schweigende Cordialis desgleichen, und Engelmann blickte konsterniert von einem zum anderen.

»Meine Herren …«, sagte er.

Golder schüttelte traurig den Kopf. »Ich habe Wunderdinge über Ihre Präsidentin gehört, eine einmalige Erscheinung auf dem internationalen Immobilienmarkt! Und bin höchst enttäuscht zu sehen, daß sie offenbar nicht einmal weiß, daß Schloß, Garten und Park einzeln wertlos und zusammen eine unprofitable Investition sind. – Guten Tag!« In der Tür fischte er ein Kärtchen aus der Tasche. »Über diese Bank können Sie mir ein vernünftiges Angebot machen. Aus reiner Bewunderung für Ihre Präsidentin würde ich – vielleicht – kaufen.«

Engelmann sank zurück auf seinen Stuhl, starrte das Kärtchen an, ohne zu lesen, und erlaubte sich ein Knäuel unfreundlicher Gedanken gegen – er dachte wirklich: die Maader.

Noch im Haus brummte Cordialis: »Ich mag kein Pokern.«

Golder brummte zurück: »Ich mag keine Austern mit Erbspürree.«

Fünf Schritt später sagte er: »Jetzt gehen wir zu Benno zum Essen. Du bist eingeladen, und ich bin eben nicht abgefahren.«

Benno Bossak freute sich, beide zu sehen, und seine Frau hatte keine Schwierigkeiten mit einem Gast mehr: es gab Pellkartoffeln – neue Ernte aus Malta –, Leinöl, Quark und Butter, wie einer es mochte.

Die drei alten Leute waren fröhlich, Vergangenes und Gegenwärtiges, und Cordialis war gesprächig, einmal lachte er sogar, als er von dem duftenden Vorfahren erzählte, der noch Napoleon gesehen hatte.

22

Gegen Abend setzte sich der Bankier noch einmal für ein kurzes Gespräch mit Franska, Hajnik und dem Rechtsanwalt Mokry zusammen. Cordialis ging spazieren. In der Nähe des Forsthauses begegnete er Hanna Schneider. Er begrüßte sie höflich, erkundigte sich nach ihrem Ergehen, ihren Namen hatte er offenbar vergessen. Als sie nachher mit Frau Hajnik vor dem Haus stand und dem Taxi nachwinkte, mit dem die Fremden abfuhren, dachte sie einen Augenblick lang darüber nach, warum Cordialis hier nicht den gleichen Eindruck auf sie gemacht hatte wie in seinem Haus in Hamburg.

Während nun im Forsthaus Franska, Hajnik und Mokry – stumm dabei der neue Bündnispartner Geld – Strategie und Taktik berieten, brannten vor dem künftigen Hauptsitz von BAAAL grelle Lampen, knarrte ein Kran, wurde geklopft und gehämmert und flüchtete sich Engelmann mit einer Doppelportion Tabletten in den Schlaf. Teufel fuhr mit dem Fahrrad nach Schulzendorf, dort gab es ein kleines Gasthaus, das »Bücke dich« hieß, und wirklich mußte Teufel in der Tür den Kopf einziehen. Die Wirtin war freundlich und die Vier-Tische-Gaststube leer. Bei der Heimfahrt an dem steilen Wegstück, und das Haus hinter dem Spiräenzaun erleuchtet, war Teufel für einen unklugen Augenblick versucht, wieder zu stürzen und humpelnd im Haus Schnelle Hilfe zu suchen. Im bergauf fahrenden Wagen, der ihn blendete, saß Hanna Schneider. Sie erkannte ihn, wollte anhalten, aber der Zufall hatte sich schon verflüchtigt.

Meister Tepela hatte sein Werk vollbracht, das Wohnzimmer der Präsidentin war aufs beste geraten, und um das zu feiern, saß er mit Roswitha Ziegler in der Stadt im ›Gewölbe‹ am Ende einer kurzen Gasse. Das Essen war ausgezeichnet, Roswitha Ziegler hatte einen weiten hellen Pullover an und einen schwingenden Schottenrock, und Meister Tepela tränkte sie und sich mit Moselwein. Ihr Heimweg zog sich hin, und das Viertelchen Mond am Himmel war ein unbenötigtes Requisit.

Später stritt sich Jan Tepela mit seinem Gewissen, das geschlafen hatte, wo es hätte wachen müssen, und nun wach war, als er schlafen wollte.

Am Morgen schickte Engelmann die niederen Chargen von BAAAL für den Rest der Woche – der alte Anbau abgerissen, der neue Trakt noch im Wachsen – nach Hause oder wohin auch immer und bat Teufel, mit ihm zum Schloß zu gehen.

Im Park fragte er: »Wenn Ihnen jemand diesen Park anböte, was würden Sie tun?«

»Mich wundern«, antwortete Teufel sofort. »Dann nachrechnen, wieviel Grundsteuer ich zahlen müßte. Und auf jeden Fall mich fragen: Was soll ich mit dem Ding.«

Vor der offenen Tür des linken Schloßflügels stand auf einem großen Tisch eine sandsteinerne Putte, der Blinde, dem sie am ersten Tag beim Steinbruch begegnet waren, betastete sie, ruhig, mit suchenden Fingern. Er hörte die Schritte und hob den Kopf.

»Wer ist da?« fragte er freundlich.

»Guten Tag«, sagte Teufel. »Wir ...«

Der Blinde lächelte. »Ich erkenne Sie. Sie haben mich nach dem Baden im Steinbruch befragt. – Sie sind zu zweit?«

»Ja«, antwortete Engelmann kurz und wollte weitergehen. In Gegenwart behinderter Menschen spürte er eine fast körperliche Pein: als trüge er Schuld an ihrem Behindertsein.

Doch Teufel hörte dem Blinden zu, die Putte – sie gehöre auf das Podest neben der Brunnenbank – müsse restauriert werden, sie sei unglatt geworden, an der Nase fehle sogar ein winziges Stück, doch der Fehler lasse sich abschleifen. Vielleicht wollten sie sich die Werkstatt ansehen, Tischlerarbeiten an alten Möbeln, auch zwei Töpfer seien ...

»Wir haben heute leider keine Zeit«, sagte Engelmann und ging nun wirklich. Teufel folgte ihm auf das kleine gekieste Rondell in der Mitte des Rosengartens. Der lag schon in voller Sonne, das Schloß vor ihnen noch im Halbschatten. Teufel setzte sich auf eine der drei weißen Gartenbänke, legte den Kopf in den Nacken, schloß die Augen und wartete.

Engelmann setzte sich zu ihm. »Das da vor uns müssen wir verkaufen.«

»Sie«, murmelte Teufel, »Sie müssen.«

»Ich verkaufe es Ihnen für eine Mark.«

Friedlich antwortete Teufel: »Ich verkaufe es Ihnen gleich wieder zurück, für eine halbe Mark.«

»Ja«, sagte Engelmann, dann legte auch er den Kopf zurück und ließ sich von der Sonne bescheinen. In dieser Stellung gebar sein Gehirn eine schlimme Häresie: Ohne die tatkräftige Präsidentin würden Teufel und er, zwei Sachbearbeiter und zwei Sekretärinnen dazu, das Ganze binnen zwei Wochen an den Mann gebracht haben, ohne Getöse und Aufregung. Und einmal gedacht, dachte es sich aus zu dem Wunsch, die Anlagen – oder was immer – der Präsidentin trieben fleißig Gymnastik, Liegestütz und Sprung im Stand, Seilklettern und Robben, brauchten Aufsicht in jeder Minute, und hier ließe sich inzwischen die Haupt- und Staatsforderung erfüllen: verkaufen.

Die Gelegenheit dazu bot sich ihnen gleich doppelt: Vor der ›Baracke‹ standen im Gespräch zusammen der Oberforstmeister und der Maisbauer, den Teufel am Feldrand kennengelernt hatte. Da der Bauer sofort auf Teufel zutrat, nahm Engelmann den Forstmann mit sich ins Haus.

Der Bauer erklärte Teufel an Ort und Stelle, daß er sich nach reiflicher Überlegung mit Zustimmung seiner Frau entschlossen habe, ein »Wiedereinrichter« zu werden und also von BAAAL zu kaufen.

Teufel fand einen Raum, holte Pläne und Listen heran und wunderte sich wieder, wie zielstrebig die einheimischen Interessenten in die Verhandlungen gingen. Der Bauer nannte ohne unnötiges Gerede die Flurstücke, die er erwerben wolle, und zeigte sie Teufel auf dem Plan. Es seien, sagte er, zwar sehr leichte Sandböden, aber bessere habe das ehemals gräfliche Rittergut nicht gehabt. Die fetten Böden im Süden der Grafschaft, fügte er zur Erklärung an, haben ja einst alle dem Kloster gehört und sind nun zum größten Teil Bauernbesitz. Wenn er also auf fünfzig Hektar gräflichen Bodens etwa soviel ernten wolle wie auf den zwanzig guten eigenen, so brauche er, um unter den heutigen Verhältnissen zu bestehen, dreimal fünfzig insgesamt.

»Wir haben das erst gestern abend beschlossen, meine Frau und ich, und ich bin jetzt gekommen, weil ich es mir sonst doch noch anders überlege.« Er zeigte wieder auf den Plan, Teufel schraffierte die Flächen dünn und stellte auch dieses Mal fest, daß ihm Löcher dazwischen blieben.

Er wies auf die Löcher. »Wollen Sie das nicht auch kaufen?«

Der Bauer lachte kurz auf. »Nee, Herr Direktor. Das sind blanke Kieselsteinäcker.«

»Und ganz, ganz billig …?«

Der Bauer schüttelte den Kopf. »So billig, daß es billig wäre, gibt's gar nicht.«

Teufel seufzte und schrieb in Ermangelung von Sekretärin und Gerät auf zwei Blatt Papier – eines für den Käufer, eins für BAAAL –, daß Alfons Horbank in Klosterdorf die Option auf die Flächen Nummer Soundso und Soundso zugesichert sei. Verhandelt müsse binnen einer Woche werden.

Engelmanns Gesprächspartner war nicht so direkt aufs Geschäftliche aus. Er erkundigte sich zunächst nach dem Ergehen der Frau Präsidentin, freute sich zu hören, daß sie bei guter Gesundheit sei und sicherlich zu Anfang der neuen Woche BAAAL wieder persönlich führen werde, und erwähnte, daß er eine sehr angenehme – er hoffe, die Frau Präsidentin habe es auch so empfunden – Unterhaltung mit ihr gehabt habe.

Er jedenfalls sei seit dieser – nun ja – Audienz, er lächelte, um seinem Wort etwas Gewichtigkeit zu nehmen, fest überzeugt, daß das Wirken von BAAAL ganz auf das Wohl der Menschen dieser Region ausgerichtet sei. Als einen Ausdruck dessen betrachte er auch seine Ernennung durch die Präsidentin zum Berater bei allem, was die Forsten betreffe.

Engelmann war das neu, aber er versicherte, daß er diese Entscheidung der Präsidentin sehr begrüßt habe, weil weder Herr Teufel noch er sich ausreichend mit der Spezifik der Forsten auskennten.

Hajnik seinerseits bekannte, daß er sich an der Stelle eines der beiden Herren völlig hilflos fühlen würde.

»Als Berater aber«, sagte er, »bin ich Ihnen gern zu Diensten, und darum bin ich jetzt hier.«

Er erzählte weitschweifig und sich immer wieder entschuldigend, daß er sich in der Materie nicht auskenne, der Erbe des Alteigentümers, ein Graf Cordialis, habe auf Restitutionseinspruch verzichtet, sei aber nach dem Gesetz berechtigt, einhundert Hektar der Forsten käuflich zu erwerben. Er habe ihn, Hajnik, schriftlich gebeten, seine Interessen wahrzunehmen, eine notariell beglaubigte Vollmacht sei schon auf dem Wege. Damit aber gerate er – als Berater von BAAAL – in einen Interessenkonflikt.

Engelmann dachte nach und hatte Erfolg damit. »Noch sind Sie nicht Bevollmächtigter jenes Mannes, aber unser Berater.« Er lächelte. »Was also raten Sie?«

Hajnik zog einen verkleinerten Plan der Forsten aus der Tasche und breitete ihn vor Engelmann aus.

»Nicht einfach«, sagte er. »Aber dieses könnte in Frage kommen.« Er umschrieb mit seinem Zeigefinger die Stelle auf dem Plan. »Schöner Kiefernbestand, gut anzusehen für einen, der nichts davon versteht und sowieso nur aus Nostalgie kaufen will. Der Wald ist krank, in ein paar Jahren …«

Engelmann murrte: »Sie sind ein sehr guter Berater, fast zu gut, Herr Oberforstmeister. BAAAL kann sich …«

Hajnik lachte. »... kein unsauberes Handeln leisten, das wollten Sie doch sagen? Ich versichere Ihnen, die Schläge kauft Ihnen sonst niemand ab. Ihre Minderwertigkeit läßt sich ja mit dem Kaufpreis ausgleichen. Und außerdem dürfen Sie ruhig annehmen, daß dieser Graf nie im Leben hierher kommt, um seine Sammlung ehemals gräflicher Kiefern anzuschauen. Er lebt in Hamburg, ist Professor, Philosoph oder so etwas.«

Engelmann wiegte den Kopf. »Na ja – die Nostalgie ...«

»Also würden wir das festhalten? Ich schreibe Ihnen die Nummern auf, für den Vertrag, und dann komme ich wieder«, er griente, »als Bevollmächtigter.«

Er stand auf. »Sie haben Pflichten, ich habe Pflichten.« Ein fester Händedruck und in der Tür noch eine männlich-kräftige Anerkennung für den Neu- und Umbau draußen und innen.

Engelmann blieb leicht verwirrt zurück. Die Leute hier – einerseits starrköpfig beharrend, langsam im Begreifen der neuen Gegebenheiten, andererseits kooperativ und von einer geistigen Mobilität, daß einem schwindlig wurde. Er trank ein Glas Wasser und gleich noch eines, ihm wurde wohler. Ein altes preußisches Beamtenwort fiel ihm ein: ›Amtsstuben sind für Vorgänge da, Klienten darin eine Verunsicherung des Beamten.‹ Das mag als Witz gemeint worden sein, aber etwas, dachte er, etwas Wahres ist daran.

23

Roswitha Ziegler fuhr mit dem Rad durch die Landschaft, das tat ihr gut, überhaupt tat ihr Salow gut. Auf einem Feldweg versperrte ihr der Klotz aus der Sportlerschänke den Weg. Sie stieg ab, und er trat einen Schritt zurück.

Er griente sie freundlich an. »Wenn Sie mich wieder hinschmeißen, habe ich Sie am Bein, bevor Sie ausreißen können. Und dann werden wir ja sehen!«

»Ja, das würden Sie schon!« sagte sie. »Was halten Sie mich überhaupt an?«

»Um Ihnen das zu zeigen, mein Täubchen, damit Sie es Ihrem Teufel erzählen.« Er zeigte auf den Acker, schnurgerade Furchen, ab und zu ein bißchen armseliges Grün darauf. »Das habe ich von euch gekauft, aber gottseidank nicht bezahlt. Ich wußte ja, daß der Acker nicht viel wert ist, aber daß hier nicht mal richtig Kartoffeln wachsen ...! Sagen Sie dem Teufel, ich trete zurück.«

»Sagen Sie es ihm doch selbst. Vielleicht auch macht er Ihnen einen guten Preis. Ich habe damit nichts zu tun.« Sie schob achtsam ihr Rad an ihm vorbei und fuhr weiter.

Er sah ihr nach, durchaus nicht unfreundlich, und als sie hinter dem nächsten Hasenbusch verschwunden war, stiefelte er über den Acker und rupfte Keimlinge ab, es waren immer noch zu viele aufgegangen. Dann bestieg er sein Motorrad, um Teufel zu suchen. Der sei in die Stadt gefahren, beschied ihn der Baumensch Martin, zu Verhandlungen mit Behörden wohl.

Teufel hatte mit dem Anwalt der Agrargenossenschaft »Satkula« verhandelt, jetzt verhandelte er auf der Straße vor dem Gymnasium mit Hanna Schneider, wohin sie zusammen zum Mittagessen fahren sollten. Sie konnten nirgendwohin fahren, weil Hanna Schneider gleich anschließend Kollegiumssitzung und danach Eltern-Sprechstunde hatte. Teufel überzeugte sie, daß sie nach einem so langen Arbeitstag ein gutes Essen in einem richtigen Lokal verdiente. Sie warnte ihn, sie werde sehr abgespannt sein.

Er versprach, sich um Entspannung zu bemühen, sie sagte, ohne zu lächeln: »Ich habe Sie gewarnt«, nickte ihm zu, jetzt vielleicht doch mit einem Anflug von Lächeln, und ging. Er sah, daß sie schwer an ihrer Tasche trug. Er nahm sich vor, am Abend sehr freundschaftlich zu sein.

Vor der Filiale einer großen Bank sah er den Wagen von

Franska stehen. Er dachte sich nichts dabei, natürlich hatte der Bürgermeister der Großgemeinde Salow auch mit Banken zu tun. Hätte er gewußt, daß der Schulze nicht im Bankraum vor einem Schalter stand, sondern zusammen mit dem Oberforstmeister im Büro des Direktors saß, würde er vielleicht doch nachgedacht haben. Vor allem, wenn er erführe, um welche Summe es dabei ging und daß Franska und Hajnik gemeinsam über das Konto verfügen würden. Aber, hätte er sich schließlich gesagt, das ist nicht meine Sorge, ich habe meine eigenen. Ein paar Viecher verkauft, ein paar Äcker, und noch nicht einmal eine einzige krüppelige Kiefer – und vielleicht eine Million oder eine halbe dieser Bäume steht in den verdammten Forsten.

In einer Bäckerei trank Teufel einen Kaffee und untersuchte sich im Hinblick auf die Sorgen. Das Ergebnis war, daß er sich wegen BAAAL überhaupt keine machte, nicht einmal wegen der Maader, die beim Anblick ihres Schloßersatzes wahrscheinlich Engelmann und ihn sofort in die Wüste schicken würde. Wenn schon – er hatte keine Angst davor, wovor hatte er überhaupt Angst? Eigentlich – er lächelte sich im Kaffee-Spiegel selbst zu –, eigentlich nur davor, daß es ihm am Abend nicht gelänge, die Nase von Hanna Schneider lachen zu machen. Er trank seinen Spiegel aus, gab dem Mädchen eine Mark Zugeld und vergewisserte sich, einem Einfall folgend, auf dem Landratsamt, daß die Behörde keinen Einspruch erheben würde, wenn auch die Agrargenossenschaft Flächen von BAAAL erwarb. Die interne Weisung der Präsidentin freilich hieß: nur im äußersten Fall.

Um einen solchen Fall im voraus zu bedenken, besuchte Teufel den Vorsitzenden der Genossenschaft in Kirchdorf. Ohne verstecktes Gerede fragte er, ob Interesse bestehe, und wenn ja, welche Stücke aus der BAAAL-Masse den Bauern gut in die Hand passen würden.

Der Vorsitzende schrie nicht Hurra und Her damit, sie hätten genug eigenen Acker, gute Böden im Gegensatz zu den gräflichen, aber über die Wiesen und Weiden in der Satkula-Senke könnte er vielleicht nachdenken. Das hieße allerdings, wieder mehr Vieh zu halten, ein unsicheres Geschäft heutzutage, auch seien die Wiesen ziemlich sauer und die Weiden stark verunkrautet. Er wiegte den Kopf – nein, wenn er es recht bedenke, jetzt seien sie schuldenfrei, dann müßten sie Kredit aufnehmen, und die Banken, lieber Herr ...!

Er nahm einen Apfel von einem Teller, griff nach einem Messer, blickte Teufel an und schob ihm den Teller hin: »Möchten Sie?«

Teufel, der während eines Seminars in Vorbereitung seines BAAAL-Einsatzes etwas über ›Appel und Ei‹ gehört hatte und daß sich manch einer damit seine Nase habe vergolden können, meinte, von Äpfeln bekäme er Magendrücken, und wünschte dem verwachsenen Vorsitzenden wärmende Sonne und milden Regen für die Genossenschaft.

Auf dem Bauplatz drückte der Baumensch Martin eben Engelmann den Hammer für den letzten Nagel in die Hand. Auch Teufel wurde diese Ehre zugestanden und ebenso dem Schulzen, der hinzukam. Die Ehre kostete jeden einen halben Hunderter, der Polier wog die drei hellbraunen Scheine in der Hand, wechselte einen von ihnen aus der eigenen Tasche und gab die Hälfte des Nagelgeldes dem Schulzen: »Für die Schulfeier, Efef.« Dann versicherte er Engelmann und Teufel, daß morgen vormittag alles geräumt sein und in jedem Schlüsselloch der passende Schlüssel stecken werde.

Engelmann betrachtete sein Werk und fand es gut, die Anfahrt gekiest, der Gang durch den Garten zum Sitz der Präsidentin mit schönen, rutschfesten Platten ausgelegt.

»Wissen Sie was, Herr Engelmann: etwas fehlt noch«, sprach der Schulze. »Als Zeichen unserer freundschaftlichen Verbundenheit stiftet der Schulzenrat von Salow einen Rosengarten, damit der Präsidentin nicht einmal dieser vor ihrem Sitz fehlt. Unsere Baumschule ›Satkula‹ wird das bis zum Wochenende erledigen, ich hoffe, zu Ihrer Zufriedenheit, als freundliche Begrüßung Ihrer verehrten Chefin durch uns.«

Engelmann bedankte sich für ein solches Geschenk, er sei überzeugt, auch die Präsidentin werde es mit Wohlgefallen annehmen.

Sie standen noch ein Weilchen zu dritt zusammen, das Schloß erwähnte keiner, dafür interessierte sich Franska für die ausrangierten Möbel aus Gästehaus und Bürobaracke; Engelmann war froh, sie ohne Aufwand loszuwerden, er schenkte sie der Gemeinde als Beitrag von BAAAL zum Schulfest. Dafür wiederum bedankte sich ordentlich der Schulze, und Engelmann erzählte, daß es noch einen Cordialischen Erben gebe, ob man das in Salow wisse.

Franska war sehr erstaunt, das zu hören, im Schulzenamt jedenfalls sei ein Cordialis noch nicht gesichtet worden. Und wenn der Graf wirklich existiere – Schaden würde er wohl kaum anrichten. »Für uns jedenfalls nicht. Dafür«, er lachte Engelmann an und legte ihm die Hand auf die Schulter, »haben wir ja BAAAL.«

Engelmann bemühte sich zu lächeln, Teufel grinste, und der Schulze setzte ernsthaft hinzu: »Freilich – da oben irgendwo, halb an der Ostsee, soll ein Graf mit Kochtopf und Frau in eine Kate eingezogen sein, in der früher der Leibkutscher seines Vaters gehaust hat. Die sind zu allem fähig.«

»Na ja, Herr Franska«, entgegnete Engelmann, »das ist denn wohl …«

»Mißverstehen Sie mich nicht, Herr Engelmann«, beeilte sich der Schulze zu erklären. »Ich wollte nichts gegen Grafen an sich sagen, ich meine nur …«, er verstotterte sich, suchte nach Worten, »manche – ich meine …«

Teufel lachte. »Manche sind anders als andere.«

Franska freute sich übers ganze Gesicht. »Genau das habe ich sagen wollen. Danke, Herr Teufel, und auf Wiedersehen, die Herren.«

Als er außer Hörweite war, fragte Engelmann: »Haben Sie sein Gerede verstanden?«

Teufel zuckte die Schultern. »Irgendwie hat er Angst vor diesem Cordialis. Vielleicht wegen des Schlosses.«

»Möglich.« Engelmann nickte. Er entschloß sich, nun doch von dem Besuch, wohl Onkel und Neffe, zu berichten. Über eine Bank in Zürich hätte er das Schloß verkaufen können.

»Hätten Sie es doch getan!« sagte Teufel. »Mehr als Sie um ein paar Jahre vorzeitig in Pension zu schicken, hätte die Maader nicht tun können.«

»Es laufen übergenug vorzeitig Pensionierte herum!« Engelmann ließ Teufel stehen. Von dem so gut wie sicheren Verkauf von hundert Hektar Wald sollte der erst bei der nächsten Arbeitsberatung erfahren!

Am Abend tat es ihm leid, daß er Teufel, der nirgends aufzufinden war, vergrämt hatte. Auch von der Ziegler war kein Rockzipfelchen zu sehen. Engelmann entschloß sich zu einem Gang durch den Park. Er fand die Stelle, die auf dem kleinen Gemälde dargestellt war, das ihm die Museumsfrau geschenkt hatte, und blieb eine Weile auf der Steinbank sitzen. Vor ihm, unter dem Beton, sprudelte die Quelle. Über die Möglichkeit, sie zu privatisieren, dachte er nur nach, um seine Kenntnisse von Gesetzen und Bestimmungen zu überprüfen.

Am Abend prüfte Teufel den Rotwein, der ihm eingegossen wurde, und hielt ihn für trinkbar. In der Stadt gab es ein Hügelchen, das »Gickelsberg« hieß, und dort ein winziges dalmatinisches Restaurant.

Sie tranken nur eine halbe Flasche, aßen wenig, aber gut, und Teufel gab sich keine Mühe, die Nase der Hanna Schneider lachen zu machen. Als sie vor dem Spiräenzaun aus ihren Wagen stiegen, und tief im Westen hing noch ein letzter Abendschimmer, sagte die Frau: »Ich habe Sie gewarnt, Benedikt.«

»Ja, Hanna«, sagte Teufel. »Schlafen Sie schnell und gut!«

Er wartete, bis sie in der Garage war. Seine Seele – oder was auch immer da drin in ihm steckte – fühlte sich wie auf blauem Samt.

24

Am Montagmorgen spiegelte das Panzerauto eine gelbliche Sonne, den mächtigen Ahorn an der Parkmauer und das verbiesterte Gesicht von Emil Jurisch samt einem Teil seiner Demonstrationsstange.

Jurisch knurrte: »Auf den Sportplatz fährst du mir nicht!«

Der Panzerfahrer ließ das Fenster einfahren. »Kratz mir mit deinen Volksarmeeknöpfen nicht an meinem Lack!«

Kutte nahm Jurisch zurück, und dann warteten sie gemeinsam, fünf Demonstrierer und ein Chauffeur. Eine Stunde später erschien die Sekretärin mit der Durcheinander-Frisur und verkündete freundlich, heute sei hier kein Tatort, weil die Präsidentin erst morgen komme.

Das Panzerauto fuhr in seinen neuerbauten Stall, Kuttes Gruppe entschloß sich trotzdem zur Demonstration. Vor dem strahlend weißen Bürogebäude, das die Bauleute für BAAAL hingestellt hatten, erfand Kutte einen neuen Spruch. »Steuergelder rausgeschmissen und das Volk beschissen!« warfen sie so lange gegen die weißen Mauern und die sauberen Fenster, bis die Dienstliche Sekretärin der Präsidentin mit einer Tasche voll Limonade erschien. Emil Jurisch, angesteckt durch den dichtenden Kutte, warf der Limonadebringerin spontan entgegen: »Wir lassen uns nicht kaufen, lieber trokken Brot und Wasser saufen.« Sie nahmen gemeinsam seinen Vers auf und stampften mit ihren Stangen den Takt dazu.

Die Sekretärin stellte noch drei Flaschen auf den Kiesweg, und dann trat, von Engelmann herbeigerufen, Franska in seiner Eigenschaft als Schulze auf. Er stellte sich vor Kutte hin und deklamierte: »Dieses ist eine ungenehmigte Demonstration. Verlassen Sie den Ort und beschädigen Sie nicht den frisch gekiesten Weg!« Er wischte das Amtliche aus Gesicht und Stimme und sagte leise: »Du mußt ein wenig weiter denken, Kutte! Die Hinterlassenschaft von denen erbt – na wer schon?«

Kutte brauchte wirklich nicht lange, um zu begreifen. Er nahm seine Stange unter den Arm, brummte: »Manchmal bist du beinahe ein richtiger Bürgermeister, Efef!« und winkte seinen Leuten.

Franska wieder winkte Jurisch zurück. Er habe eine Arbeit für ihn, seine Chefin sei ab dieser Minute bis zum Abend des Schulfestes Edith Mikan, die Direktorin.

»Die Demonstration muß aber ...«

»... muß so lange ohne dich auskommen.«

Jurisch nahm seine Stange und zog in Richtung Schule. Im Konflikt zwischen dem guten Gefühl, einige Tage Arbeit zu haben, und dem Gewissen, das forderte, die Faust unentwegt gegen BAAAL zu recken, beschloß er, tags zu arbeiten und nach Feierabend zu demonstrieren. Dann könne ihn auch keine Sekretärin mehr mit Limonade zu korrumpieren versuchen.

Unversehens mußte er in das frisch angelegte Rosenbeet springen, weil ein besterntes schweres Auto dies offenbar von ihm erwartete; zwei Schritt danach aber hielt es an, der Fahrer stieg aus und räumte die Limonadenflaschen aus seinem Weg. Nach weiteren fünf Schritten hörte es auf zu schnurren, der Fahrer betrat das Gästehaus, und ein Herr im leicht zerknitterten Anzug, mit einer teuren Brille und einem Dakkel betrat den Kiesweg. Der Dackel bepfützte die Rosen, der Herr reckte die Arme und schüttelte die Beine aus.

Engelmann, gefolgt vom Fahrer, kam aus dem Haus und eilte auf den Herrn zu.

»Herr Minister ...«

»A. D., a. D., mein lieber Engelmann!« Er reichte Engelmann die Hand. »So trifft man sich wieder, 's ist schon putzig.«

Engelmann geleitete den Gast ins Haus und nach kurzem

Überlegen ins Wohnzimmer der Präsidentin. Wieder in die einstige Anrede fallend, wurde er noch einmal auf das Ade verwiesen, und den Namen wisse er doch wohl noch.

Auf der Schwelle blieb der Gast verblüfft stehen. »Haben die so was hier gehabt? Für Bonzen wohl?«

»Wir haben es neu eingerichtet, Herr Dr. Berächt«, erklärte Engelmann. »Wir hoffen, es wird unserer Präsidentin gefallen.«

»Na was denn, Engelmann! – Apropos, Präsidentin. Ich habe einen Vorvertrag mit ihr abgeschlossen. – Heinrich, holen Sie mir mal meine Tasche!«

Der Fahrer stand in der offenen Tür. »Schon da, Herr Doktor.«

Dr. Berächt entnahm ihr Papiere und reichte sie Engelmann. Der warf einen Blick darauf und sah, daß es sich um die dahinvegetierende Fabrik für Hochofensteine handelte. Gottseidank, dachte er, den Klotz am Bein sind wir los.

Sein Partner ließ sich in einen der noch unbesessenen Sessel der Präsidentin sinken. »Wenn Sie was zu trinken hätten, Engelmann? Ich bin durstig wie eine Kuh am Morgen.« Berächt gefiel sich darin, auch Bauer zu sein, und liebte es, das durch Redewendungen aus diesem Bereich darzustellen. Engelmann geriet in Not, Wein hatte Teufel, aber wo, zum Teufel, war Teufel …

»Einfach Wasser, Engelmann. Immer noch die beste Gottesgabe.«

Engelmann entnahm der Vitrine der Präsidentin einen Kristallkrug, füllte ihn in der Teeküche und kredenzte Salower Wasser im Kristallglas. Der durstige Gast trank ein Glas aus, goß sich erneut ein, trank schmeckend und rollte die Zunge. »Vichy?«

Engelmann blähte sich ein wenig auf. »Unser eigenes. Das heißt, das gewöhnliche Leitungswasser von Salow.«

Berächt trank wieder, es schmeckte, soweit er seinem Urteil trauen konnte – und das tat er immer, seit er eine gewisse

Gehaltsstufe erreicht hatte –, es schmeckte wirklich wie Vichy-Wasser. Er wiegte den Kopf. »Wissen Sie, Engelmann, ich habe ja von Frau Maader schon einige Dinge über die Leute hier gehört. Daß sie ziemlich – nun ja – sonderbar sind, bißchen hinter dem Mond und so. Jetzt glaube ich es. – Gehört die Quelle zu Ihrer Masse?«

Engelmann mußte leider verneinen.

»Und mit dem Bürgermeister kann man reden?«

»Die haben hier einen Schulzen, Herr Doktor …«

Berächt lachte. »Ach ja, habe ich auch schon gehört. – Über die Quelle, meine ich?«

Traurig, aber mit Gewißheit erklärte Engelmann das zu einer Unmöglichkeit.

Berächt erhob sich. »Tja, Herr Engelmann, dann würden Sie wohl so freundlich sein, mit mir in das Objekt zu fahren. Meine Zeit ist leider sehr begrenzt.«

Sie fuhren zum Objekt. Die Werkhallen nahm Dr. Berächt nur kurz in Augenschein, die riesige Kaolingrube und die drei Blöcke Werkswohnungen mit nachdenklichem Interesse, die Verwaltungsgebäude im Hinblick auf die Möglichkeit, Wohnungen darin auszubauen, und das übrige, zum größten Teil zubetonierte Terrain mit sichtlichem Mißfallen.

Dem Direktor des Werkes versicherte er, daß – zunächst – alles beim alten bleibe, hoffte, daß ›wieder Leben in die Bude‹ einziehen werde, scheuchte den offenbar gelangweilten Dackel ins Auto, bat, einen Kraftfahrer zu seinem Fahrer zu schicken, um diesem den besten Weg zu einem bestimmten Ort aufzuzeigen, und schließlich erklärte er: »Ich muß noch dahin und dann nach Hause, eine Mordsstrecke …«, leider könne er Herrn Direktor Engelmann nicht zurück nach Salow bringen, sie wollten das bitte übernehmen.

Am Wagen dann, die Tür schon offen, reichte er Engelmann die Hand. »Mein lieber Engelmann, es hat mich sehr gefreut. Alles Gute, und verkaufen Sie fein!«

Der Fahrer des Werkdirektors brachte Engelmann nach

Salow. Engelmann fragte, ohne wirklich daran interessiert zu sein: »Wohin fährt er?«

»Zu unserem Ferienobjekt«, murrte der Mann.

»Ferienobjekt?« Engelmann konnte sich darunter nichts vorstellen.

»Ferienheim«, sagte der Fahrer. Nach einer Schweigeminute ergänzte er: »Hundert Betten. Sehr schön. Haben wir seit acht Jahren. Ich war zweimal dort. Mit Frau und Kindern. Vierzig Mark pro Nase.«

»Nicht eben billig«, meinte Engelmann.

»Vierzehn Tage für meinen ganzen Verein zweihundert Mark? Zu billig, viel zu billig, wenn Sie meine Meinung wissen wollen ...«

Engelmann mußte die Meinung nicht kennenlernen, weil sie angelangt waren. Er stieg aus, der Fahrer lehnte sich über den Sitz und fragte durch die offene Tür: »Der Mann, der uns gekauft hat – was ist das für einer?«

Engelmann war Dr. Berächt nie unmittelbar unterstellt gewesen, doch Erfahrung sammelt man auch aus Erfahrungen anderer.

»Sie können froh sein, daß Sie ihn zum Chef kriegen«, sagte er und bedankte sich fürs Zurückbringen.

Als er den Vorvertrag durchgelesen hatte, fiel ihm – zu spät – ein, daß er Dr. Berächt gegenüber zu Loyalität nicht mehr verpflichtet war. Dieser Herr hatte das Werk samt Kaolingrube und nicht näher beschriebenem Ferienobjekt für den symbolischen Preis von einer Mark erworben.

Engelmann beschloß, sich wegen seines kleinen Gemäldes keine Gewissensbisse mehr zu machen und sich bei der Museumsfrau noch ein zweites auszusuchen.

Teufel, der mit einem Waldkäufer vom Bodensee durch die Forsten gefahren war, fand einen offensichtlich verärgerten Engelmann vor.

»Lassen Sie uns Wasser trinken, Herr Engelmann! Stundenlang kutschiere ich mit so einem Burschen durch die

Heide, er schwadroniert, erzählt Witze, und am Ende lacht er mich aus, als ich sage, was bei uns ein Hektar Wald kostet.« Er brachte jedem ein Glas. »Ich bin dafür, die Maader soll ihr Zeug allein verkaufen!«

Engelmann schob ihm den Vorvertrag zu. Teufel las und knurrte: »Na prima! Ich nehme sie mir zum Beispiel.«

Obwohl sie jeder zwei Glas vom Salower Gemüts-Heilwasser tranken, wurden sie nicht friedlich. Teufel fuhr nach Kirchdorf und verkaufte die Wiesen und Weiden in der Satkula-Aue, ohne zu handeln, zu dem Preis, den der verwachsene Vorsitzende bot. Engelmann jagte ein Fax nach Zürich, verlangte für Schloß, Rosengarten und Park ein paar Tausend Schweizer Franken und erhielt umgehend positive Antwort. Mehr als ihn in Pension schicken, konnte die Maader nicht.

Roswitha Ziegler kam spät nach Hause, die beiden Direktoren tranken eben die zweite Flasche aus Teufels Weinvorrat leer, Engelmann sang: »Und wenn die Welt voll Teufel wär'«, Benedikt Teufel verschluckte sich vor Lachen, und Roswitha Ziegler war auch wohl zumute, sie ging, ohne zu fragen, nach einer neuen Flasche.

Engelmann schrie: »Morgen früh schmeißt die uns alle raus!«

»Jawoll!« schrie Teufel und stimmte an: »Davon geht die Welt nicht unter.«

Ihr Terzett klang nicht schön, ein streunender Kater draußen sang mit, der Mond schien, und morgen früh um zehn landet die Präsidentin.

25

Zwischen der Landeshauptstadt und Salow tobte sich eine schwere schwarze Gewitterfront aus, der Hubschrauber durfte nicht starten. Die Präsidentin telefonierte nach ihrem Panzerauto, trank Kaffee im VIP-Raum und informierte sich über Politik und Wirtschaft aus der Zeitung. Sie begrüßte ihren

Fahrer freundlich und unterhielt sich mit ihm während der Fahrt minutenlang über das Wetter.

Die Anlagen waren in sicheres Fahrwasser geleitet, auch der Cordialische Graf – den zweiten Teil seines Namens hatte er aufgegeben –, zur Zeit freilich studienhalber in Sizilien, war gefunden. Er war ohne Nachfahren, die begierig auf Familienandenken sein könnten. Zur Zeit der fünf Tage der Maria Castella hatte er mit schwerer Angina in Sigmaringen im Krankenhaus gelegen, Hilfskraft beim Kustos von Burg Hohenstaufen.

Die Präsidentin schloß den Akt. Das bezopfte Mädchen Maria war eine Märchenfigur.

In Salow goß es in Strömen, die Präsidentin sprang unbeschirmt aus dem Wagen ins Haus, nahm erstaunt das Einlaßkabuff am Fuß der Treppe wahr und stieß auf der Schwelle ihres Wohnzimmers ein ungläubiges »Nein!« aus.

Roswitha Ziegler stand schon hinter ihr. »Gefällt es Ihnen, Frau Präsidentin?«

Die Präsidentin faßte sich. »Es ist angenehm«, sagte sie, warf ihre Tasche in einen Sessel, hieß den Fahrer ihr Gepäck ins Schlafzimmer tragen, sagte zu Frau Ziegler, daß das Wetter scheußlich sei, und in dreißig Minuten bitte sie zur Dienstbesprechung. Und dann, wahrhaftig: »Sie sehen aus wie gerade frisch aus dem Urlaub.«

Roswitha Ziegler hörte nicht heraus, ob das eine wohlwollende Feststellung oder eine verdeckte Rüge war. Sie verkniff sich zu bekennen, daß sie sich ausgezeichnet fühle – solches interessierte ihre Chefin nun wirklich nicht. Sie überbrachte den beiden Direktoren, die zusammen in Engelmanns Zimmer hockten, die Anordnung der Sitzung und ihre eigene Botschaft: die Maader sei auf sonderbare Weise nicht schlecht gelaunt. Engelmann knurrte trotzig, und Teufel sagte: »Schade! Wo wir uns doch so auf ihre beste schlechte Laune vorbereitet haben.«

Eine Minute vor der angesetzten Zeit betraten sie das Dienstzimmer der Präsidentin. Sie begrüßte sie im Stehen, erkundigte sich nach ihrem Ergehen, blickte dabei – wie immer bei Nebensachen – dem Antwortenden am rechten Ohr vorbei und beendete dies ungewöhnliche Vorkommnis mit der gewöhnlichen kurzen Handbewegung auf die Sessel hin.

Engelmann erhielt als erster das Wort. Er hüstelte sich frei und begann dann, die Stimme um eine Oktave tiefer als sonst: »Ich habe veranlaßt, sowohl die Diensträume von BAAAL als auch Ihre persönlichen, Frau Präsidentin, neu aufzuteilen, herzurichten und auszustatten. Der Grund: Das Schloß steht nicht mehr zur Disposition.«

Hier riß es die Präsidentin fast vom Stuhl, aber Engelmann verstummte nicht, erstarrte nicht, sondern sagte, völlig unbeirrt: »Es ist mir gelungen, das Schloß zu verkaufen.«

Hier werde die Präsidentin auffahren, hatten er und Teufel vorgesehen. Die Präsidentin lehnte sich schulterbreit zurück und fragte ungläubig, fast flüsternd: »Verkauft?«

Engelmanns sämtliche Innereien flatterten, außen war er aus bestem Beamtenholz. »Ein Glücksfall«, sagte er und trank einen Schluck Wasser.

Die Präsidentin beugte sich vor, stützte den linken Ellbogen auf den Tisch, das Kinn auf die vierfach beringte Faust und knurrte: »Wenn an den Schulzen, Herr Engelmann ...«

Er fiel ihr ins Wort: »An das Bankhaus Golder in Zürich.«

Die Präsidentin entspannte sich.

»Ein gutes, solides Haus.« Sie nickte vor sich hin. Aber wie, um Gotteswillen, paßte Engelmann dazu? »Wie sind Sie denn da herangekommen??«

»Durch Frau Ziegler«, erklärte Engelmann schlicht.

Ohne zum Reden aufgefordert zu sein, log Roswitha Ziegler, sie habe in der Heide beim Spaziergang zwei Herren getroffen, offenbar Freunde und offenbar gut situiert. Sie seien ins Gespräch gekommen, fast freundschaftlich – hier verzog

Maria Maader den Mund –, vor allem der Herr, dem man die Schweiz anhörte …

»… und dann haben Sie dem armen Golder das Schloß angedreht.« Die Präsidentin griente.

Roswitha Ziegler bemühte sich, betroffen zu sein, sie sagte kühl: »Die Verhandlungen haben die Herren Direktoren geführt.«

»Ich habe dabei viel von Herrn Engelmann gelernt«, bekundete Teufel. »Denn an sich war es ja aussichtslos, einen Käufer für diesen Klotz zu finden.«

»An sich …«, sagte die Präsidentin und versank in Nachdenken. An sich müßte sie nun Näheres erfahren, den Preis zum Beispiel. Aber vielleicht war jetzt nicht der richtige Zeitpunkt, darüber zu reden, zu reden war ja auch noch über Dr. Berächt. Irgendwie irritierend, wie dieser Engelmann heute auftrat. Beinahe Pokerface. Beim Pokern verlor die Präsidentin nie mehr als Peanuts. Sie hob den Kopf. »Meine vollste Anerkennung, meine Herren. Auch Ihren Anteil, Frau Ziegler, nicht zu vergessen. Der schwerste Brocken wäre damit geschafft. Diese Querelen mit dem obstinaten Schulzen! – Mit der neuen Regelung hier bin ich sehr einverstanden. Mein – nun ja – Salon ist geradezu fulminant.«

»Frau Ziegler hat einen Tischler aus dem Dorf dafür gewonnen«, bemerkte Engelmann.

»Ach ja …?« Die Präsidentin sah ihrer Persönlichen gerade ins Gesicht, lächelnd für einen Augenblick: »Ein gutes Verhältnis zu den Leuten hier ist immer wichtig.«

Engelmann nahm das als Stichwort auf, um den Baumenschen Martin und seine Genossenschaft zu loben. Dabei verfiel er wieder in seine gewöhnliche Art zu berichten, langatmig, detailgenau, und listete auch das für die Schulfeier verschenkte Mobiliar im einzelnen auf. Sein Bericht über den Besuch des ›Beraters in Forstangelegenheiten‹, des Oberforstmeisters Hajnik, fiel dagegen knapp aus, und seine kurze Mitteilung, daß da ein Grafenerbe existiere und er an ihn einhundert Hektar Wald quasi verkauft habe, überraschte sichtlich nicht nur Teufel.

Die Präsidentin kommentierte das Auftauchen dieses Erben mit der Feststellung, das Gesetz sehe solchen Erwerb vor. Wie es scheine, werde die vollständige Privatisierung der Forsten aber sehr schwierig sein.

Das bestätigte Teufel: Vier Leute habe er in den letzten Tagen durch die Wälder kutschiert und keinen einzigen Baum an den Mann bringen können. Die Leute reisten von weit her an, aus dem Badischen, einer sogar aus dem Elsaß, zeigten sich interessiert am Anfang, und am Ende erweise sich, daß sie herkämen in der Meinung, hier würden Weihnachtsgaben verteilt. Im Gegensatz dazu lasse es sich mit den landwirtschaftlichen Flächen gut an. Er machte eine Pause, um der Präsidentin Gelegenheit für einen ihrer harschen Einwürfe zu geben, doch sie nahm das nur freundlich zur Kenntnis und meinte, das sei erfreulich.

So sah Teufel keinen Grund, sich nicht an die Absprache mit Engelmann – die Maader nicht zu provozieren, wenn sie nicht von vornherein Gewitterfronten aufbaue – zu halten.

Die Präsidentin legte die Hände flach auf den Tisch – Teufel zählte sieben Ringe, einer weniger als üblicherweise – und sagte: »Das wär's dann wohl. Ich danke Ihnen, meine Herren.«

Die Herren erhoben sich. In der Tür wurde Engelmann zurückgebeten, er möge bitte einen formlosen Vertrag mit dem Oberforstmeister aufsetzen, den Inhalt kenne er ja.

Dann fiel ihr doch noch etwas ein: »Ach ja, Herr Engelmann, der Vertrag mit Dr. Berächt?«

»Ist soweit unterschriftsreif, Frau Präsidentin. Zu entscheiden wäre nur noch, ob als Kaufmasse das Objekt im ganzen aufgeführt wird oder in einzelnen Positionen.«

»Wie im Vorvertrag.« Sie trank einen Schluck Wasser. »Das erspart eine Menge bürokratischen Aufwand.«

»Die Gesetzeslage ...«, setzte Engelmann an.

»Sie dürfen ruhig annehmen, Herr Engelmann, daß auch ich sie kenne.« Sie trank Wasser nach, und Engelmann ging.

In seinem Zimmer beriet er sich mit Teufel.

»Sie sollten darauf bestehen, daß sie den Vertrag allein unterschreibt«, sagte der.

»Das wird sie nicht tun. Es wäre auch formal nicht statthaft«, entgegnete Engelmann. »Ich werde nach einer anderen Möglichkeit suchen …« Er sagte nicht, wofür, er dachte es nicht einmal genau. Er hatte nur Magendrücken. Noch nie in seinem Beamtenleben hatte er ein Gesetz hinuntergeschluckt. Er nahm zwei Tabletten, ließ für sich den von der Präsidentin unterzeichneten Vorvertrag mit Berächt kopieren und verfaßte eine umfängliche Aktennotiz dazu.

Teufel hatte kein Magendrücken, aber gleich wieder Ärger mit einem jungen Schnösel aus Konstanz, der sich durch die gräflichen Forsten fahren ließ, um am Ende für je zehn Hektar ein Briefporto anzubieten. Erst daraufhin fragte ihn Teufel, ob er überhaupt etwas vom Wald verstünde. Der Bursche grinste: Aber vom Geschäft. Und für den Fall der Fälle, hier sei seine Karte. Teufel steckte die Karte unbesehen in die Tasche.

Am späten Nachmittag, als er mit Hanna Schneider durch die Heide fuhr und sie an einem sandigen Hügelchen die Räder an eine Birke lehnten, vor ihnen ein zersprengelter Teppich blühenden wilden Thymians, fischte er zufällig das Kärtchen aus der Tasche. Er starrte es an.

»Was ist das?« fragte Hanna Schneider.

»Eine dicke Überraschung«, antwortete Teufel. »Für mich. Für Sie ohne Bedeutung.«

Hanna Schneider erzählte aus ihrer Schule, eine lustige Geschichte. Dann von einem Vorfall, wie am hellichten Tag ein Bursche einer Frau die Handtasche entriß, sie ihm nachrannte, er war schneller – keine lustige Geschichte. Ein Glanzkäfer krabbelte vor ihren Füßen, sie nahm ihn auf, zeigte ihn Teufel, Schön, nicht?, und erzählte, daß sie sich als Kind vor allen Käfern gegrault habe.

»Sie hören ja gar nicht zu!« sagte sie.

»Doch«, beteuerte Teufel, der sich die ganze Zeit über angestrengt hatte herauszufinden, welcher Art Geschäft eine Züricher Bank witterte, wenn sie hier Wälder aufkaufen wollte. »Zugehört schon. Mit einem Ohr«, bekannte er. Das andere habe einen Einfall gehabt. – »Das ist doch Ihre Heimat, Hanna, Sie kennen jeden Strauch, Käfer beim Vornamen – um ein großes Wort zu gebrauchen: Lieben Sie dieses Stückchen Welt?«

»Es ist *mein* Stückchen Welt.«

»Gut«, sagte er. »Können wir nun nicht ›du‹ zueinander sagen?«

Sie lachte. »Ich schenke dir den Käfer. Er heißt Anton.«

Er nahm den Käfer und setzte ihn in den Sand. »Anton also. Er soll hier friedlich leben und nicht von Raupenketten zerquetscht werden. Jemand will die Wälder aufkaufen, um Geld daraus zu machen. Weißt du noch, daß ich sagte, ich wolle dir tausend Hektar ...«

»Hundert«, warf sie ein.

»... verkaufen? Wenn du nun ...«

Wenn Hanna Schneider mit einer Handvoll Leute – möglichst aus der Stadt – einen gemeinnützigen Verein gründete mit dem Ziel, für diesen Zipfel der gräflichen Forsten – »einzigartige Heide- und Teichlandschaft« – den Status ›Landschaftsschutzgebiet‹ zu erreichen, wenn und wenn ..., hielte Teufel eine Rettung des Zipfels vor BAAAL für nicht ganz unmöglich. Die Präsidentin sei sonderbar geläutert zurückgekommen, fast menschlich, und wenn diese Verwandlung anhielte – oder wenigstens die Läuterung anfallsweise wieder aufträte ...

Sie nahmen die vielen ›Wenn‹ auf, eines nach dem anderen, wendeten sie hin und her, dividierten sie durch tausend Städter, die vom Frühling bis zum tiefen Herbst ›in die Heide‹ führen, der Bürgermeister auch und der Landrat, zählten die Reiher, Kormorane und zwei Horste Seeadler dazu, den

Käfer Anton und den Stieglitz, der über ihnen in der Birke sang, auch das Image von BAAAL, das aufgebessert würde, und schließlich und nicht zuletzt ihre Freude aneinander.

Als Hanna Schneider später daheim über Aufsatzheften saß und Teufel durch den Schloßpark zur ›Baracke‹ fuhr, brannte Licht im ›Salon‹ der Präsidentin, und auf dem Kiesweg stand der Jeep des Oberforstmeisters.

Vor der Präsidentin auf dem Tisch lag das vergilbte Postkartenfoto eines jugendlichen Helden, der erkennbar den Franz Moor darstellte und mit gutem Willen als Willy Birgel erkannt werden konnte. Rudolf Hajnik hatte es mitgebracht, es sei aufgefunden worden in einem alten Pappkarton, in dem seine, Hajniks Mutter Ererbtes von jener Großtante aufbewahrt habe, zu nichts nütze, doch aus Pietät nicht weggeworfen.

Hajnik sprach über die Schwierigkeiten, die BAAALschen Immobilien loszuschlagen. Er könne sich schon vorstellen, daß die Frau Präsidentin auch im nächsten Frühjahr noch werde hier wirken müssen, was er persönlich – er lächelte zurückhaltend – gewiß nicht bedauern würde.

Hier lächelte nun die Präsidentin mit breitem Mund. »Da unterschätzen Sie mich sehr, lieber Herr Hajnik! In ein paar Wochen ist es geschafft. Man muß eben die Konditionen den Gegebenheiten anpassen.«

Der Oberforstmeister nickte nachdrücklich. »Die Lage erkennen – und durch!«

Draußen schrie ein Kauz, Hajnik verabschiedete sich.

Unten in der Haustür griff eine Frauenhand nach seiner Schulter, er wandte den Kopf, verharrte, bis es dreimal geblitzt hatte. Eine Frau, kräftig wie die Präsidentin, lachte leise auf, und vom gekiesten Weg her flüsterte ein Mann ein Lob für die Darstellung.

26

Franz Franska traf vor dem Dorfladen die Frau des Tischlermeisters und nahm sie mit in sein Amt. Er breitete die Flurkarte, auf der dieselben Flächen wie auf Teufels Karte schraffiert waren, vor ihr aus, zeigte auf die Ackerstücke, die der Bauer Alfons Horbank als Kieselsteinäcker geschmäht und verschmäht hatte, und sagte: »Das sollte dein Imkerverein kaufen. Als Bienenweide.«

»Ach ja? Kaufen wir?« spottete die Frau. »Daß du Ideen hast, Efef, weiß man ja. Und diese ist wieder eine aus deiner Honigschleuder.«

»Sicher!« Franska nickte. »Du gehst zu BAAAL, zu dem schwarzen, er heißt Teufel ...«

»Weiß ich.«

»... und kaufst das.«

Die Frau kramte ein Geldtäschchen hervor und holte zwei Scheine und einige Münzen heraus. »Reicht das?«

»Vielleicht reicht sogar eine Münze«, sagte Franska. »Diese Stücke kauft denen niemand mehr ab, also sind sie wertlos. Für sie.«

Sie hörte und sah ihm an, daß er in vollem Ernst sprach; sie fragte: »Und warum?«

»Möchtest du nicht auch, daß BAAAL möglichst schnell verschwindet?«

Die Sekretärin Magermilch trat in die Tür, Direktor Engelmann möchte mit dem Schulzen sprechen. Die Vorsitzende des Imkervereins nahm ihre Tasche und ging, und Franska bat Engelmann herein. Sie begrüßten sich freundlich, tauschten ein paar Floskeln aus, während Franska den Tisch abräumte und Engelmann erstaunt feststellte, daß dieses einbeinige Monstrum bei der Ankunft von BAAAL in der Schloßhalle gestanden hatte. Ihre Sache und die des neuen Besitzers, dachte er, hüstelte sich frei und erklärte, daß – »bei unserem guten Verhältnis« – er es für richtig halte, den Schulzen von einigen neuen Entwicklungen zu unterrichten. Um das Gute zuerst zu nennen: Wenn die Gemeinde Salow daran interessiert wäre, würde BAAAL ihr das Steinbruchgelände zu einem günstigen Preis überlassen.

Der Schulze machte sich eine Notiz und bemerkte, er glaube nicht, der Schulzenrat würde irgendwelches Geld aus seiner mehr als leeren Kasse für den Steinbruch ausgeben.

BAAAL, antwortete Engelmann, sei möglicherweise in der Lage – er lächelte sparsam –, die leere Kasse zu berücksichtigen. Da der Schulze dazu schwieg, sagte er – wie in einem Halbsatz –, daß die Ignilapis-Werke privatisiert worden seien; bei Zusicherung, die derzeitigen Arbeitsplätze zu erhalten.

»Glauben *Sie* an Wunder, Herr Engelmann?«

Engelmann ließ die Frage unbeantwortet, er seufzte und sagte: »Was mir wirklich leid tut, ist die Tatsache, daß BAAAL das Schloß verkauft hat.«

Franska fuhr auf. »Unser Schloß? Das wird nicht so einfach für BAAAL und für den Käufer! Sie, Herr Engelmann, wissen genau, daß – wenn irgend jemand – *wir* ein Recht darauf haben. Dafür hätten wir uns sogar verschuldet, wenn es hätte sein müssen.«

»Und Sie wissen genau«, entgegnete Engelmann ruhig, »daß die Frau Präsidentin es *Ihnen* nie überlassen hätte. Eher, Herr Franska, sehe ich für Sie die Möglichkeit, sich mit dem neuen Besitzer auf gut zu gut zu arrangieren.«

Kein Mensch in Salow und seinen sieben Dörfern hatte Franz Franska je so voller Wut gesehen – das eichene Monstrum hätte er aufgehoben und zu Boden geschmettert, brauchte es dazu nicht sechs wütende Männer. Er legte die Fäuste auf den Tisch, drohte mit einer Klage gegen BAAAL vor Gericht, mit Steuer- und Abgabenverweigerung, mit Mobilisierung der ganzen Bevölkerung, Aufstachelung der Medien, ein gefundenes Fressen für die allein schon die palastähnliche Ausstattung des vorübergehenden Wohnsitzes der Präsidentin …

Hier unterbrach ihn Engelmann: »Das hat nicht sie zu verantworten, sondern ich.«

»Sind Sie nicht BAAAL?« schrie Franska. Knurrend fuhr er fort: » *Wir waren* kooperativ ... Wer hat das Schloß gekauft?«

»Meinem Dafürhalten nach ein freundlicher Mensch.« Engelmann erhob sich. »Ich bedaure sehr, daß unser Gespräch so verlaufen ist, und hoffe, Sie werden nach ruhiger Überlegung die Rechtmäßigkeit unseres Vorgehens einsehen.«

Engelmann hatte kaum den Park erreicht, als der Schulze die Gemeindekeule mit der Einberufung des Schulzenrates losschickte. Danach rief er Rechtsanwalt Mokry an und erfuhr, der sei den ganzen Tag am Gericht. Er trank drei Glas Wasser, die Wut in seinem Bauch ertränkte er nicht. Er warf ein paar Worte auf Papier, für den Schulzenrat, für den Rechtsanwalt, für die Zeitung, die Oberfeindin Maader, das Gemälde, das Engelmann dem Museum entnommen hatte ... Er zerknüllte das Blatt, warf es in den Papierkorb und schob seinen Stuhl zurück.

Im Vorzimmer erklärte er, ganz beiläufig: »Wir räumen das Schloß aus und stecken es an.«

Ohne von ihrer Arbeit aufzusehen, sagte die Sekretärin: »Ich rufe deine Frau an, sie soll dir einen Liter Baldrian bringen.«

Er lachte böse. »Rattengift, Veronika! Für die verdammte Bande!«

»Richtig, Efef.« Sie griff nach dem Telefon.

»Laß den Quatsch!« schnob er und nahm den Schlüssel des Dienstwagens vom Tisch.

Er fuhr zum Steinbruch, riß sich das Zeug vom Leibe, wollte vom Drei-Meter-Block springen, besann sich, stieg den ungefügen Pfad hinunter, trat knietief ins Wasser, bespritzte ausgiebig Brust und Kopf und ließ sich ins Wasser gleiten. Er schwamm zweimal zur Steilwand hinüber, hastete die »Treppe« hinauf, keuchte vor Anstrengung, rannte noch eine kurze Strecke, zog sich an, und als er in den Wagen steigen wollte, sah er in der Aue sein Dorf liegen, das Schloß, und es zeigte sich, daß die heiße Wut zu tief in ihm saß, als daß sie sich vom kalten Wasser hätte auskühlen lassen. Aber aus dem Kopf war sie heraus, und plötzlich sah er klar, warum er und sie alle das Schloß für Salow haben wollten: nicht wegen des Museums, so stolz sie darauf auch waren und so schwer es ihnen fiele, es an einem anderen Platz neu einzurichten. Oder doch wegen des Museums: Vergangenheit, endgültig als vergangen dargestellt in selbstbestimmter Gegenwart. Und das ist es letztlich, wogegen die Maader wirklich ist, sagte er zu sich selbst.

Er fuhr ins Dorf zu Benno Bossak.

»Die Maader hat unser Schloß verkauft«, sagte er. »Ruf den Grafen an.«

Das Telefon rief ins Leere. Bossak entsann sich, daß Cordialis nach Palermo habe reisen wollen. Überhaupt sei, wenn irgend jemand, Golder der einzige, der helfen könne. Er suchte die Nummer heraus, die Zentrale in Zürich verband ihn mit Golders Sekretärin, und die bedauerte, der Direktor befinde sich in einer wichtigen Sitzung. Bossak bat, ihm seinen Namen zu nennen und daß es äußerst wichtig sei. Es dauerte einige Augenblicke, dann meldete sich Golder.

Bossak sagte: »Die haben unser Schloß verkauft! Du mußt es zurückkaufen!«

Er hörte die kurze Antwort und flüsterte Franska zu: »Er kann nicht.«

»Warum nicht?« fragte Franska.

»Warum nicht?« fragte Bossak das Telefon.

Dann fiel es ihm fast aus der Hand, er bedankte sich, bat um Entschuldigung für die Störung, legte den Hörer ab und setzte ein ernstes Gesicht auf. »Er kann wirklich nicht.« Der Schulze fiel zusammen, und Bossak redete: »Dich wirft es um, ich als Chronist bin da abgehärtet. – Golder kann beim besten Willen nicht.« Er legte dem Schulzen tröstend die Hand auf die Schulter und sagte, als spräche er vom Wetter: »Weil er es selbst gekauft hat.«

Franska riß es den Mund auf, dann sank er in Bossaks Mittagsruhesessel und murmelte: »Wir werden ihn malen lassen, in Leinöl aus Salow, auf feinster flandrischer Leinwand.«

»Ja«, sagte Bossak.

»Und dich«, grollte Franska, ganz der oberste Racheengel des Landes, »verkaufe ich an BAAAL! Wegen des vorsätzlichen Versuchs, einen Infarkt herbeizuführen!«

Dann sprang er auf, umarmte den alten Lehrer, und sie lachten, lachten, daß eine dicke Hummel entsetzt durchs offene Fenster zurück in den Garten floh.

27

Franska erzählte, grinsend von Ohr zu Ohr, und Hajnik war darin sein Spiegelbild. Hajniks Frau – Franskas Schwester – trat ein, die Männer bepackten sich die Gesichter mit Zorn und Wut und harter Entschlossenheit, und Franska, ein wilder Tiger im Dschungel, erklärte, BAAAL habe das Schloß verkauft. Die freundliche Frau Hajnik verdammte die Bande, die beiden bekräftigten das und hatten es eilig, die Verdammnis in die Wege zu leiten.

Sie fuhren ein Stück, holten die Fröhlichkeit wieder hervor, setzten sich auf einen Baumstamm und besprachen die Sitzung des Schulzenrats, Empörung, Protest, Resolution, Aufstand, und von Golder aus Zürich hat niemand je was gehört.

Teufel kam vorbei, er hatte wieder einen Interessenten für den Wald im Auto sitzen. Er hielt an, um den »Berater für Forstangelegenheiten« zu bitten mitzufahren. Hajnik und Franska saßen da, die Hände sozusagen in der Tasche und nicht einmal einen Gegengruß auf den Lippen. Hajnik grollte, daß er nicht glaube, BAAAL weiter zu Diensten stehen zu können, und Franska beschied den irritierten Teufel mit seiner Absicht, die beiden Wiedereinrichter von der Unterzeichnung der Verträge abzuhalten. Teufel versicherte, daß ihm die Sache mit dem Schloß leid tue, und Franska sagte zu Hajnik, die Sache werde BAAAL wirklich noch leid tun.

Teufel, durchaus nicht in der Verfassung, einen Interessenten erfolgreich in einen Käufer zu verwandeln, verschwand im Wald.

Hajnik sagte: »Ein guter Kerl. – Er hat etwas mit Hanna Schneider.«

»Ja«, brummte Franska. »Ich hoffe, sie wird …«

Hajnik ließ Franskas Hoffnung unbefragt, es gab Bedeutenderes. Er holte ein Foto aus der Jackentasche. Franska sah es an und erstarrte: Hajnik, ein nackter Frauenarm, eine beringte Hand, das Firmenschild von BAAAL. Er murmelte: »Frau Potiphar … Dein Werk?«

»Idee Franz Franska, Regie Kantor, in den Rollen Edith Mikan und ich«, sagte Hajnik her. »Wer ist Frau Potiphar?«

Franska rügte seine mangelnde Bildung. Das Bild hänge in Dresden, Frau Poti- oder Puti- sei eine alttestamentarische – nun ja – Präsidentin gewesen, die ihren Diener habe vergewaltigen wollen, Franska sah die heutige auf dem Foto, die Locke ganz identisch und das Gesicht verdeckt durch Hajniks markantes Profil.

Konnte man mit dem Foto etwas anfangen? Und was, wie, wann, wo? Hajnik, der Hauptdarsteller, wußte es nicht, und dem Schulzen schien die Geschichte lustig gedacht, aber zunehmend nicht ganz geheuer. Es war schon vorgekommen, daß Schlingenleger in die eigene Schlinge getappt waren. Sie beschlossen, das Foto in der Hinterhand zu behalten und zunächst abzuwarten, welchen Eindruck der geballte Volkszorn wegen des Schlosses auf die Maader machen werde. In diesem Zusammenhang fiel dem Schulzen Kutte ein. Das Schloß in seiner heutigen Gestalt sei ja vor allem dessen Werk – könnte nicht er den Aufstand der Massen entfachen und leiten?

Man wird sehen.

Man sah am Abend den Schulzenrat vollzählig versammelt und dank Benno Bossaks Telefon bereits mit dem perfiden Anschlag von BAAAL gegen das Symbol der Identität von Salow bekannt. Hanka Elle, die Museumsfrau, war entschlossen, das Schloßportal mit ihrem Leibe zu versperren, nur über ihre Leiche sollte der Käufer eindringen können. Sie schluchzte vor Zorn und aus Mitleid mit ihren Kindern, die dann Waisen wären. Peter Wotawa, der Bauer, beschwor sein fehlendes Bein, *dafür* habe er es nicht bei El Alamain gelassen. Der Kantor griff in die Rocktasche nach einem Foto, der Oberforstmeister warf ihm einen schrecklichen Birgel-Blick zu, und das Foto zog sich erschrocken zurück. Auch der junge Fleischermeister war wütend, des Schlosses wegen und auch, weil ihm ein halbes Schwein fehlte, ob wirklich oder nur buchhalterisch, war noch nicht geklärt.

Die Schuldirektorin Edith Mikan schlug vor, das Große Schulfest am Wochenende zu einer mächtigen Demonstration zu gestalten. Nicht einen Pfennig habe die Maader für das Fest hergegeben, aber das Schloß vielleicht für eine Mark verhökert. Sonderbar abgeklärt verhielt sich Tischlermeister Jan Tepela, eine Schande sicher das Vorgehen von BAAAL, sie hätten wenigstens den Rat vorher informieren müssen, Anstand sei ja nicht gegen das Gesetz. Aber ob nun Salow seinerseits gegen das Gesetz vorgehen solle … Hier verstummte er und lauschte den mehreren Seelen in seiner Brust, die miteinander stritten.

Der Schulze Franz Franska goß kein Öl ins Feuer, nüchtern trug er anhand der penibel geführten Aufzeichnungen der letzten beiden Bürgermeister, besonders Kuttes, vor, was die Bürger der Großgemeinde Salow in das Schloß – ›wie es heute steht und liegt‹ – eingebracht hatten. Daraus müßte jedem Gesetz, wenn es nicht einäugig sei, ersichtlich sein, daß allein Salow das Recht auf das Schloß habe. Den Vorschlag, entschlossen und geschlossen gegen das Unrecht zu demonstrieren, unterstützte er nachhaltig. Doch nicht für das Wochenende, da sei ja die verdienstvolle Frau Präsidentin weggeflogen und …

Die Schuldirektorin unterbrach ihn: »Der Sportplatz gehört der Gemeinde, die Maader soll sich einen Start- und Landeplatz auf BAAAL-Grund suchen!« Die friedfertige Museumsfrau schrie rachgierig Beifall, und der Rat beschloß spontan, den Sportplatz für BAAAL zu sperren. Jan Tepela dachte an Roswitha Ziegler, die nicht heimflugberechtigt war, und stimmte ohne innere Auseinandersetzung für den Sportplatz.

Rudolf Hajnik redete in seiner försterlich-bedächtigen Art von der Nowendigkeit, sich streng an die Regeln zu halten, die das Gesetz für Volkszorn vorschreibe: Morgen früh zunächst einen scharfen schriftlichen, mündlich vorzutragenden Protest, und wenn das keinen Erfolg bringe, die Großdemonstration am Abend auf dem Gutshof in Sicht- und Hörweite von BAAAL. Dazu Presse, Rundfunk und möglichst auch das Fernsehen, das bisher nicht einmal ein Kameraauge auf Salow geworfen habe.

Kein Mitglied des Schulzenrates, das nicht weitere Rat- und Vorschläge vorgebracht hätte, Veronika Magermilch protokollierte, der Schulze faßte zusammen, ließ abstimmen – alle Hände hoben sich –, und dann erwies sich, daß Salow, das seit der Revolution von 1792 keinen Aufstand mehr geprobt hatte, nun ratlos war. Der einzige, der eine gewisse, wenn auch sehr geringe Erfahrung im gesetzestreuen öffentlichen Widerstand besaß, war Kutte. Der Schulzenrat beschloß, den früheren Bürgermeister zu bitten, die Großgemeinde Salow in den Kampf gegen BAAAL zu führen.

Der Kantor, die Museumsfrau und die Schuldirektorin setzten sich zusammen, um die im Inhalt abgestimmte Protestresolution in die rechte Form zu bringen und eine Mitteilung an die Presse und den regionalen Rundfunk zu verfassen.

Der Schulze fuhr zu Kutte, der vor dem Fernseher noch die letzten Aktualitäten in sich aufnahm und sich zwar sehr über den späten Besuch wunderte, aber aus eigener Erfahrung annahm, daß der Schulze einen gewichtigen amtlichen Grund für sein nächtliches Erscheinen habe. Er hörte sich ruhig an, was Franska zu sagen hatte, verwies zu dessen Erstaunen nicht darauf, daß er mithin von Anfang an recht gehabt habe, was BAAAL betraf, sondern erklärte ohne Gerede, er werde morgen früh im Schulzenamt darlegen, wie die Demonstration machtvoll zu gestalten und kämpferisch durchzuführen sei.

Franska wünschte gute Nacht, er hatte Ameisen im Kopf, Kuttes dicke Worte oder bloße Müdigkeit.

Daheim schliefen die Seinen friedlich, im spärlichen Mondlicht lag ein nackter Frauenarm auf seinem Kopfkissen, und Franska fiel Hajniks Foto ein. Gefährlich, dachte er, wir haben es nicht mehr nötig, das Spiel läuft, überdrehtes Karussell, Kutte, Golder, die Maader, an ihrem Rockzipfel Engelmann, der Schulzenrat mit der halben Wahrheit und dem ganzen Zorn, heute ist, morgen wird – ein wilder Ringelreih und ich der Plumpsack. Franska konnte nicht einschlafen: gerade ein Viertelchen Kopfkissen für sich, der Mond nun ganz ins Fenster kriechend, und nicht ausgeschlossen, Kutte bastelt sich eine richtige Revolution zusammen.

28

Hanna Schneider und ihre Tochter bereiteten in der Küche das Abendbrot vor. Das Mädchen zupfte Salatblätter, eins und eins und ein halbes und das halbe noch einmal, und dann hielt sie sich an einem winzigen Stück Grün fest und murmelte: »Ich will hier nicht weg, Mutti …«

Hanna Schneider wandte sich um, sah das ungenügende Arbeitsergebnis der Tochter und sagte: »Wir wollen den Salat heute essen, Susan! – Was redest du überhaupt von Wegwollen oder Nicht-weg-Wollen?«

Das Mädchen starrte das Blättchen zwischen den Fingern an. »Weil …«, sie zögerte, »weil du ihn eingeladen hast.«

»Ach, mein Schaf!« sagte die Frau leichthin. »Benedikt Teufel kommt zum Abendbrot, und niemand geht hier weg.«

»Bestimmt nicht? Schwörst du?«

»Dreimal hintereinander. Und nun wirf die Salatmaschine wieder an!«

Das Mädchen zupfte den Salatkopf in die Schüssel, steckte das Endchen Stiel in den Mund und sagte: »Nett ist er.« Bevor die Mutter fragen konnte, erzählte sie, Teufel habe sie zufällig nach der Schule in der Stadt getroffen. »Er war lustig.«

»Soso«, sagte Hanna Schneider. »Dann richte also den Salat für den netten, lustigen Mann besonders schön an!«

Teufel war nicht lustig. Er war in der Gärtnerei der Genossenschaft gewesen, wo einige der Behinderten arbeiteten, und hatte das Empfinden gehabt, die Leute wüßten nicht, daß er nur Teufel hieß, aber keiner war. Er überreichte Hanna Schneider einen Roseneibisch mit zwei halbgeöffneten weißen Blüten, sagte freundschaftlich zu dem Mädchen: »Na, du Frosch«, und war ein Fremder in einem fremden Haus. Hanna Schneider redete – mit vielen kurzen Ja! dazwischen –, damit geredet wurde. Teufel spürte ihre Spannung, erriet, daß auch sie vom Schloß wußte, und war ratlos.

Nach dem Essen – und nicht einmal die Salatschüssel leergegessen – verschwand das Mädchen, sie habe noch für die Schule zu arbeiten, und Hanna Schneider, als spräche sie zu einem zufälligen Gegenüber im Eisenbahnabteil, sagte: »Tja, die Politik verdirbt nicht nur Charaktere, sondern auch den Appetit.« Sie lächelte, ein Lächeln auf dem Rückzug.

»Ja«, Teufel nickte, »das erste ist bekannt, das zweite haben wir gerade erfahren.«

Sie wartete, daß er weiterspreche, er dachte, aber sie weiß doch, daß ich nicht BAAAL bin. Sie blickte ihn gerade an, kein

Glitzerchen Lächeln im Gesicht. »Ihr bringt alle gegen euch auf.«

Er wiegte den Kopf. »Alle? Und ›wir‹?«

»Nur ein Beispiel, eins aus Tausenden«, sagte sie, fast schleppend im Ton. »Der Rosengarten vor dem Schloß – es war Unland, Melde, Disteln, Brennesseln bauchhoch –, mein Mann, der alte Wotawa und ich haben ihn angelegt, Rosen gekauft, aus der eigenen Tasche bezahlt, andere haben anderes eingebracht – die Freitreppe allein hat Hunderte Stunden Arbeit gekostet –, die Rosen habe ich Stück für Stück gepflanzt. Ihr kommt her und ...«

»Ihr? Ich bin froh, daß ich hergekommen bin«, sagte er ernst.

Sie hörte dem nach, trat vor ihre Blumenbank, betrachtete den Roseneibisch und schob ihn ein wenig näher zum Fenster. »Wir haben – übrigens – den Verein ›Salower Heide‹ gegründet. Eingetragen als gemeinnützig.« Es schien leichthin gesagt, und leichthin sagte Teufel: »Ich werde versuchen, sozusagen als Kompensation für euer Schloß ...«

Die Frau fuhr herum: »Wem habt ihr es – sicherlich – quasi geschenkt?«

Teufel dachte daran, daß die Präsidentin und Engelmann es für richtig hielten, den Käufer nicht mit Namen und Adresse öffentlich zu machen, bevor der Handel notariell abgeschlossen war. Der Käufer könnte möglicherweise abspringen.

Für ihn aber stand mehr auf dem Spiel, er antwortete: »Versprich, es für dich zu behalten.«

»Nein«, sagte sie ohne Zögern.

»Hanna«, er lächelte, »deine Nase guckt ganz trotzig.«

»Sie *ist* trotzig.«

Sein Kopf, oder was auch immer aus ihm redete, machte aus dem Stand heraus einen Dreisprung: »Willst du, Hanna Schneider, mich zum Mann?«

Sie ließ sich in den Sessel fallen. »Auch als Kompensation für unser Schloß?«

»Das Schloß hat eine Schweizer Bank gekauft. Zufällig. Zwei Herren, die ins Forsthaus geraten waren.«

Cordialis, fuhr es ihr in den Kopf, der andere war ein Schweizer … Und nun muß *ich* den Mund halten.

»Und ihr bekommt ein Riesenrad Schweizer Käse dafür, ja?«

Teufel wußte, sein Sprung war völlig mißlungen, mit dem falschen Bein abgesprungen, auf dem Bauch gelandet – er sah ganz unglücklich drein.

»Ach komm«, sagte sie, »laß uns nicht streiten.«

Sie holte Gläser, er öffnete eine Flasche von dem Wein, den er mitgebracht und vor der Tür stehengelassen hatte. Es war ihm zu plump erschienen. Nun war es ein Glas nach dem Essen, nicht mehr. Er ging früh, sie hielt ihn nicht zurück. Als sie abräumte, murmelte sie: »Strafe muß sein, Benedikt Teufel. Obwohl …«

Das Obwohl war ein verfitztes Knäuel, Fäden, die nicht zueinander passen, dicke und dünne, schreiende Farben und stille Farben – wie konnte man sie verknüpfen?

Sie nahm ein Büchlein aus dem Fach, »Zimmerpflanzen«, und ließ sich belehren, wie ein Roseneibisch zu pflegen sei. Man müsse auch freundlich zu ihm sprechen. Ja, ja, wir wollen freundlich zu dir sein, murmelte sie der Pflanze zu, griff zum Telefon und wählte Teufels Nummer, danke für die Blume, sie ist sehr schön, aber nicht pflegeleicht.

Du auch nicht, sagte Teufel.

Ich weiß, sagte sie. Und du – kennst du einen pflegeleichten Teufel?

Er brummte, dann sagte er, ich habe heute den Käfer Anton wiedergetroffen, er läßt dich grüßen.

Fein. Und morgen werde ich gegen dich demonstrieren.

Tu das, und später besuchen wir Anton.

Vielleicht.

Vielleicht, vielleicht, vielleicht – dachte Hanna Schneider, es gibt so viele Vielleicht. Willst du mich zum Mann? – Vielleicht. Und dann?

Vielleicht hat Cordialis das Schloß gekauft. Und dann? Dann demonstrieren wir gegen ihn, und Franska ist Don Quichotte. *Wenn alles gut ausgeht, werfe ich dich ins Gras, Hanna.* Einmal bin ich ihm ausgerissen, im letzten Augenblick. Schade, vielleicht. Ich war sehr stolz auf mich.

Bin ich doch jetzt auch. Oder?

Sie legte einen Zettel zum Telefon. Franska muß morgen früh erfahren, daß Golder das Schloß gekauft hat.

Im Bad vor dem Spiegel sah sie sich ins Gesicht. Ihre Nase lachte nicht. War nicht trotzig. Müde, vielleicht.

29

Es war später Nachmittag, Teufel erstattete der Präsidentin den Abschlußbericht über den Verkauf der landwirtschaftlichen Flächen. Übriggeblieben seien drei Löcher, die zusammengenommen kaum mehr als eine Kuh-Nahrung ergäben. Darüber sah die Präsidentin großzügig hinweg, Teufels Vorschlag, diese Kleckse unentgeltlich den beiden Wiedereinrichtern zuzuschlagen, nickte sie ab; den Kaufvertrag mit der Bauerngenossenschaft nahm sie murrend zur Kenntnis, bei mehr Eifer hätte sich auch ein anderer Käufer finden lassen.

Hier erlaubte sich Roswitha Ziegler zu fragen, wie sie diese Kritik im Persönlichen Berichtsbuch festhalten solle. Die Präsidentin griff sich eine Zigarette und beschied: Gar nicht. Nach Lage der Dinge …

Sie hob den Kopf, die kleine Glocke vom Schloßturm läutete, hell, hart, fast hektisch, die neue Glocke vom hölzernen Glockenturm vor dem Schulzenhaus mischte sich, eine Oktave tiefer, ein. Die Präsidentin blickte auf die Uhr, ungewöhnlich das Geläute zu dieser Stunde, sie trat ans Fenster, hörte das mächtige Dröhnen von der Pfarrkirche her und in schwingenden Wellen auch die fein abgestimmten Glocken des Klosters.

»Was bedeutet das?« fragte sie, sich oder die anderen.

Teufel ahnte es, er zuckte die Schultern.

Roswitha Ziegler wußte es. Meister Tepela hatte sich nach der Schulzenratssitzung noch Zeit für sie genommen, und die Schranktür war nicht aufgegangen.

Sie sagte: »Vielleicht haben sie einen Heiligen, den sie heute feiern.«

In Heiligen kannte sich die Präsidentin nicht aus, daß Salow sich aber seine besonderen hielt, schien ihr durchaus möglich. Doch dann bemerkte sie, daß der große Gutshof vor ihr so aufgeräumt war, wie sie ihn noch nicht gesehen hatte, ein Auto mit aufmontiertem Lautsprecher kam angefahren und richtete sein Schreimaul auf die Baracke. Von fern, immer wieder verschlungen vom Glockengeläut, schwamm der Radetzkymarsch heran. Der Präsidentin zuckte durch den Kopf, daß sie morgen Geburtstag habe. Aber das wäre doch … Sie warf einen Blick auf ihre Persönliche, die schien zu lächeln. Zuzutrauen – bei unserem guten Verhältnis – wäre es ihr schon, daß sie es dem Oberforstmeister gesteckt hat, im vergangenen Jahr hat sie ja auch meinen Geburtstag arrangiert. Und der Oberforstmeister – ja, man kann es wohl so sagen – verehrt mich, gewissermaßen. Er ist *der* Mann von Welt in diesem Kaff. Nimm das weniger Gute an, sagte ihr natürliches Mißtrauen gegenüber den Leuten, vor allem denen aus Salow, es könnte ja auch sein, dieser Schulze weiß, die Landwirtschaft ist verkauft, und er kann mich hinauskomplimentieren. Ich gehe, wenn ich meine Aufgabe erfüllt habe. Nicht einen Tag eher, Herr Schulze!

Grüppchen von Leuten tröpfelten auf den Gutshof, der Radetzkymarsch näherte sich, und dann schwenkte die Feuerwehrkapelle in Blau-Rot-Weiß um die Ecke, der Oberforstmeister voran, dahinter in der ersten Reihe machte die Präsidentin den langen Demonstrierer aus, den Schulzen, den geistlichen Hirten aus Kirchdorf; Roswitha Ziegler entdeckte neben dem Pfarrer ihren Meister, er machte in seinem Arbeitszeug eine gute Figur, und Teufel suchte in der strömenden Masse Hanna Schneider, fand erst die Tochter und dann sie.

Die Leute standen Kopf an Kopf, und immer noch drängten neue nach.

»Das sind ja Hunderte«, murmelte die Präsidentin.

»Tausende«, bemerkte Teufel.

Die Blaskapelle verstummte, eine Klarinette schrie dreimal schrill auf, und ans Mikrofon trat der Kantor.

Die Präsidentin war beinahe gerührt, also doch zum Geburtstag, gleich wird er singen »Ave Maria ...«.

Der Kantor sang ein einfaches Lied, »Wolf Reissenberg war ein gar grausamer Herr ...«, eine Ballade, vor fünfhundert Jahren in Salow entstanden, vor den Cordialis und den Anomen war Reissenberg hier der Herr gewesen.

Engelmann kam, ganz gegen seine Art, formlos hereingestürmt.

»Mein Wagen steht am Schloß, es war kein Durchkommen«, stieß er heraus, »die Straße ist voll!«

»Stellen Sie sich zu uns, Engelmann«, sagte die Präsidentin freundlich und lauschte dem sonderbaren Ständchen, das der Kantor ihr darbrachte.

Das Lied endete, kein Applaus, die Klarinette schrie erneut.

Roswitha Ziegler sah Jan Tepela vor dem Mikrofon, ohgott, hoffentlich bleibt er nicht stecken! Der Meister, die Ärmel aufgekrempelt, die Arme ruhig hängend, sprach: »Das Schloß gehört uns. Ich habe das Portal, die Türen und Fenster ohne Lohn erneuert und instand gesetzt.«

Er trat zurück, der Pfarrer sprach: »Als Student habe ich in zwei Semesterferien den Dreck von den Wänden gekratzt und sie neu getüncht. Das Schloß gehört uns.«

Die Präsidentin sagte: »Schließen Sie die Fenster!«

Dann stand sie vor ihrem Schreibtisch, schob die massigen Schultern nach hinten, reckte den Kopf so, als wollte sie mit dem Kinn sprechen, und erklärte: »Wir lassen uns von …«, sie zögerte einen Augenblick und schloß dann betont: »… von der Straße nicht beeindrucken.«

Die ›Straße‹ war herauszuhören als ›Pöbel‹ und das ›Wir‹ gleichermaßen als Plural einer Herrscherin und als Befehl.

»Herr Engelmann«, fragte sie mit ihrer gefürchteten Samtstimme, »hatten Sie, außer daß Ihr Auto irgendwo eingekeilt steht, noch etwas Wichtiges?«

Zu ihrer äußersten Verwunderung knickte Engelmann nicht ein. »Wenn Sie gestatten, Frau Präsidentin«, sagte er, »so halte ich die Tatsache, daß offenbar die ganze Bevölkerung gegen uns demonstriert, für wichtig.«

Die Präsidentin starrte ihm ins Gesicht. »Ich denke, ich habe deutlich genug erklärt, wie wir das zu bewerten haben.« Sie setzte sich und nahm eine Akte zur Hand.

Engelmann und Teufel verließen das unfreundliche Zimmer, und die Präsidentin grollte: »Ich brauche Sie nicht, Frau Ziegler.«

Roswitha Ziegler fand beide Herren in der Haustür stehend, sie hörten sich an, was Salow von jenseits der mannshohen Fliederhecke BAAAL vorrechnete.

Teufel lauschte der Stimme von Hanna Schneider, er bewegte die Lippen, als spräche er die gestern zu ihm gesagten Worte mit.

Roswitha Ziegler flüsterte: »Mir imponiert das.«

Ein Kind sprach: »Unsere Schule pflegt seit acht Jahren den Rosengarten und hält den Park sauber. Das Schloß gehört uns.«

»›Pöbel‹ sagt sie dazu«, knurrte Teufel.

Eine Frau, ein Mann, eine brüchige Jungenstimme und dann, angestimmt von einem oder zweien, aufbrechend ein Choral, mächtig, inbrünstiger Trotz und diesseitige Frommheit.

Und dann Stille.

Das Scharren der Füße danach war hier nicht zu hören und nicht zu sehen, daß der Schulze zu Kutte trat und ihm die Hand schüttelte. Zu hören auch nicht, daß Benno Bossak zu Hanna Schneider sagte: »Falsches Spiel? Nein, Hanna. Grundsteinlegung für die Zeit nach BAAAL.«

Zu sehen war schließlich auch nicht, wie Franska, Hajnik und der Pfarrer später im Steinbruch schwammen und der geistliche Herr sich schmerzhaft ein Knie aufschrammte.

Über Salow ein riesiges Wolkenschiff, in den Rändern zerfließend, und der Abendstern, blaß noch, darüber.

Die Präsidentin, am Fenster stehend, starrte den Stern an, es war keine Sternstunde.

30

Am nächsten Morgen gratulierte als erste Roswitha Ziegler, dann kamen die beiden Direktoren und mit kurzem, gehörigem Abstand das Fußvolk von BAAAL.

Die Präsidentin lächelte wie ein Eiskeller, doch bevor noch alle Gesichter einfroren, erschien eine Abordnung des Schulzenrates mit Franska, Peter Wotawa und der Schuldirektorin Mikan. Die Präsidentin sah, angenehm überrascht, auf. Franska bedauerte, daß sie offenbar eine kleine Feierstunde, sicherlich aus Anlaß des erfreulichen Abschlusses der Privatisierung des ehemaligen Volksgutes, störten, doch sie seien beauftragt, der Präsidentin heute mitzuteilen, was der Schulzenrat der Grafschaft vorgestern beschlossen habe.

»Sie stören tatsächlich«, sagte die Präsidentin. »Und außerdem …« Sie wollte sagen, daß kein irgendwelcher Schulzenrat befugt sei, in Angelegenheiten der ›Befugten Anstalt für Auf- und Ablösungen‹ das Wort zu nehmen. Doch da fiel ihr Blick auf die heutige Zeitung mit einem dicken Bericht über die Demonstration auf dem Gutshof. Und der regionale Rundfunk hatte in seiner Morgensendung unfreundlich gefragt,

›wem nun wirklich das Schloß in Salow gehöre‹. Sie sagte: »... hätten Sie sich anmelden können.«

Der Schulze nickte. »Für den Fall, daß Sie uns nicht anhören wollen, haben wir es schriftlich mitgebracht.«

Die Schuldirektorin reichte ihm eine Mappe.

»Reden Sie!« Die Präsidentin stellte ihr Glas ab, bat die Herren Direktoren zu bleiben, worauf die anderen den Salon verließen. Engelmann und Teufel versteckten ihre Gläser hinter dem Rücken, die Präsidentin setzte sich, beide Hände bis zu den Ellbogen auf dem Tisch, und wartete unbewegten Gesichts.

Franska, ohne die Mappe aufzuschlagen, trug vor:

»Der Schulzenrat der Grafschaft Salow erwartet, daß BAAAL den Verkauf des Schlosses annulliert und über dieses, den Rosengarten und den Park unverzüglich mit dem Rat in Verhandlungen eintritt.

Der Schulzenrat beschließt, daß ab sofort der gemeindeeigene Sportplatz nicht mehr durch Hubschrauber und Pkws aller Art zweckentfremdet werden darf.

Der Schulzenrat nimmt das Angebot an, das Steinbruchgelände zu einem symbolischen Kaufpreis zu erwerben.

Und schließlich«, Franska lächelte die steinerne Frau am Tisch freundlich an, »lädt der Schulzenrat die Frau Präsidentin und ihre Mitarbeiter herzlich ein, zum Wochenende als Ehrengäste am Großen Schulfest teilzunehmen.«

Engelmann und Teufel waren aus Wachs gegossen, die Präsidentin immer noch ein Stein.

Die Abordnung wartete einen Atemzug lang, dann sagte der Schulze: »Wir wünschen einen guten Tag« und wollte gehen.

Die Präsidentin sagte: »Was Ihre Einladung betrifft, so steht es meinen Damen und Herren frei, sie anzunehmen. Ich werde nicht hier sein.«

Als nichts folgte, legte Franska die Mappe auf den Tisch und öffnete die Tür für den alten Bauer Wotawa, die im Äußeren der Präsidentin ähnelnde freundliche Schuldirektorin Mikan und für sich selbst, den gewählten Schulzen von Salow.

Die Präsidentin wandte den Kopf in Richtung der beiden Wachsfiguren, den Blick in die Lücke zwischen Engelmanns linkem und Teufels rechtem Ohr gerichtet. »War es nicht möglich, für den Steinbruch einen anderen Interessenten zu finden?«

»Nein«, antwortete Engelmann kurz.

Sie dachte nach. »Da war noch die Kupferdeckung des Kirchturms ...«

»Habe ich fallenlassen«, sagte Engelmann. »Es lohnt nicht, darüber mit der Kirche in Streit zu geraten.«

»Es war Ihre Idee.«

»Ich habe sie überprüft.«

Teufel war stolz auf Engelmann, die Präsidentin über ihn verwundert; fast war sie geneigt zu sagen, er sei ein redlicher Beamter, wie auch immer das in diesem Fall verstanden werden könnte. Sie sagte: »Also, meine Herren. Wir haben noch ein schweres Stück Arbeit mit den Forsten vor uns.«

Die beiden Direktoren deuteten das als Ende des zufälligen Dienstgesprächs und der privaten Geburtstagsrunde. Engelmann hatte nicht wie Teufel sein halbvolles Glas beim Abgang der Schulzenratsdelegation weggestellt, jetzt schien ihm das unangemessen, und er trug es in Gürtelhöhe vor sich her in sein Büro.

Dort setzte sich Teufel auf den Besucherstuhl und meinte, die Maader trinke offenbar kein Salower Gemütswasser mehr. Engelmann ließ Wasser und Präsidentin unerörtert, er fühlte sich irgendwie flattrig; dann sah er das Glas auf dem Schreibtisch, das war es, was die Ordnung störte. Er stellte es aufs Fensterbrett, lächelte sparsam mit einem Mundwinkel, sagte, daß das gute Wasser aber treibe, und breitete den Flächenplan auf dem Tisch aus.

»Ich werde in die Stadt fahren«, sagte Teufel, »ich muß mir einen Hut kaufen.«

Engelmann blickte ihn irritiert an.
»Damit ich ihn vor Ihnen ziehen kann.«
»Sie würden mit Hut komisch aussehen«, brummte Engelmann und legte den Finger auf den Lageplan. »Außer Ihren ›Löchern‹ haben wir auch noch den Gutshof. Was machen wir damit?«
Sie waren inzwischen erfahren genug, um zu wissen, daß es aussichtslos war, dafür einen Käufer zu finden. Loszuschlagen wäre allenfalls der Maschinenpark, der allerdings – je Stück und Stück zur Hälfte – laut Kooperationsvertrag auch der Bauerngenossenschaft gehörte.
Teufel begann zu ahnen, daß seine Landkäufer im Gegensatz zu ihm selbst mit großem Bedacht an das Ganze herangegangen waren. Es sah aus, als hätten sie nach einem Plan gehandelt. Wenn wirklich, mochte er ihnen auch aufgehen. Ihm fiel ein, daß er bei der Schloß-Zelebration dem Schulzen zugeflüstert hatte, sie seien eine ganz ausgekochte Gesellschaft. Offenbar hatte er damit mehr als recht gehabt. Und war dann doch bei seinen Geschäften der dumme Hans gewesen. Das erträgt sich, übel wäre es, entschied er, er wäre der Schlaue und sie am Ende die Dummen. Aus solcher Erkenntnis und in dieser Gemütslage fand er die Möglichkeit einer Lösung.
Es sei anzunehmen, daß die Maader den Gutshof nicht im Kopf habe, und anzunehmen, daß nach Abschluß der Privatisierung ein, sozusagen, Nachkommando – »Sie oder ich oder wir beide« – dableiben werde, das hätte dann mit dem Gutshof freie Hand. »Und meine ›Löcher‹, die paar verlorenen Hektar«, er grinste, »lassen sich ohne Zweifel unauffällig stopfen.«
Engelmann in seinem redlichen Sinn murrte, war aber bereit, das Problem auf jene lange Bank zu schieben, die so manches selbsttätig erledigt.
Sie wandten sich den Forsten zu, von denen bisher einzig der Erbe Cordialis einhundert Hektar – ein Klacks auf der

Karte – erworben hatte. Teufel nannte die Anzahl der Interessenten, die gekommen und wieder abgefahren seien, und jeder habe den Preis seines Vorgängers noch unterboten. Er selbst sei dabei bis an die Grenze des Möglichen gegangen, ohne etwas zu erreichen. Einzig jenes Bankhaus in Zürich stehe – vielleicht – zu weiteren Verhandlungen bereit.

Engelmann dachte laut nach: »Die haben das Schloß gekauft. Möglicherweise wollen sie ein Jagdrevier dazu. Wir sollten verhandeln.«

»*Ich* habe eine Vorstellung – vorausgesetzt, sie wollen die Jagd. – Welches Angebot hielten *Sie* für real?«

Die Präsidentin hatte sich wohlwollend über dieses Bankhaus geäußert, Engelmann sagte: »Jedes. Oder beinahe jedes.«

Teufel nickte, er sei derselben Meinung. Dann sah er den Käfer Anton im Sand krabbeln, hörte den Stieglitz in der Birke singen, bestaunte den Horst der Seeadler und fragte Engelmann, ob er jenes Stück der Forsten kenne, das eine, seinem Dafürhalten nach, einzigartige Heide- und Teichlandschaft sei. Engelmann kannte nur die Karte, Teufel malte sie ihm aus.

»Fahren wir hin!« sagte Engelmann.

Er, der die Ordnung in einem rechten Amtszimmer als schön empfand und in einem anderen Teil seiner Seele – oder wo auch immer seine Empfindungen hausten – ein Bild wie jenes kleine dunkle Gemälde von der Steinbank im Park liebte, nahm die natürliche Stille in sonderbarer Weise auf: als prickelnde Unruhe am Anfang und, als sie auf einem hellen, feinsandigen Pfad gingen, Heidekraut und Beerenbüsche am Boden, auf weißem Schaft grüne Birkenfahnen, dunkle Wacholdersäulen, Kiefern blühten, und plötzlich vor ihnen ein Teich, rundes, grün bewimpertes, himmelblaues Auge der Heide – da blieb er stehen, setzte sich auf einen kniehohen Findling und sagte – zu der grünen Eidechse, die flüchtete, zu der Stille, die voller Laute war, zu sich selbst oder zu Teufel: »Als hätte ich zwei Anti-Streß-Tabletten genommen …«

Erst auf dem Rückweg im Auto erzählte Teufel von der Liebe der Leute aus der Stadt für dieses Stück ihrer Heimat und vom Verein »Salower Heide« und seiner eigenen Idee.

Engelmann dachte lange nach. Schließlich, ihre ›Baracke‹ schon in Sicht, nuschelte er, die Gesetzeslage habe er nicht im Kopf, klar aber sei, daß das BAAAL ein gänzlich anderes Image verschaffen würde. Und im übrigen rate er, in dieser Angelegenheit sowohl den Oberforstmeister heranzuziehen als auch direkte Gespräche – konsultationsmäßig, sagte er – mit jenem Verein aufzunehmen.

Was den Verein betraf, so trat Teufel schon wenig später zu ihm in Verbindung, der Käfer Anton war dabei und, wirklich, der Stieglitz sang wieder in der Birke, und Hanna Schneider hatte es schwer mit ihrem Wissen um das Schloß und den Grafen Cordialis in Hamburg.

31

Franz Franska und Rudolf Hajnik unterzeichneten eine Banküberweisung an Rechtsanwalt Mokry. Dabei war ihnen fast feierlich zumute wegen der Größe der Summe und zugleich zittrig irgendwo im Bauch wegen der Wege, die das Geld nun laufen sollte. Die Durchschrift der Überweisung gab Franska noch in der Bank dem Rechtsanwalt, der kurz darauf die beiden Wiedereinrichter Horbank und Werab in seiner Kanzlei empfing. Er legte ihnen einen Vertrag über ein Darlehen vor, dessen alleinigen Verwendungszweck und ihrer beider Verpflichtung – für sich und ihre Erben –, die von BAAAL gekauften Flächen unverzüglich und unentgeltlich in die »Land- und Forst-AG Grafschaft«, sobald diese wieder auferstanden sei, einzubringen.

Der Maisbauer unterzeichnete sofort, der Klotz Werab weigerte sich, sein Hirsch stehe nicht im Vertrag. Mokry ließ sich den Hirschhandel erklären und konnte den Jagdgierigen erst zur Unterzeichnung bewegen, nachdem er ihm auf rechtsanwaltlichem Papier mit Stempel und Unterschrift zugesichert hatte, daß er laut mündlicher Zusage in den Salower Forsten einen Hirsch erlegen *könne*. Der Bauer steckte das Papier ein, unterschrieb den Vertrag und hörte sich mit geringem Interesse an, wie das Darlehen – rein bankmäßig – am Ende bei BAAAL landen werde. Sehr wach wurde er wieder, als Mokry ihm und Werab, letzter Teil der Handlung, je einen großen braunen Schein als Aufwandsentschädigung überreichte.

»Donnerwetter!« sagte er. »Und was ist mit der Bekräftigung?«

Sie bekräftigten das Geschäft mit Handschlag und einem anständigen Glas einheimischen Korns.

Einen doppelten Korn trank, aus zweierlei Gründen, auch Maria Maader, zum einen, weil er das passende Getränk war zu gekochtem Rindfleisch mit Meerrettichtunke, zum anderen wegen des Pfarrers. Sie hatte im ›Gewölbe‹ in einer Nische einen freien Tisch gefunden und kaum das Essen gewählt, als dieser Mensch herantrat, in zerknitterter schwarzer Jacke, giftgrüner krakeeliger Krawatte – aus Miami oder Texas, dachte sie. Er füllte mit seiner Massigkeit die halbe Nische aus und streckte ihr über den Tisch hinweg die Hand zu. Er freue sich sehr, die Frau Präsidentin – das letzte Wort dröhnte er – hier zu sehen, ein angenehmes Lokal, man esse gut und, wenn man eine Nische erwische, auch ungestört. Wenn die Frau Präsidentin erlaube, würde er ihr gern Gesellschaft leisten, während sie speise, er selbst habe schon gegessen.

»Leider reichlich«, er lächelte, klopfte sich den Bauch und setzte sich Maria Maader gegenüber an den Tisch. Trotzdem roch sie ihn, Bier und Schweiß, ermannte sich, in früheren Ämtern hatte sie des öfteren mit einfachen Menschen zu tun gehabt, und fragte freundlich nach seinem Befinden.

Er könne nicht klagen, *ein* Problem habe jeder, und als ihr Essen kam, wünschte er guten Appetit und bestellte sich ein alkoholfreies Bier.

Während sie aß, die Kinnladen kräftig bei der Arbeit, erzählte er, daß er hier so einfach an sie herangetreten sei, weil er sich für sein Verhalten bei ihrer Begegnung im Pfarrhaus entschuldigen müsse. Er habe bei BAAAL – »ganz natürlich bei meinem Beruf« – an jenen alten Götzengott gedacht. »Und den Teufel hatten Sie auch dabei ...« Er griente erleichtert wie ein Gymnasiast, der mit Gottes Hilfe soeben das Abitur geschafft hat.

»So war das also«, es klang wirklich versöhnlich, möglicherweise auch nur, weil die anfangs wegen ihrer Fremdheit mißtrauisch beäugte goldgelbe dicke Tunke ausgezeichnet schmeckte. »Erzählen Sie mir von Baal.«

Der Pfarrer hatte nachgelesen, nicht nur bei den Propheten, die ja sozusagen Partei gewesen seien, und Baal war ihm in einem anderen Licht erschienen, Gott über allen Himmeln, der Einzige und Allmächtige. Aber dort thronte auch Jahwe, der Einzige und Allmächtige. Hätten nun die einen und die anderen einfach »Gott« gesagt und sich nicht auf Namen versteift und auf welche Weise der Allmächtige zu ehren sei ...

Für Theologie – und darauf schien es hinauszulaufen – hatte die Präsidentin kein Ohr, auch hatte sie zu Ende gegessen, die Nische war klein, die Gerüche stauten sich. Sie sagte, seine Darlegungen seien interessant gewesen und sie danke, daß er ihr Gesellschaft geleistet habe.

Er verstand, schob seinen Stuhl zurück, sein Gesicht rötete sich, und er sagte: »Ich danke Ihnen, Frau Präsidentin, daß Sie mir Gelegenheit gegeben haben, mich zu entschuldigen.« Nicht vorbedacht fügte er in pastoralem Ton hinzu: »Was

Ihren BAAAL betrifft, so ist sein Wirken nicht gottgefällig. Die Obrigkeit ist von Gott, wenn sie nach *seinen* Gesetzen handelt.« Er trat seitlich heran und reichte ihr die Hand, drucklos, schweißig-kühl. »Bedenken Sie das, Frau Präsidentin.« Er nickte eine Verbeugung und ging.

Die Seele der Maria Maader knurrte, lieber Gott, laß mich möglichst schnell von hier weg, und ihre körperliche Erscheinung spülte mit einem Korn den Pfarrer und das ganze widerwärtige Salow hinunter.

Am Abend trug sie in ihr Persönliches Berichtsbuch ein: »Im Grunde sind alle hier Fundamentalisten, ihr Gesichtskreis ist eng, nur auf das ausgerichtet, was sie für das Ihre halten. Gottesfürchtig und hinterhältig, der letzte Winkel wahrlich in unserem Land.

Ein Glücksfall, daß es uns gelungen ist, das Schloß zu verkaufen. Ich werde prüfen, ob man diesen Golder nicht auch für die Forsten gewinnen kann. Vielleicht sollte man den Oberforstmeister nach Zürich schicken, er ist gewandt, weltläufig und absolut zuverlässig.«

Sie machte sich eine Notiz und bat ihre Persönliche zu sich.

Roswitha Ziegler steckte in einem grau-hellblauen Freizeitanzug, hatte das Haar locker auf den Schultern liegen und Sportschuhe an den Füßen. Sie sah gut aus.

»Es scheint«, brummte die Präsidentin, »Sie machen hier Urlaub auf dem Bauernhof.«

»Die Luft bekommt mir«, sagte die Sekretärin.

»Wollten Sie weg?«

»Mit dem Rad zum Abendbrot. Aber wenn Sie mich noch brauchen …«

Maria Maader diktierte einen Brief an ihren Mann, und als Frau Ziegler sie darauf aufmerksam machte, daß ihr Enkel Stefan in drei Tagen seinen fünften Geburtstag habe, einen längeren auch an diesen. Obwohl, meinte sie, dann sei sie ja daheim und werde wohl hinfahren. Frau Ziegler bemerkte jedoch, der Brief sei auf jeden Fall richtig, denn ausschließen könne man nie, daß wichtige Verpflichtungen eine Fahrt zum Geburtstag des Enkels verhinderten.

»Es reicht, wenn Sie mir die Briefe morgen früh vorlegen«, sagte die Präsidentin. »Aber eines wollen Sie bitte noch jetzt erledigen. Ich fahre freitags auf den Flugplatz, der Hubschrauber braucht nicht zu kommen.«

Die Persönliche telefonierte von ihrem Apparat aus, stieg aufs Fahrrad und fuhr in die Heideschänke. Unter die dort verkehrenden Vertreter mischte sich kein Einheimischer, und Meister Tepela war sicher vor Kunden, Kumpeln und dummem Gerede.

Roswitha Ziegler trat kräftig in die Pedale und war froh gestimmt. Die Luft tat ihr wirklich gut.

32

Das Große Schulfest begann mit einem Konzert im Schloßpark. Eine Zwölf-Ton-Symphonie wurde aufgeführt, das Orchester war reich besetzt: Sprosser spielten Geige, Kolkraben den Baß, Amseln und Stare flöteten, am Schlagzeug saßen Buchfinken, an der Trommel ein großer Buntspecht, Schwalben verteilten sich auf Triangel, Klavier und Harfe, die Klarinette blies ein Pirol, Ringeltauben grummelten auf der Bratsche, und vom Wald her mischte sich ein stotternder Kuckuck ein, gerade als Gartenlaubsänger ihren Solopart anstimmten.

Niemand applaudierte, es sei denn, die Feuerwehr meinte es so, als sie nun mit Tschingtarassa, Paukenschlag und Trompeterei vom Schloß her zweimal längs und einmal quer durch das Dorf zog und sogar den mißlaunigen alten Nelepanz aus dem Bett ans Fenster trieb. Emil Jurisch in der Feuerwehruniform hätte gern sein Transparent dabeigehabt, weil das aber technisch unmöglich war, hieb er besonders kräftig auf die Pauke, als sie an der Baracke vorbeimarschierten.

Die Leute von BAAAL ließen sich gern wecken, der Morgen war hell, kühl noch und tauig – die Sonne wird freundlich das Fest bescheinen.

Engelmann, der mit der Präsidentin heimgeflogen und gestern abend wegen des Festes zurückgekehrt war, zog sich freizeitmäßig, aber durchaus nicht salopp an, ihm oblag es ja, sowohl den Lebens- als auch den Dienstjahren nach, als amtierender Chef von BAAAL ihre kleine Truppe anzuführen. Benedikt Teufel stutzte seinen Schnurrbart besonders fein und gerade, und Roswitha Ziegler wählte ein lustiges Fähnchen, das jedem einen Blick auf ihre makellosen Beine und die glatten, sonnenbraunen Schultern gönnte.

Der erste, dem solcher Anblik vergönnt wurde, war Teufel, er grinste sie freundlich an und befürchtete abends beim Tanz – ›unter freiem Himmel‹, wie es die Plakate versprachen – eine Schlägerei wegen ihr, er würde sich da aber heraushalten.

Natürlich, sagte sie und lachte.

Vor dem Schulzenhaus stand der Rat vollzählig, bis auf die Schuldirektorin und den Forstmeister, versammelt, Festtagsgesichter allesamt, nur der Fleischermeister blickte verdüstert drein, er rechnete sich, im Festzelt und am Imbißstand, ein Minus am Gewinn zusammen. Bei diesem Honigwetter kommen die Leute geströmt, auch aus der Stadt – fünf Pfennige mehr bei Wiener Würstchen, zehn bei den Bockwürsten, sie würden es zahlen. Aber nun war es zu spät aufzuschlagen. Er seufzte bekümmert und nahm nicht einmal den Mondglanz auf Tepelas Gesicht wahr, als der Roswitha Ziegler vor sich sah.

Den nahm freilich auch der Schulze nicht wahr, weil er eben im Namen des Schulzenrats Direktor Engelmann fast freundschaftlich die Hand schüttelte und versicherte, es sei für Salow eine Ehre – nein, sagte er, eine Freude, ihn, Herrn

Teufel und Frau Ziegler als Gäste des Schulzenrats beim Großen Schulfest der Grafschaft willkommen heißen zu können. Er schüttelte auch den beiden anderen die Hand, Teufel freilich nur kurz, und wandte sich wieder Engelmann zu. »Das war offiziell, Herr Engelmann, aber wir freuen uns tatsächlich, daß Sie mit uns feiern.«

Engelmann dachte an den pompösen Empfang bei ihrer Landung und nahm sich vor, achtsam zu sein. Das schien der Schulze zu spüren – er sagte, als sie sich bei der Schule hinter der Feuerwehrkapelle an die Spitze des Festzuges setzten: »Befürchten Sie keine Überraschungen, Herr Engelmann. Privat«, er lachte, »sind Sie uns lieb, nur als BAAAL sind Sie uns teuer.«

Es war schwer, darauf zu antworten. »Nun ja …«, murmelte Engelmann und marschierte im Takt der Pauke des Emil Jurisch im Gleichschritt mit dem Schulzen dem Sportplatz zu. Dort gab es doch eine Überraschung: Mitten im Weg vor der gekiesten Laufbahn stand unter einer Art Baldachin die ehrwürdige Truhe, mit der einst Großgraf Emanuel zur Wartburg gereist war, um Luther zu sehen. Noch in genügendem Abstand zu ihr erklärte Franska, sie diene seit einhundertundsiebzig Jahren auf Veranlassung des damaligen Grafen für diesen einen Tag im Jahr als Schatztruhe der Schule, und zog einen Schein aus der Tasche. Engelmann fingerte hastig einen gleichen hervor, danach flatterten die Scheine des Schulzenrats hinunter. Roswitha Ziegler hielt den ihren schon längst bereit, sie wußte es vom Meister, wie Teufel es von Hanna Schneider wußte. Die Schulkinder warfen Münzen hinein, und aus dem folgenden langen Zug entrichtete jeder – fast jeder – den traditionellen Obolus.

Ganz früher – und in den ersten, schlimmen Jahren nach dem Krieg –, erzählte Franska, haben die Leute Zettel hineingeworfen, Benno Bossak hat einige, in seiner Chronik eingeklebt, aufbewahrt. Darauf steht dann: ›Ich gebe einen Sack Kartoffeln‹ oder ›Im Oktober zehn Bund Möhren‹.

»Von ihr«, er zeigte auf die tapfere, freundliche Museumsfrau, »gibt es da auch einen Zettel: ›Ich werde einen Korb Steinpilze für die Schulküche sammeln, wenn welche wachsen.‹ Damals ging sie in die dritte Klasse.«

Engelmann hielt das für eine gute Tradition, und traditionell wurde nun auch das eigentliche Fest eröffnet, indem der beste Schüler der zehnten Klasse die Gründungsurkunde der Schule vorlas, die jener Graf unterzeichnet hatte, der heute, fein nach Leinöl duftend auf flandrischer Leinwald gemalt, in der Halle des Schlosses hing.

Das Programm, seit Beginn des neuen Schuljahres vorbereitet, war bunt und vielgestaltig. Tanz, Akrobatik, Staffelläufe, lustige und sportliche, der große Schulchor, ein Mädchenquartett, eine Judoka-Gruppe – Roswitha Ziegler fand sie ›toll‹ – in loser, gut durchdachter Folge füllten den ganzen Vormittag aus.

Engelmann war beeindruckt, Teufel stolz auf Salow, und Frau Ziegler lachte, als sie auf den Klotz von der Sportlerschänke traf, ihm die Hand reichen wollte und er dröhnte: »Aber nicht hinschmeißen heute, ich bin im guten Anzug!«

Zum Abschluß – auch das gemäß der Tradition – sprach der Schulze Lehrern und Kindern Dank aus und gab bekannt, was sich in der Schatztruhe angesammelt hatte. Es reiche, um das Schulessen für alle Kinder auch im nächsten Jahr gut, nahrhaft und billig bereiten zu können.

Die Leute schlugen sich die Hände rot, die Feuerwehr spielte einen Tusch, die Schüler formierten sich zum Auszug, Engelmann gratulierte der Schuldirektorin, und der Schulze bat zum Mittagessen ins Festzelt.

Es ergab sich, daß Engelmann seinen Platz zwischen Franska und der Museumsfrau fand, Teufel Hajnik rechts und Benno Bossak links zu Nachbarn hatte und Roswitha Ziegler zwischen Tepela und den Kantor geriet. Der Kantor, beredt und gewandt, ließ sogleich sein Lot in die Seele der Frau, während sie die stille Wärme des Meisters an Arm und Knie fühlte.

Nach dem Essen ruhte sich Engelmann aus; im Einschlafen stellte er verwundert-zufrieden fest, daß außer jenem Satz des Schulzen niemand auch nur mit einem Wort BAAAL erwähnt hatte, und es tat ihm leid, daß er ihnen das Schloß nicht hatte lassen können.

Roswitha Ziegler sah sich von den vielen Fußballspielen des Nachmittags nur das an, in dem der Schulzenrat haushoch gegen die Dritte Schülermannschaft verlor, Tepela als Torwart ausgelacht wurde und der Kantor als Stürmer sich am gegnerischen Tor eine Beule in den Kopf rannte.

Benedikt Teufel feuerte an der Seite von Hanna Schneider eine Mädchenmannschaft an, in der Susan den einzigen Treffer erzielte. Sie stand zufällig vor dem Tor in der Bahn eines abgewehrten Balls, der prallte an ihren Kopf, sie ging zu Boden und der Ball ins Netz. Hanna Schneider lachte über ihre Tochter und erzählte, früher – ganz früher, lange vor meiner Zeit – habe es statt Fußball einen sittsamen Jungfrauenreigen gegeben, und jedes Mädchen mußte vor Gott versichern und der Hebamme beweisen, daß sie rechtens am Reigen teilnehmen dürfe. Teufel überdachte den Wandel und votierte für den Fußball.

Am Abend tanzte Engelmann ein Mal mit Lubina Franska und ein Mal mit der Museumsfrau, saß dann mit Benno Bossak zusammen und ließ sich Salower Geschichte und Salower Geschichten erzählen.

Teufel tanzte mit vielen, doch jeder konnte sehen, daß er zu Hanna Schneider gehörte, und sie ließ es öffentlich sein.

Roswitha Ziegler kam nicht zum Ausruhen, der Kantor war ein wilder Tänzer, dem die Luft nicht ausging, nicht beim grausig hämmernden Weg-werf-Tanz und nicht beim dreifach im Tempo gesteigerten Wiener Walzer. Sein Horn auf der Stirn trug er wie einen Orden, und Meister Tepela diskutierte an der Theke mit dem Fleischermeister die trüben Aussichten des Handwerks.

Den Ehrentanz des Abends bekam nach Tradition des Schulfestes der älteste Lehrer. Benno Bossak und seine Frau tanzten – während die Musik das Tempo zurücknahm – stilgerecht einen Rheinländer, und die Jungen sahen erstaunt, daß man auch anders tanzen konnte, als sie es kannten.

Es war spät, als Engelmann und Roswitha Ziegler zusammen ›nach Hause‹ gingen. Er war müde, *aber es war sehr angenehm, und diese Gemeinsamkeit. Und Sie müssen ja Ihre Füße gar nicht mehr spüren.*

Sie lachte, und dann unter der Dusche wurde sie traurig. Eine dicke schwarze Wolke setzte sich von nirgendwo auf sie herab und umfloß sie ganz, mit dem Wasser rannen ihr Tränen über das Gesicht. Weinend verkroch sie sich zwischen Laken und Decke.

Und es war doch ein *so* schönes Fest gewesen.

33

Maria Maader besuchte am Wochenende den Enkel an seinem Geburtstag und war fast großmütterlich in ihrer Freude über die offenbar endgültige Genesung der Gardenie, die monatelang vor sich hin gekümmert hatte. Auch war sie zufrieden mit dem Ergebnis ihrer Erkundungen über das Bankhaus Golder, das sich allem Anschein nach in letzter Zeit vorsichtig auf Wald zu orientieren schien, obwohl die Tendenz bei mitteleuropäischem Holz kontinuierlich und nachhaltig nach unten ging. Wahrscheinlich, überlegte die Präsidentin, liest dieser Golder, der im Großen Geschäft nicht mitmischen kann, Brosamen auf. Auch von Brosamen kann ein Genügsamer leben, dachte sie und trug den Satz sogleich in die Abteilung eigener Aperçus ins Persönliche Berichtsbuch ein.

Auf dem Rückflug, ausgeruht und energiegeladen, wie jeder Fernsehschirm sie kannte, entschied sie, ihre Mission möglichst bald abzuschließen, Salow langweilte sie zunehmend, und die Kleckerei dort entsprach nicht ihren Fähigkeiten. Daß sie nach der Landung der Linienmaschine ins Auto steigen und fast zwei Stunden über eine baustellengespickte Autobahn und holprige Straßen fahren mußte, brachte ihr den impertinenten Schulzenrat wieder heftig ins Bewußtsein und bestärkte sie in dem Entschluß, den letzten Rest Cordialisch-Anomenischer Hinterlassenschaften an Golder loszuschlagen und das verbiesterte Salow schnell aus dem Gedächtnis zu streichen.

Darum auch hielt sie den Vorschlag, den Teufel auf der ersten Dienstbesprechung einbrachte, für ausgezeichnet, und als Engelmann darlegte, daß die Gesetzeslage in dieser Hinsicht zwar nicht eindeutig befürwortend zu interpretieren sei, aber einer solchen Option auch nicht eindeutig entgegenstehe, erhielt Teufel ihr Plazet für Verhandlungen mit dem Verein »Salower Heide«.

»Die Herauslösung eines Teils der Forsten zum Zwecke der Errichtung eines Landschaftsschutzgebiets habe ich schon übers Wochenende erwogen. Denn das, meine Herren, bedeutete, daß wir damit nicht nur einen großen Schritt bei der Erfüllung unserer Aufgabe vorankämen, sondern, meine Herren«, sie hob die Stimme, »sondern es würde auch das Image von BAAAL und seinem Wirken entscheidend ändern!«

Engelmann nickte zahm, und Teufel war begeistert.

»Dieser Gedanke, Frau Präsidentin«, erklärte er, »ist – wenn Sie erlauben – einfach großartig. Darauf sind Herr Engelmann und ich nicht gekommen.«

»Leider nicht«, sagte Engelmann, und seine ehrliche Seele erschauerte.

Am Ende informierte die Präsidentin die Direktoren über ihre doch wohl begründete Annahme, in Kürze einen Käufer für den restlichen Forst zu haben.

Auf der Treppe zu ihren Büros im Erdgeschoß brummte

Engelmann Teufel an: »Ein Beamter, der unverschämt lügt ...!«

»Zwei«, sagte Teufel. »Und die Obrigkeit hat sich gefreut.«

Engelmann dachte über sein Verhalten nach und gelangte zur Erkenntnis, daß Salow ihn korrumpiere. Unumstößliche Prinzipien unterspüle. Und zum Abendbrot war er bei Bossaks eingeladen und freute sich, darüber und auf neue alte Geschichten aus der Grafschaft. Nie zuvor Gedachtes drängte sich ihm auf: Wenn man mehr von Land und Leuten weiß als Daten, verschiebt sich das Verhältnis von Vorgängen und Leuten, die Gewichte vertauschen sich – er seufzte auf. Vier Jahre vor der Pensionierung stellt man seine Eichmaße nicht mehr zur Disposition. Entschlossen nahm er seine Akten vor.

Teufel saß mit Hajnik im Forsthaus über der Karte, um die Grenzen des geplanten Landschaftsschutzgebietes festzusetzen und mit ihm, dem Vorsitzenden des Vereins »Salower Heide«, die anstehenden Modalitäten zu besprechen. Dabei deutete Hajnik an, daß der Verein, selbst wenn er fünfzig oder hundert Mitglieder hätte, nicht in der Lage wäre, die sehr vielfältigen und zum Teil auch aufwendigen Arbeiten selbst durchzuführen.

Der Bierkrug sei dann der ihre, meinte Teufel, und er ahne, daß sie schon wüßten, wie er anzuheben sei.

Das Telefon läutete, Frau Ziegler teilte mit, die Präsidentin bitte den Herrn Oberforstmeister für siebzehn Uhr zu einer dringlichen Besprechung.

Viel Zeit noch bis dahin, sie brachten ihre Sache auf der Karte ins ungefähre reine und fuhren in die Heide, um zu prüfen, wie der Strich auf der Karte in die Natur passe. Schließlich gerieten sie zu Fuß an den Rand eines Moores, und Teufel sah zum erstenmal im Leben einen Rothirsch in der Suhle. Der Wind stand von ihm her.

Rudolf Hajnik nahm die leichte Litewka mit den Grandeln, er hoffte, die Präsidentin werde sie bemerken. Schon im Wagen, fiel ihm etwas ein, er lief zurück an seinen Schreibtisch und steckte ein postkartengroßes Foto ein.

Die Präsidentin empfing ihn freundlich im Wohnzimmer, setzte sich zu ihm an den kleinen runden Tisch, bot zu trinken an, *Salower Wasser, wenn Sie erlauben*, bat er, und sie trank Tee. Hajnik saß steif da.

»Die Grandeln, die Sie da haben, sind sehr schön«, sagte sie.

»Ja«, sagte Hajnik, »sie stammen vom einzigen ungeraden Vierzehnender, den ich gelegt habe. Sie kennen sich aus, Frau Präsidentin?«

»Ich habe selbst ein Revier. Im Westerwald. Leider kein Rotwild«, erklärte sie. »Und, lieber Oberforstmeister, wegen eines Reviers, genau gesagt wegen des Ihren, habe ich Sie hergebeten.«

Er verbeugte sich hölzern, er stehe ja in Diensten von BAAAL.

Nun ja, dachte sie, Willy Birgel ist bockig heute. Bockigkeiten nahm sie zwar wahr, aber aus Prinzip nicht zur Kenntnis.

Sie sprach über die gräflichen Forsten, die – aus rein geographischen Gründen – schwierig zu privatisieren seien. Aber – und bitte, unser Gespräch ist vertraulich – einen ernsthaften Interessenten gebe es, vermutlich sei er auf ein eigenes Jagdrevier aus.

»Ich möchte, daß Sie nach Zürich fliegen und dort verhandeln.«

Beinahe hätte Hajnik seine Steifheit verloren, doch er fing sich und fragte nur: »Zürich?«

»Ein Bankier Golder aus Zürich hat das Schloß gekauft«, erklärte die Präsidentin knapp. »Sie sollen ihm den Wald dazu verkaufen.« Sie war es leid mit diesem Stück Mann aus Holz. »Herr Engelmann wird alles Nähere mit Ihnen besprechen. Ich möchte, daß Sie morgen fliegen.«

»Jawohl, Frau Präsidentin!« Hajnik stand auf, stand und knickte plötzlich ein.

»Ist noch etwas?« fragte sie, sehr dienstlich.

Der Mann vor ihr wurde wieder zum Mann, eckig und kantig, er griff in die Tasche seiner Litewka und reichte der Präsidentin mit steifem Arm ein Foto.

Sie warf einen Blick darauf und knurrte heiser: »Das ist ja infam!«

»Ein Verbrechen!« bekundete Hajnik. »Kam heute früh mit der Post, adressiert an meine Frau! Zufällig riß ich den Umschlag auf.«

»Ungeheuerlich!« Maria Maader barst fast vor Zorn. »Wer macht so was? Zu welchem Zweck? Eine solche Montage!«

»Leider, gnädige Frau«, entgegnete Hajnik, »ist das keine Montage.« Er berichtete von dem Überfall an ihrer Haustür: Jemand sprayt ihm ins Gesicht, er wirft den Kopf herum, ein Arm auf seiner Schulter, dickes Frauenhaar, zwei oder drei Fotoblitze, er halb blind, ein Auto fährt ab.

»Die Ringe«, murmelte die Frau. »Und die Frisur ...«

Hajnik wußte, die Ringe waren gut ausgesuchter Talmi-Glanz, und Edith Mikan hatte viel Mühe mit ihrem Haar gehabt – er nahm das Foto vom Tisch an sich – wie um es zu betrachten – und sagte, die Stimme sonor und vor Abscheu vibrierend:

»Ich finde, gnädige Frau, das Verbrechen richtet sich gegen Sie, eine einkalkulierte, öffentlich gezeigte Eifersucht meiner Frau diente nur dazu, das Foto glaubhafter zu machen. Kein Zweifel, daß man es auch Ihnen schicken wird.«

Die Frau kannte sich aus. Eine ziemlich alltägliche Sache im Lande.

»Erpressung«, sagte sie ruhig. »Ich rufe die Polizei an.«

Hajnik hielt das nicht für gut, noch gebe es keine Erpressung, nur ein Foto. Vielleicht tauche es in einem Boulevard-Blatt auf, vielleicht ...

Die Präsidentin unterbrach ihn: »Ich kläre das selbst. Gehen Sie jetzt bitte zu Herrn Engelmann, und fliegen Sie mit der ersten Maschine!«

Hajnik ging, und sie machte sich nüchtern und kalt an die Berechnung der Angelegenheit. Sie rechnete lange von verschiedenen Ansätzen aus, das Ergebnis blieb immer dasselbe: Wenn Erpressung, dann Polizei; wenn Skandal-Blatt, dann eidesstattliche Erklärung von Hajnik und Klage vor Gericht. Die Polizei sieht das Foto, das Gericht sieht das Foto, Hajnik sagt aus, ein – irgendein Frauenarm, irgendwelches Frauenhaar … Und ich kann nicht beweisen, daß ich es nicht bin.

Verfluchtes Salow, knurrte sie. Aber hatte Salow damit überhaupt etwas zu tun? Es gab Feinde genug aus früheren Amtszeiten. Aber es wird etwas mit Salow zu tun haben, sobald die Sache publik wird.

Es war sehr spät, als sie in ihr Persönliches Berichtsbuch eintrug: »Eine freie Gesellschaft bietet auch Freiräume gegen sich selbst an. Ich schließe das Kapitel Salow.«

Oberforstmeister Rudolf Hajnik packte seine Reisetasche und war zweigeteilt. Einerseits ärgerte er sich, weil er, völlig unbedacht, diese blödsinnige Foto-Show vorgeführt hatte – verhüte Gott, daß die Maader nun zur wilden Jagd bläst!

Andererseits freute er sich auf Golders Überraschung, wenn er erscheint und erklärt: ›Die Präsidentin von BAAL bietet Ihnen auf goldenem Tablett die gräflichen Forsten von Salow an.‹

In der Nacht fuhr er aus einem Alptraum auf – es war wirklich die Maader, die ihn umarmte.

34

Trainiert auf sechs Stunden Schlaf nach Mitternacht, pflegte die Präsidentin ihre Salower Abende mangels gesellschaftlicher Verpflichtungen vornehmlich für ihre Vervollkommnung zu nutzen. Sie las Bücher und Zeitschriften, die das weite Feld der Wirtschaft und der Finanzen beackerten. Bereit sein ist alles, und sie wollte bereit sein, wenn wieder höhere Aufgaben nach ihr verlangten. Zum gleichen Zweck sah sie zu bestimmten Zeiten fern, den Börsenkanal und Nachrichtensendungen, die sie freilich ungeduldig und nervös machten, weil zuviel Unwichtiges zwischen dem Wichtigen, und auch, weil sie die darin auftretenden hohen Persönlichkeiten anders kannte, als der Bildschirm sie darstellte.

An diesem Abend nun, das absurde Foto aus dem Kopf verbannt, studierte sie eine Dokumentation über einen japanischen Konzern. Obwohl die Lektüre spannend war, stellte sich bei ihr die sonst daraus gewonnene Seelenruhe nicht ein. Sie schaltete den Fernseher an und geriet mitten in ein Spektakel im alten Rom. Gladiatoren marschierten in die Arena, reckten sich vor dem Kaiser und sagten ihren Spruch: »Morituri te salutant.« Die Todgeweihten grüßten den Kaiser in seiner Loge und die Tausende auf den Rängen des Kolosseums. Maria Maader kannte den Film, einige bleiben übrig, das Blut ist Filmblut, aber plötzlich schauderte es sie, ein sehr fernes, tief unter allen Häuten vergrabenes Erzittern, es fließt doch heute, anders, aber wirklich ... Sie zurrte die Häute fester zusammen, schaltete den Fernseher ab und studierte weiter den japanischen Konzern. Doch sie konnte sich nicht konzentrieren, irgendein Alp hockte ihr auf der Seele. Sie las einen Absatz zweimal, und er zerfloß trotzdem in ihrem Kopf wie Sirup. Sie suchte nach Tabletten – wann schon brauchte sie welche! –, fand schließlich, überreizt und fahrig, eine, trank ein großes Glas Wasser und legte sich zwei Stunden vor der üblichen Zeit ins Bett.

Irgendwann fuhr sie auf aus einem Traum: Sie befand sich in einer Sandgrube, wollte hinaus, und so viele Schritte sie machte, so viele glitt sie mit dem rieselnden Sand zurück. Plötzlich sah sie, wie sich die riesige Grube in ihren Rändern zu falten begann – wie eine sich schließende Blüte. Die Frau murmelte den Namen der Pflanze, schon wach, aber noch in der Grube. Das Foto kehrte aus seiner Verbannung zurück, sie ging in den Salon, suchte es – das Foto war verschwunden. Wer war danach noch dagewesen? Engelmann mit dem knappen Bericht über die Anweisungen an den Forstmeister.

Engelmann nimmt ungefragt nicht einmal eine Akte vom Tisch.

Die Ziegler? Die hätte hundert Gelegenheiten gehabt, aus ihrem Wissen um Dienstliches und Persönliches gutes Geld zu machen.

Dann noch der mürrische Allerweltsmann des Schulzen. Er hatte in der Küche die Kaffeemaschine repariert, die Wohnung hatte er nicht betreten.

Blieb der Forstmann. Sie atmete auf, der war so stockig vor lauter Angst vor seiner eifersüchtigen Frau. Er hat es genommen und vernichtet.

Aber irgendwo existiert ein Negativ. Nun ja, dachte sie ruhig-grimmig, der Paparazzo wird noch sehr bedauern, an mich geraten zu sein.

Am Morgen orderte sie alle Post ungeöffnet zu sich, das Foto befand sich nicht darunter. Sie nahm Teufels Dienstwagen und fuhr, große Sonnenbrille und Turbantuch, in die Stadt. An einem Zeitungskiosk kaufte sie die Boulevardblätter vom Tage, durchblätterte sie und warf sie weg. Unterwegs zurück zum Parkplatz kam sie am Theater der Stadt vorbei, Bauarbeiter bauten Gerüste ab, und Malergerät wurde verladen. Das Gebäude gefiel ihr, es sei sowohl modern als auch schön, meinte sie, und passe in seiner frischen Farbe ausgezeichnet zwischen die alten Laubbäume am mittelalterlichen Stadtwall. Ein wenig leid freilich tat es ihr um das viele Geld, das in diese Kleinstadt – für ein Theater – investiert worden war, empfand aber zugleich ein wenig von dem Stolz eines großzügig Schenkenden. Vor dem Portal betrachtete ein junger rotblonder Mann kritisch die leuchtende Fassade. Sie trat zu ihm und fragte, ob er hier – sie machte eine undeutliche Handbewegung zu den Bauleuten hin – dazugehöre. Er machte eine ähnliche Geste in Richtung des Hauses. Dazu, sagte er. Verwaltungsleiter vielleicht, dachte sie und bemerkte: Ein schönes Haus. Da stecken schon einige Millionen drin.

Sicherlich, sagte er und sah die Fragerin neugierig an. Sie sind fremd hier?

Es liegt auch schön. – Wie lange hat denn der Bau gedauert, die Technik heutzutage macht ja alles möglich?

Ich fürchte, er lächelte, damals, vor – wenn ich es richtig weiß – fünfzehn Jahren, waren die mit der Technik nicht so gut dran.

Das bißchen freundliche Anteilnahme fiel ihr vom Gesicht. Na ja, dann guten Tag. Es kränkte sie, daß das Theater nicht neu war. Sie fand es nicht mehr ganz so modern. Auch hätte man sicherlich einen besseren Platz finden können. Hier verschandelte es irgendwie die alten Wallanlagen.

Auf dem Heimweg verfuhr sie sich und kam an den verkauften Ignilapis-Werken vorüber. Sie nutzte die Gelegenheit, um sich zu informieren, wie es hier nun lief.

Die Hallen waren bis zum Dach vollgestopft mit alten Autoreifen, im Pförtnerhaus döste ein Mann vor sich hin. Von einem Besitzer Dr. Berächt wußte er nichts, das Gelände gehöre einer Entsorgungsfirma. Die Reifen sollten in den alten Öfen verbrannt werden, aber es gibt keine Genehmigung. Jetzt werden die Schornsteine gesprengt, morgen oder nächstes Jahr, was weiß ich. Nein, die Werkswohnungen gehören einer anderen Firma. Die verkauft sie nun einzeln, wenn einer Geld hat zu kaufen. Und den Gestank aushält, die riesige Kaolingrube dahinter wird mit Müll aufgefüllt.

Wieder fühlte sich die Präsidentin von BAAAL gekränkt. Natürlich hat jeder das Recht, redlich Erworbenes zu veräußern und Gewinn zu machen. Aber in diesem Fall sind die Interessen von BAAAL eindeutig nicht beachtet worden.

Oder sogar verletzt. Berächt hätte wenigstens die Anstandszeit abwarten müssen. Wenn die Journaille hier … urplötzlich tat sich ein Krater vor ihr auf, der Paparazzo mit dem Foto, Berächts Coup, ein Zusammenhang montiert … Diese Gehirne sind zu allem fähig, wenn nur ihre dreckige Story Geld bringt.

Ihr Wagen sprang aus dem Stand heraus los wie ein wild gewordener Esel, am Werkausgang überfuhr sie ein Stoppschild, geriet auf einen Holperweg und orientierte sich erst wieder, als sie den Steinbruchhügel vor sich sah. Auf der Kuppe, wo Teufel euphorisch mit einem Wort des heiligen Petrus die Landschaft als schön gepriesen hatte, hielt sie an, ließ die Fenster herunter und versuchte, die unerfreuliche Wirklichkeit im Kopf in nüchterne Reihe zu bringen.

Die Sonne schien, Vögel sangen, reine pure Natur ringsum, der Himmel blau, das Wasser im tiefen Steinbruch blau – Maria Maader kam ein für sie absonderlicher Gedanke an: Wie einfach, wie schön könnte das Leben sein, wenn man sich nicht für fremde Interessen durchs Leben hetzen ließe. Ein sehr fremdes, nie gekanntes Gefühl – eine Art Kreuzung aus Güte für sich selbst und Mitleid mit sich selbst, Zweifel am Großen Sinn, wie schnell ersetzbar ist ein Mensch, auch sie – quoll in ihr, daraus tropfte tiefe Ruhe in ihre Seele, und das Hirn war wieder in der Lage, Fakten zu ordnen, Beziehungen herzustellen und Schlüsse zu ziehen.

Der Krater läßt sich nicht zuschütten, aber einhürden läßt er sich, ummauern. Später wird er von den Rändern her bröckeln, zusammenfallen, eine Delle bleibt, vielleicht. Ich säe sie ein mit dem Gras des Vergessens. Doch von Salow aus läßt sich nichts bewerkstelligen. Daheim, wo Gespräche möglich sind. Gespräche sind das wichtigste Element bei der Führung der Gesellschaft. Sie nickte sich zu, der Turban verrutschte, und ihre aller Welt bekannte Locke nickte auch. Auch das kleine Notizbuch, in das die Präsidentin den letzten Satz eintrug, hatte nichts gegen ihn einzuwenden.

Maria Maader warf noch einen Blick auf die weite Aue, einen letzten, wußte sie. Was hatte bedacht werden müssen, war bedacht. An der Brücke vor dem Schloß fiel ihr die Truhe ein, mit der Graf Sowieso nach der Wartburg gereist war, um Luther zu sehen, und die schön in ihrer Diele stehen würde. Sie stieg aus und läutete.

Die freundliche, gern redende Museumsfrau öffnete und fragte: »Sie wünschen?«

Ein kleiner Schock, aber die Präsidentin überwand ihn. Sie möchte gern noch einmal das Museum besuchen.

»Tut mir leid«, sagte die Museumsfrau. »Der neue Besitzer erlaubt keine Besichtigungen.« Sie stand im Portal wie ein Block.

»Haben Sie vielleicht ein Foto von der Truhe gleich hinter der Tür in der Halle?«

»Ich dürfte auch keine Photographie herausgeben, Frau Maader. Der neue Besitzer ...«

»Guten Tag!« schnob die Präsidentin. Frau Maader, sagt sie. Unverschämt!

Vom Salon aus rief sie Dr. Berächt an. Sie machte ihm keine Vorhaltungen, ›nur eine Warnung, lieber Freund. Reagieren Sie nicht, ohne mich zu konsultieren.‹

Dann setzte sie sich in ihrem Dienstzimmer mit Engelmann zusammen. Sie breche Ende der Woche ihre Zelte in Salow ab, ihn und Teufel bitte sie, die Stellung – mit dem notwendigen Personal – bis zur Abwicklung des Restes zu halten und den Abschlußbericht fertigzustellen.

Engelmann hätte einige Fragen, aber erstens, sagte er sich, ist sie mir zu schlecht gelaunt, und zweitens sind wir bisher allein zurechtgekommen. Eines freilich mußte sie persönlich entscheiden, weil ihre Unterschrift auf dem ›Vorgang‹ stand. Er sagte: »Da ist noch die Blockierung der Land-und-Forst-AG, die Sie bitte aufheben wollen.«

»Wozu?« murrte die Präsidentin. Der Vorsitzende dort war ja der Schulze.

»Wir brauchen LAFORAG für den Schluß. Es gibt keinen anderen Partner.«

Unwirsch diktierte sie der Sekretärin auf der Stelle ein kleines Schreiben an die zuständigen Stellen des Landkreises, unterzeichnete und schob es Engelmann hin.

Nachdem er gegangen war, blätterte sie das Buch über den japanischen Konzern durch, möglicherweise hatte sie in der Nacht zu flüchtig nachgesehen. Das Foto steckte nicht darin. Es beunruhigte sie nicht mehr.

Sie bat um die Akte des Ignilapis-Werkes. Die Sekretärin legte sie auf den Tisch und sagte, am Telefon sei ein Journalist wegen eines Interviews, er habe schon mehrmals angerufen.

Die Präsidentin starrte die Akte an, unbewegt, hörte die Schloßglocke heiser die Stunde auszählen, die Stille danach, dahinein Spatzengezänk im Weinspalier am Haus, eine Tür schlug, unten in den Büros sang melodisch ein Telefon. Es war also an der Zeit. Der Computer in ihrem Kopf brauchte kaum eine Minute, dann war das Ergebnis da. Unbewegt las sie ab:

»Der Mensch kann mich übermorgen um elf Uhr unter meiner Privatnummer erreichen. – Die Akte nehmen Sie bitte zurück, und Frau Ziegler soll kommen.«

Der junge Redakteur des Kreisblättchens am Telefon war erstaunt, fühlte sich geehrt und bedauerte, das freundliche Angebot der Frau Präsidentin aus Kostengründen nicht wahrnehmen zu können.

Frau Ziegler trank bei Teufel Kaffee, sie ließ die halbvolle Tasse stehen und ging hinauf.

»Schweres Gewitter«, flüsterte die Dienstliche.

Roswitha Ziegler enthielt sich der Stimme, die Dienstliche redete gelegentlich zur falschen Zeit in die falschen Ohren.

Im Salon trug die Präsidentin Bücher und Zeitschriften zusammen.

»Ich fliege mit der Abendmaschine«, sagte sie ruhig, eine Nebensächlichkeit. »Sie fliegen mit, ich brauche Sie dort. Helfen Sie mir packen, dann packen Sie selbst. Wir kommen nicht zurück.«

Roswitha Ziegler schaffte es zwischendurch, den Meister anzurufen, sie werde sich melden.

Zwischendurch auch erschien Engelmann, nahm überrascht zur Kenntnis, der Abbruch der Zelte sei vorverlegt, und mußte doch das eben eingelaufene Fax aus Zürich mit der Präsidentin besprechen: Golder fordere dreiunddreißig Prozent Preisnachlaß.

»Welchen Spielraum hatten wir vorgesehen?« fragte sie.

»Zwanzig.«

»Verhandeln Sie im Sinne unserer letzten Besprechung. Geschmeidig. Und, Herr Engelmann, lösen Sie das Forsthaus und einen Hektar Grund und Boden dazu heraus, als Abgeltung für den Oberforstmeister. Ich bin nicht dazu gekommen, sein Honorar zu regeln.«

Zwei Stunden später schob sich Maria Maader in den Fond ihres Panzerautos, glitt Roswitha Ziegler auf den Beifahrersitz, steckte ihr Teufel ein schmales längliches Päckchen zu und brummte Engelmann, als der Kiesweg aufstaubte, einen solchen Abbruch habe er in seinen einundvierzig Dienstjahren noch nicht erlebt.

Erst im Flugzeug konnte Roswitha Ziegler ihr Päckchen auswickeln: ein zweispannenlanges Figürchen aus Lindenholz, zart ins Sonnenbraune gebeizt. Mein Kopf ist ihm nicht ganz gelungen, aber das bißchen Speck an den Hüften hat er fein modelliert, richtig zärtlich – Roswitha Ziegler schluckte eine Träne und trank einen Cognac nach.

35

Vor dem Schulzenhaus sahen Franska und Tepela dem Präsidentinnen-Auto nach.

»Ich hätte ihr gern eine Abschiedsrede gehalten«, sagte Tepela. »Paulus, zweiter Brief an die Korinther.«

»Der vorn oder der hinten?«

Tepela war nicht lustig zumute, die Zeit der fröhlichen Sünden vorbei, Zeit der Einkehr gekommen.

»Ich habe da eine Idee«, sagte er schleppend, vorsichtig. »Wenn nun der Golder die Forsten ...«

Franska fuhr herum. »Golder? Was weißt du ...«

Dumme Frage, dachte Tepela und fuhr fort: »... kauft, was will er damit?«

Wir werden es – vielleicht – erfahren, wenn Hajnik zurückkommt. Franska sagte: »Welche Idee?«

Es war mehr als das, Tepela hatte schon einen groben Plan im Kopf: LAFORAG sollte eine Werkstatt aufbauen, rustikale Möbel, die Leute haben es satt, sich lauter glattes Konfektionszeug in die Stuben zu stellen, nach zehn Jahren hängt ihnen das zum Halse – zu den Augen heraus. Was die Schweden und die Finnen können, können wir auch, und Holz wäre reichlich da, gutes, langsam gewachsenes. Kommt darauf an, was Golder vorhat.

Franska fiel ein Platz ein, wo die Werkstatt stehen könnte – er fragte: »Was schreibt Paulus an die Korinther?«

»›Darum handele so, daß dein Amt nicht beschädigt werde‹«, sagte Tepela ohne Predigerton auf. »Ich denke an sieben, acht Leute für den Anfang.«

Der Schulze, der das Auto nun auch nicht mehr hörte, wandte sich dem Meister zu. »Wenn es deinen Golder tatsächlich gibt, er wirklich die Forsten kauft – dann könnte es schon sein, Jan, daß deine Idee so übel nicht ist. Vorläufig wissen wir nur, daß die Maader – nach deiner Quelle – sich auf französische Art von uns verabschiedet hat.«

Jan Tepela, seiner Werkstatt zustrebend, dachte nicht freundlich an die Präsidentin. Wenigstens den Sommer über hätte sie noch ... Ihm fiel der ewige Spruch seiner Mutter ein: Man weiß nie, wozu etwas gut ist.

Ähnliches bedachte auch der Schulze, nicht im Hinblick auf die Sekretärin freilich, sondern auf deren Chefin. Es machte ihn unruhig, nicht die geringste Ahnung zu haben, warum sie so plötzlich und, wie Tepela versicherte, endgültig aus Salow verschwand. Er war versucht, Engelmann direkt zu fragen, wählte ihn schließlich auch an, legte den Hörer wieder auf und entschied sich für Hanna Schneider – sie hatte ja gottseisgeklagt beste Verbindungen zu BAAAL. In Schulzendorf nahm niemand ab. Dann also Teufel – das Telefon läutete ins Leere. Er mußte aber wissen, was vorging, und rief nun doch Engelmann an. Herr Direktor Engelmann sei weggegangen, sagte seine Sekretärin.

Noch während Franska mit ihr sprach, trat Engelmann ein. Franska schaffte es, den Besucher anzulächeln, mit freundlicher Geste zum Platznehmen einzuladen, redete noch zwei Sätze ins tote Telefon, legte auf und sagte: »Bossak hat mir erzählt, Sie hätten einen angenehmen Abend miteinander gehabt. Er ist ja wirklich die lebende Chronik der Grafschaft.«

Engelmann bestätigte das, er habe viel Interessantes erfahren. Interessantes gebe es auch anderer Art. Er zog ein Papier aus der Tasche und reichte es dem Schulzen. Der freute sich sehr, daß die Blockade von LAFORAG amtlich aufgehoben war, und meinte, daß damit eine ersprießliche Zusammenarbeit mit BAAAL möglich werde.

»Aus diesem Grunde habe ich darauf«, Engelmann deutete auf das Papier, »gedrungen, als die Frau Präsidentin ...« Er erklärte in dürren Worten, daß sie entschieden habe, die Mission von BAAAL als grundsätzlich beendet zu betrachten, und Teufel und ihm die Abwicklung übertragen.

»Alles sehr plötzlich, nicht?« Franska wollte mehr wissen.

Engelmann sah keinen Grund, mit dem Schulzen über die Gründe der Präsidentin zu spekulieren. Tatsache sei, daß es noch eine Menge Dinge gebe, die sie – er hoffe, einvernehmlich – klären müßten. Heute sei es ihm nur wichtig gewesen, ihn, Franska als Schulzen und Vorsitzenden der LAFORAG, über die neue Lage zu informieren.

Franska sah ein, daß er von Engelmann nichts über Hintergründe erfahren würde. Er bedankte sich und versicherte, alles zu tun, damit am Ende ›alles gut für alle‹ ausgehe.

Sie reichten sich die Hand, und Franska hatte doch noch eine Frage: Es wäre für sie schon wichtig zu wissen, wer ihr Schloß gekauft habe.

Engelmann zögerte, nannte dann aber das Bankhaus in Zürich, das vielleicht auch die Forsten erwerben werde.

Franska war höchst verwundert: Was wolle jemand in Zürich mit Wäldern in Salow anfangen?

Engelmann lächelte ungewöhnlich breit. »Da fragen Sie wohl besser dort an.« Ernst fügte er hinzu: »Ich wünsche Ihnen herzlich, daß Sie Ihr Museum behalten. Es wäre wirklich schade darum.«

Aus diesem Gedanken heraus trat er auf dem Rückweg ins Schloß ein. Hanka Elle freute sich sehr über seinen Besuch. Er durfte sich die Bilder im Archiv ansehen, roch noch einmal den Leinölduft von Erlaucht Ambrosius B. C. D. und schrieb sich den zugehörigen Spruch auf, ein kleines Andenken an Salow.

Frau Elle fragte, ob er einen Kaffee mit ihr trinken wolle, Engelmann wollte gern; sie zeigte ihm Fotos vom Schloß, wie es vor vier Jahrzehnten ausgesehen hatte, innen und außen, von den Jahren danach, Leute aus der ganzen Grafschaft bei der Arbeit, von sich selbst, wie sie die Treppe ins Obergeschoß schmirgelte, Stufe um Stufe, Bürgermeister Kutte und den Oberforstmeister beim Schleppen eines Schrankes … »Ich trage die Beweise zusammen für«, sie versuchte zu lächeln, »gegen den neuen Besitzer.«

Engelmann erinnerte sich an sein sehr kurzes Gespräch mit Golder, ein Gegner für die Maader, dachte er, aber nicht für diese freundliche Frau und nicht einmal für den Schulzen. Er hoffe, sagte er, mit dem Herrn werde sich reden lassen, vielleicht entsinne sie sich seiner, er habe ja zusammen mit einem Begleiter das Schloß besichtigt, die beiden Herren kamen aus Zürich.

Die Museumsfrau geleitete Engelmann zum Portal und hastete zurück in ihr kleines Büro, schlug das Besucherbuch auf, fand die Unterschriften und dick darüber: »Baal soll das Schloß nicht haben!« Sätze aus ihrem Gespräch fielen ihr ein, sie sah die beiden vor sich, ihr offenkundiges Interesse, Anteilnahme sogar – so schnell sie in Trauer und Tränen fiel, so schnell konnte sich ihre Seele in fröhliche Höhen erheben. Nun strahlte Hanka Elle vor lauter Freude und rief den Schulzen an.

»Ich habe den Käufer, Efef! Wir brauchen uns nicht mehr zu sorgen!« Sie japste vor reinem Glück. »Ein wirklich guter Mensch! Kommt aus Zürich und heißt Aureano.«

Aureano, überlegte am anderen Ende Franska, also Golder.

»Kann stimmen. Freu dich, aber halt um Gottes willen den Mund«, sagte er.

»Aber …«

»Kein ›Aber‹, Hanka. Schweig wie ein Tintenfisch!« Und um ganz sicher zu gehen, fügte er an: »Für dein Museum! Und für Salow!«

Murmelnd las sie noch einmal die Eintragung im Besucherbuch und fand, allein schon die Namen Aureano und Herzig klängen wie Glücksverheißung. Sie mußte zwei Baldrianperlen nehmen, um ihre Freude an die Kette zu legen. Oder, dachte sie und lachte leise auf, ihr einen Maulkorb vorzubinden.

Sie sammelte, fahrig und ziemlich achtlos, ihr ›Beweismaterial‹ gegen den Käufer ein. Es würde nicht gebraucht werden.

36

Benedikt Teufel wartete, im Bauch ein leises Zittern, im ›Gewölbe‹ auf seine Gäste. Der Tisch in der letzten Nische war eingedeckt für drei, ein leichter Wein zum frühen Abendbrot bestellt.

Hanna Schneider und Susan kamen, sie hatten eingekauft, eine Jeans für die Tochter, eine Bluse für die Mutter, und also waren sie fröhlich. Die Fröhlichkeit hielt an bis nach dem Lachssteak, und Susan meinte, Teufel sei heute wie sie vor einer Prüfung.

Erstaunt sah er das Mädchen an. »Wie bist du vor der Prüfung?«

»Na ja«, antwortete Susan. »Ich tue lustig und sterbe fast vor Angst.«

»Ich *bin* lustig«, erklärte er, »und habe Angst.«

Sie lachte. »Sie doch nicht!«

»Doch. Vor dir.«

Hanna Schneider zerknüllte ihre Serviette, strich sie glatt und preßte sie erneut zu einem Knäuel.

Das Mädchen, für einen Augenblick erstarrt, stieß hervor: »Ich habe es ja gewußt. Aber ich geh nicht weg!«

»Mein Schäfchen ...«, sagte ihre Mutter sanft.

»Ich bin nicht dein Schäfchen!« Susan war zornig vor lauter Elend.

Hanna Schneider lächelte. »Also dann mein Schaf. Niemand geht weg, du nicht, ich nicht und ...«

»... und ich nicht«, schloß Teufel den Satz. »Ich werde Postmeister in Salow oder Steuereintreiber im Kreis oder Ich-weiß-nicht-was. Jedenfalls: Deine Mutter nimmt mich zum Mann, und ich möchte eine Tochter haben.«

»Ihr seid verrückt!« murmelte das Mädchen.

»Verrückt?« fragten Frau und Mann gleichzeitig.

Susan hielt es nicht für nötig, sie über das Positive an einem solchen Zustand aufzuklären, für den sie eigentlich zu alt seien, aber nötig schon, ihnen die Folgen aufzuzeigen – sie sagte sehr bestimmt: »Wenn ihr wieder normal seid, werdet ihr euch zanken und ...«

»Sicher, gelegentlich«, Teufel nickte ihr freundlich zu.

»... and I'll have the trouble with you.«

»Dein Ti-etsch ist immer noch nicht oxfordisch, Susan«, sagte die Englischlehrerin.

Teufel sagte: »Du wirst der Friedensrichter sein.«

»Na gut!« Susan ahmte sehr echt die Lehrerinstimme ihrer Mutter nach. »Wenn sie dich zum Mann nimmt, nehm' ich dich eben zum Vater. Aber ich sage Benedikt zu dir!«

Das gehe ins Protokoll, verkündete Teufel, trank seiner neuen Familie zu und bestellte Eis mit Sahne und frischen Früchten.

Das Eis wirkte irgendwie erkältend auf ihre Gemütslage ein, unterwegs nach Hause schwieg sogar Susan. In Schulzendorf ließ Hanna Schneider die Tochter aussteigen, sie selbst wolle noch zu Bossaks.

Sie wollte weder zu Bossaks noch irgendwohin, sie hatte nur Angst, Teufel könnte sein Auto in die Einfahrt stellen, seine Tasche – mit Schlafanzug und Zahnbürste sicherlich – ins Haus tragen, und das so schwer ins Lot gebrachte Zweier-Leben verschöbe sich quer und längs – der neue Grundriß erst über den Daumen gepeilt und die tragenden Wände ins Ungefähre gedacht.

»Laß uns Zeit, ja?« bat sie.

»Um dich zu zitieren«, antwortete er, »›Ach, mein Schaf‹ ...! Wir haben doch festgestellt, daß wir beide nicht pflegeleicht sind. Wir könnten schnell die falsche Bürste erwischen und uns zur falschen Zeit gegen den Strich bürsten. – Ich schlafe bei BAAAL, du schläfst bei dir, und manchmal ...«

»Öfter«, sagte sie schnell. »Weißt du, daß mein Mädchen abends nackt im Haus herumläuft?«

Er brummelte: »Wir sperren sie ein. Öfter.«

Vor Bossaks Gartentor fragte er, wie lange sie zu tun habe, ob er warten oder wiederkommen solle. Sie entschied, er solle mitkommen, zur Gewöhnung.

Auf dem Torpfosten hockte der Kater Nikolaus, im Haus war niemand. Da nun einmal Gewöhnung angesagt war, beschloß Hanna, zu Hajniks zu fahren.

Im Forsthaus saß Franska, er hatte auf Hajnik gewartet, der erst vor ein paar Augenblicken aus Zürich angerufen hatte, schweres Unwetter, das Flugzeug konnte immer noch nicht starten.

Frau Hajnik freute sich über den Besuch, Franska nur über einen Teil davon. Zur Begrüßung knurrte er Teufel an: »Wenn Sie zu der Dame da nicht immer lieb sind, verhaue ich Sie und ertränke Sie dann in der Satkula!«

Teufel grinste, beides sei verboten, Paragraph sowieso, und Frau Hajnik war bekümmert, ihr Bruder – sie nickte zu Franska hin – habe durch BAAAL ein wenig am Kopf gelitten, und jede neue Aufregung verschlimmere offenbar das Übel.

Die kleine Schwester rede dumm über ihren großen Bruder, meinte Franska friedlich. Sein Kopf sei ganz in Ordnung, aber voller Fragen, und die Gelegenheit gegeben, diese loszuwerden.

Teufel sah Hanna an, sie sagte, es sei noch weit bis Mitternacht, und verzog sich mit ihrer Freundin. Ein gutes Gespräch ist besser als einsames Grübeln.

Franska zündete sich eine Pfeife an, goß Bier ein und hob sein Glas gegen Teufel. »Mir fällt eben ein: Benedikt und Franz, zwei heilige Ordensgründer ...«

Teufel kannte zwei reiche, berühmte Benediktinerklöster, wußte Ungefähres auch vom mildtätigen Wirken der Franziskaner, glaubte aber keinen Augenblick, daß der Schulze von Salow einen Ordensdisput im Sinne habe. Er wartete ab.

»Ein mächtiger Abt und ein armer Bettelmönch ...«

Teufel nickte und trank Bier.

Franska hatte das Gefühl, daß sein Einfall, mit Hilfe zweier

Heiliger mitten nach Salow, auf einen Punkt zwischen der ›Baracke‹ und dem Schulzenhaus zu gelangen, offenbar ins Leere lief. Er stocherte in seiner Pfeife und fragte, so ganz nebenbei: »Sie nehmen Hanna mit?«

»Nein«, antwortete Teufel.

Franska starrte ihn an, er wußte nicht, ob er das für gut oder nicht gut halten sollte.

»Gesetzt den Fall«, bekundete Teufel, »die Obrigkeit von Salow erklärt mich nicht zur persona non grata, bleibe ich hier.«

So überrascht Franska war, so schnell begriff er die neue Lage: Ob das – eventuell – bedeute, daß der BAAAL-Diener Teufel sich von seinem Götzen lossage?

Teufel hatte genug von Symbolik. »Sobald der Abschlußbericht unterschrieben ist, kündige ich und suche mir hier eine vernünftige Arbeit.«

Ein Berg Arbeit, dachte Franska, sieben Dörfer, LAFORAG, zehntausend Menschen. Aber noch zu früh, mit diesem Mann darüber zu sprechen. Er fragte, weswegen die Maader Hals über Kopf davon sei.

Teufel zuckte die Schultern. Sie wisse es bestimmt, aber sonst keiner. Engelmann und er würden bald die Lichter auslöschen. Er zählte auf, was noch anstünde. Franska dachte an das Unwetter über Zürich und welches Ergebnis Hajnik heimbringen wird. Noch ist zu vieles in der Schwebe. Wenn alles gut abläuft ... – er verzog den Mund – ... habe ich damals, am Anfang, zu Hanna gesagt: ... werfe ich dich ins Gras. Wenn also, haue ich mich ins Gras und starre nach oben, lieber Himmel, hilf, daß uns bekommt, was wir uns ausgekocht haben.

Er sah Teufel an, müde, zersorgt. »Ich fahre jetzt heim. Und Ihnen, Benedikt, gönne ich Hanna. Alles Glück für euch.« Er reichte ihm die Hand. Arbeit finden Sie zuhauf bei uns.« Er nickte ihm zu und schloß: »Wenn Sie denn nicht reich werden wollen.«

Ohne sie zu fragen, fuhr Teufel mit Hanna zur ›Baracke‹, und weil Engelmann im Nebenzimmer schnarchte wie ein Holzfäller, führte er sie in den Salon der Präsidentin. Flüchtig zunächst – und später genauer – nahm sie die gediegene Ausstattung wahr.

Hier wird Cordialis wohnen, wenn er uns besucht. Oder dieser Golder. Und sie erzählte, auf dem Sofa der Präsidentin liegend, wovon weder diese noch Teufel etwas ahnen konnten. Ihr Mann sollte wissen, was sie wußte.

Teufel hörte zu und staunte, daß ihr Bericht ihn fröhlich machte. Er stützte sich auf und sah die Redende an, deine Nase lacht, murmelte er, und sie sagte, ist doch auch lustig, bei allem. Für uns schon, dachte Benedikt Teufel, und alles nach Recht und Gesetz.

Er fühlte sich sehr wohl. Daheim.

37

Am Morgen waren sie zusammengekommen, mit fröhlichem Gelärme und Schultergeklopfe. Nun hatte die kleine Glocke vom Schloßturm den Abend eingeläutet, und sie hockten noch immer am mächtigen Tisch im Schulzenratszimmer. Der verwachsene Vorsitzende der Bauerngenossenschaft hatte müde Augen, der Schulze Franz Franska keinen Tabak mehr für die Pfeife, und Oberforstmeister Rudolf Hajnik sah aus wie weiland Willy Birgel als erschöpfter Reiter für Deutschland. Der Tisch zwischen ihnen, der vieles ertragen hatte, als er noch als Prügelbank im Schloßkeller diente, ertrug ungerührt die Last von drei Paar Ellbogen und das in einem Wust von Papieren berechnete Soll und Haben der »LAFORAG Grafschaft«.

Der Bauer fischte einen letzten Apfel aus seiner abgetragenen Aktentasche, schob seinen Stuhl zurück, biß in den Apfel und erklärte, durch Kauen und Schlucken zu kleinen

Pausen genötigt, nun stehe der Pflug ja in der Furche, das Feld sei weit, nicht absehbar, und ob und an wievielen Steinen der Pflug aus der Furche gerissen werde – die Steine werden erst sichtbar, wenn der Pflug läuft. Darum Schluß für heute und Gott mit uns.

Amen, sagte Hajnik und fügte etwas über Kiefernsämlinge hinzu, die auch er als Wald nicht abzuschätzen vermöge.

Amen, sagte auch Franska, rief Veronika Magermilch herein und diktierte ihr gegen das eigene Vergessen die beratene und erhoffte Künftigkeit der – fortan amtlich so zu benennenden – Cordialischen Grafschaft in Stichworten, ein Kiefernsämling für einen Hektar Wald, ins Protokoll.

Forstmann und Bauer sammelten ihre Papiere vom Tisch in die Taschen ein, gingen, und Veronika fragte: »Wirst du nun wieder ein Zwilling, Chef?« Franska blickte verständnislos auf, und sie erklärte: »Ich meine, als Schulze *und* als Chef von LAFORAG.«

»Hier gehauen und da geschunden ...«, brummte Franska.

»Und fertig nach einem Jahr.« Sie schüttelte unzufrieden den Kopf und wußte eine Lösung: Kutte sei als Bürgermeister nicht schlecht gewesen, als – was weiß ich – Gemeindeobersekretär wäre er sehr gut. »Vor allem, weil ich Ende September wieder Zwillinge kriege.«

Franska stöhnte auf. »O Mann, Veronika!«

»Tja«, sagte sie. »Und für eins wirst du Pate sein.«

Vor dem Schulzenhaus wartete Hajnik, ihm sei sehr nach einem Schnaps.

»Trink ihn allein«, murrte Franska. Er wolle rund um die Grafschaft fahren, um im Ganzen zu sehen, was sie sich ersiegt und eben stückweise auf Papier betrachtet hätten.

Wortlos stieg Hajnik zu ihm ins Auto, und wortlos fuhren sie an der Sportlerschänke vorbei bis an das Ignilapis-Werk, bogen ab nach Kirchdorf, querten in Klosterdorf die Satkula, und erst als sie hinter dem Spiräenzaun Hanna Schneiders Haus liegen sahen, machte Franska den Mund auf. Teufel wäre schon der richtige Mann für die Ökonomie von LAFORAG und auch für die Redaktion ihrer Monatszeitung »Grafschaft«. »Sie werden heiraten«, brummte er.

Hajnik nickte und wollte dem irgend etwas Symbolisches anhängen. Er mußte nichts sagen, weil unversehens mitten auf der Straße, die Staatsforst von LAFORAG-Forst trennte, zwei Keiler standen, offenbar unschlüssig, ob nach links oder rechts. Erst als Hajnik sich hinausbeugte und sie anschrie, fuhren sie mit einem Satz über den Graben in den Wald ein.

»Deine Schweinebande«, knurrte Franska.

»Werden erschossen!« verkündete Hajnik. »Gleich, übermorgen, nächstes Jahr. Ein Wildschwein ist klüger als zehn Füchse.«

Franska dachte: Und wo sind wir einzuordnen?

In Heidedorf gerieten sie vor der seit Jahren ausgetrockneten Schänke in eine Gruppe älterer Männer. Auf einem Auto-Anhänger stand ein Faß Bier, eine leere Kornflasche daneben, und eine volle hielt ihnen der Klotz Werab entgegen. »Ein Grabtrunk auf BAAAL.« Er war nicht betrunken, niemand war betrunken, sie tranken ein Bier, einen Korn und saßen Nachbar neben dem Nachbarn. Die Maader war weg und sie nicht besiegt. Das allein machte Hoffnung, eine gestaltlose, noch nicht – oder überhaupt nicht – beredbare. Man hob den Kopf, wo es hätten die Hände sein sollen. Ein bißchen mehr Mensch.

Franska und Hajnik mußten die Flasche ansetzen, Franska war zum Heulen zumute und in einem anderen Winkel der Seele zum Fröhlichsein, als Werab flüsternd fragte: »Und was ist mit meinem Hirsch?«

Bevor Hajnik antworten konnte, lachte er laut auf und dröhnte: »Macht's gut, ihr beiden!«

Am Forsthaus stieg Hajnik aus, und Franska fuhr heim. Er sah nach, wieviel Kilometer es waren rund um … Rund um was? Um Veronika Magermilch, die wieder Zwillinge bekommt, um den Hirsch und daß Werab heute darüber lacht? Oder um mich selbst herum ... Er schloß die Garage, das Vorgartenlicht sprang an, in der Haustür stand seine Frau.

Er wollte kein Abendbrot, wollte auch nicht schlafen gehen, er lehnte sich im Sessel zurück, den Kopf auf der Lehne, die Füße weit von sich. Sie holte sich Nähzeug an den Tisch und blickte manchmal zu ihm hin, ach, mein armer Held.

Irgendwann begann er zu reden, Bruchstücke aus dem Protokoll. Siebenundzwanzig Schulabgänger, zwölf sind versorgt, für die anderen werden wir sorgen. Was sollte die ganze LAFORAG, wenn wir die Jungen nicht ... Die kleine Möbelfabrik. Wanderwege durch die Heide, ein bewachter Parkplatz an der Straße, ein Rasthaus mit einfachen Zimmern. Auf den Kieselsteinäckern Erdbeeren und Himbeeren. Verkaufsstände in der Stadt. Er lächelte dünn. »Ein richtiger kleiner Konzern.«

Allmählich wurde seine Stimme fester, die Umrisse des Berichteten klarer, und als sie einen Hemdenknopf annähte, sagte er, der springe immer wieder ab.

Wird er nicht mehr, sagte sie, ohne aufzusehen. Die Maader ist ja nicht mehr da.

Er stutzte, griente dann breit, stand auf, reckte sich und erklärte, es werde andere Notwendigkeiten geben, die Brust breit zu machen.

»Ja«, sagte die Frau. »Bei Gott, Franska – du wirst sie schon finden.« Sie packte ihr Nähzeug zusammen. »Und nun können wir schlafen gehen.«

Sie war schon halb im Schlaf, als ihm Veronika Magermilchs Zwillinge einfielen.

»Weiß ich. Zwischen dem ersten und fünften Oktober«, murmelte die Arzthelferin Lubina Franska.

Er lag noch lange schlaflos, ruhig, ohne den Schlaf herbeizwingen zu wollen. Gedanken flossen, uneingehürdet durch strenge Ufer, langsam dahin, in Mäandern wie die Satkula.

Wie der Wassermann aus dem Bach tauchte darin Engelmann auf. Die friedliche Verhandlung über die BAAALsche Hinterlassenschaft. Einigung auf gut zu gut auch über die feine Behausung der Präsidentin. Golder wird da wohnen, wenn er zu Besuch kommt, Cordialis. Auch Engelmann, er will hier einmal Urlaub machen. Ein guter Mensch, ein langweiliger, aufrechter Staatsdiener. Die Maader dient auch dem Staat. Einem anderen wohl als Engelmann.

Staatsgedanken machen – je nachdem – entweder wild oder schläfrig. Franz Franska schlief ein.

Im Nebenzimmer fuhr sein Ältester aus einem Wundertraum auf: Er hatte soeben ein Tor für Juventus Turin geschossen. Direkt ins Dreiangel, und am Boden der Torwart war die Präsidentin von BAAAL.

38

Direktor Engelmann packte den letzten Bleistift ein, schob als allerletztes seinen Terminkalender in das vornehme Aktenköfferchen, das er in der heimatlichen Behörde zum vierzigsten Dienstjubiläum erhalten hatte, und prüfte noch einmal, im Kopf und mit den Augen, ob noch etwas zu ordnen wäre. Die Schreibunterlage lag nicht ganz kantengleich auf dem Tisch, er schob sie sacht zurecht, fand dabei eine abgebrochene Heftklammer, wollte sie in den leeren Papierkorb werfen und steckte sie, der Ordnung halber, in die eigene Tasche.

Jetzt mußte er nur noch, auch der Ordnung halber, als BAAAL und weil ihm danach war, persönlich als Engelmann ins Schulzenamt, sozusagen zum Abschiedsbesuch. Der letzte verbliebene Dienstwagen stand bepackt vor der Tür, in einer Stunde, spätestens, wird er den Schlüssel einstecken, starten und heimwärts rollen. Seine Amtsstube, sein Haus – sein Gehirn zuckte auf: Dort hing das kleine schöne dunkle

Bild, und es hing dort nicht rechtens. Er bedauerte, es zurückgeben zu müssen. Vielleicht könnte er es doch noch käuflich erwerben.

Er rief im Schulzenamt an, ob Dr. Franska ihn jetzt zum Abschied empfangen könne. Frau Magermilch – Engelmann hielt das für ihren rechten Namen – bedauerte, der Schulze sei unterwegs, aber sicherlich nicht lange.

Der Schulze war in diesem Augenblick nicht unterwegs, einen Augenblick später aber doch. In Begleitung des Oberforstmeisters Rudolf Hajnik, des alten Lehrers und Chronisten Benno Bossak und des gewesenen BAAAL-Direktors Benedikt Teufel zog er vom Schulzenhaus zur ›Baracke‹.

Engelmann staunte, als sie erschienen, und war berührt, als Franska erklärte, die Grafschaft würde sich schämen, wenn sie ihn so einfach – wie irgendeinen Vertreter vielleicht oder die Maader – davonziehen ließen. Sie bäten ihn, mit ihnen gemeinsam noch einmal ins Schloß zu gehen und anschließend im Schulzenamt eine Tasse Kaffee zu trinken.

Sie schlenderten durch den Park, der prall und grün dastand und frühsommerlich duftete. Im Rosengarten, Blüte an Blüte, werkte Emil Jurisch und wünschte, zum Erstaunen der Einheimischen, einen guten Morgen, und vor dem offenen Portal wartete Hanka Elle, die Museumsfrau, mit ihrem freudigsten Lächeln.

Sie führte Engelmann gleich die Treppe hinauf in das ehemalige gräfliche Ankleidezimmer. Die Gemälde dort hingen und standen mit dem Gesicht zum Betrachter, und Hanka Elle sprach: »Der Schulzenrat der Grafschaft Cordialis hat beschlossen, Ihnen, Herr Direktor Engelmann, ein Bild Ihrer Wahl zu überreichen, zum Abschied und aus vielerlei Gründen, die Ihr Wirken in Salow betreffen.«

Engelmann als Mensch schluckte Rührung und sah als Beamter die Sache nüchtern an: Der Schulzenrat könne nicht fremdes Eigentum verschenken.

Die Salower – samt Teufel – lächelten breit, und Franska

sagte, es tue ihnen leid, nicht sehr, aber ein bißchen schon, daß manches, was BAAAL gerade zu sein schien, in Wirklichkeit so gerade nicht sei. So habe – nur als Beispiel für anderes – das Schweizer Bankhaus Schloß, Rosengarten und Park gekauft und gleich wieder verkauft.

»An uns, lieber Herr Engelmann. Für eine Mark.«

Engelmann holte tief Luft, blickte in vier freundliche Gesichter, dachte sich durchs Bürgerliche Gesetzbuch und zitierte den hier zutreffenden Rechtssatz: »Jedermann hat das Recht, redlich erworbenes Eigentum frei zu veräußern.«

Er blickte Teufel streng an.

Teufel legte die Hand aufs Herz: »Ich habe es zehn Minuten vor Ihnen erfahren.«

Engelmann nahm das mit sichtlicher Erleichterung zur Kenntnis und wählte ein Bild, das ihm sofort gefallen hatte, das Porträt eines eindrucksvollen bäuerlichen Mannes.

Die Museumsfrau nickte einverstanden und erklärte: »Das war der Freund der Gräfin. Ich denke, sie hat ihn geliebt. Er war zu ihrer Zeit Schulze von Salow.«

»Er starb an der Liebe«, fügte der Chronist Bossak hinzu, und der Forstmann brummte etwas von versandeten Traditionen.

Franska bat Hanka Elle, das Bild einzupacken und durch Jurisch ans Auto vor die ›Baracke‹ bringen zu lassen.

Engelmann setzte zu einer Dankrede an, doch der Schulze verwies auf den wartenden Kaffee, und die Gesellschaft zog ins Schulzenhaus.

Den großen Tisch schmückten schöne Holzteller aus der Werkstatt des Meister Tepela, eine Rose in schmaler Vase aus Veronika Magermilchs Besitz und eine bunte Platte aus dem Laden des schweigsamen Fleischermeisters.

Veronika goß ein, für Engelmann war vorsorglich Tee gebrüht worden, aber er trank Kaffee wie alle, sein Magen sei in Salow merklich gesundet.

Gestärkt durch ein paar Brote, aufgemuntert durch den

starken Kaffee und die lange Fahrt vor sich wissend, stand er auf, und die fünf Sätze, die er nun redete, gerieten ihm so völlig aus dem Amtlichen, daß er sogar BAAAL nicht in den Mund nahm.

Sie wünschten ihm gute Fahrt und auf Wiedersehen, Bossak überreichte ihm die Kopie zweier Seiten aus seiner Chronik, beinhaltend die Schilderung der Salower Revolution von 1792, und Teufel auf vier Computerseiten »Die wahrhaftige Geschichte der Ankunft von BAAAL«. Hajnik bat angelegentlich, die Frau Präsidentin freundlichst von ihm zu grüßen, und entschloß sich im letzten Augenblick, das Postkartenfoto, das er schon in der Hand hielt, den Grüßen doch nicht beizufügen.

Und schließlich Franska. Er sagte: »Sie sind uns als Gast immer willkommmen, Herr Engelmann. Kommen Sie wieder und sehen Sie sich an, was wir daraus« – er machte beidhändig eine umfassende Geste – »daraus machen.«

Teufel begleitete Engelmann zur ›Baracke‹, dort wartete schon Emil Jurisch mit dem Bild-Paket. Dann verschwand der letzte Rest von BAAAL in einer Staubwolke aus Salow.

Auf dem weiten Weg, und gut versorgt mit Staus, kam Engelmann am Ende eines langen Gedankenfadens zu dem Schluß, daß das Leben aus Dienstjahren bestehe. Die Besonderheiten darin sind Episoden, die nicht zählen. Pensionärsgeschichten, vielleicht, später.

Ein Fädchen, kaum von Bleistiftlänge, war der Gedanke an den Abschlußbericht. Bis Ende des Jahres war er ja BAAAL, genügend Zeit, den Bericht prüfungsfest zu erstellen. Ein Knoten in dem Fädchen: Das Schloß gehört Salow – »nur als Beispiel«, hatte der Schulze gesagt. War anderes ähnlich gelaufen? Von uns aus ist alles seinen geraden Weg gegangen. Monitär war ein Verlust eingeplant, der ist gut erreicht. Verhökern bringt nie etwas ein, das weiß jeder. Er korrigierte sich sofort: Auf- und Ablösungen kosten immer Geld.

Er nickte sich zu, der Stau löste sich auf, Engelmann passierte die Unglücksstelle, zwei zerquetschte Wagen zwischen zwei Laster-Monstern. Tempo dreißig war vorgeschrieben, seine Tachometernadel stand fest einen Strich darunter. Die Sonne schob sich vor die Frontscheibe.

Nicht mehr lange, und Engelmann wird vor seinem Haus stehen. Das neue Bild wird … Er hatte schon eine genaue Vorstellung, wo das Bild hängen wird. Und es wird nicht heißen »Der Schulze von Salow«, sondern »Der Liebhaber der Gräfin C.«.

39

Der Schulze ließ sich, weil auf dem Speiseplan der Behinderten im Schloß heute Graupeneintopf stand, von Hajnik zum Mittagessen ins Forsthaus einladen und geriet von den Gräupchen zu Milchreis, mit Ahornsirup zwar, aber immerhin. Er schluckte tapfer und spülte das klebrige Zeug mit trockenem Portwein hinunter.

Danach setzten sie sich vor dem Haus auf eine Bank, Franska rauchte seine Pfeife, Hajnik betrachtete die blaue Luft, hörte einen Adler schreien, immer war es etwas Besonderes.

Franska bedachte laut die Schulzenratssitzung, die für den Abend anberaumt war. Vielleicht sollte man Kutte einladen, in seiner Gegenwart – und mit ihm – über ihn reden.

Das macht die Atmosphäre von vornherein sauber, meinte Hajnik, und außer Tepela wird kaum jemand dagegen aufstehen, daß Kutte dir den Rücken freihält.

Franska grinste, genau das sei – wenn er es richtig wisse – die Aufgabe eines Staatssekretärs gegenüber dem Minister. Also würde Kutte Grafschaftssekretär.

»Manchmal«, sagte Hajnik, »sind deine Einfälle gar nicht so dumm. Das wär's wirklich. Es klingt gut – auch wichtig für Kutte –, und er kommt nicht auf die Idee, den Schulzen spielen zu können.«

Franska klopfte seine Pfeife an einem leeren Blumentopf aus, rief seiner Schwester in der Haustür ein Aufwiedersehen zu, sagte zu Hajnik: »Uns wird noch mancher Hund beißen wollen, Rudolf«, stieg in sein Auto und schob sich gleich wieder hinaus. Auf dem Pfad vom Hochwald her tauchten Bossaks auf.

Sie begrüßten sich, die Frau ging ins Haus, und Benno Bossak sagte, er habe von Veronika erfahren, daß Efef hier sei.

»Cordialis hat mir einen Brief geschrieben, eigentlich an den Schulzen oder den Schulzenrat. Das könne er aber nicht, meint er.«

Er zog den Brief aus der Tasche und reichte ihn Franska. Franska las und gab ihn Hajnik weiter. Der Brief – den privaten Teil hatte Bossak nicht mitgebracht – enthielt eine Forderung, eine Zusage und eine Bitte.

Die Forderung lautete: LAFORAG und Schulzenrat verpflichten sich, den Gewinn der ›Grafschaft‹ vorzüglich für die Förderung der Jugend und der Kinder zu verwenden. Ein bindender Rechtssatz dafür, der sich nicht auf ihn selbst beziehen dürfe, müsse in Salow gefunden werden.

Die Zusage betraf die Benennung ›Cordialische Grafschaft‹. Geschichte als Geschichte zu bewahren sei um so wichtiger, wo Gedenktage ihr Surrogat seien.

Die Bitte schließlich war Bossak sehr peinlich. Cordialis bat den Schulzenrat, aus Anlaß des achtzigsten Geburtstags seines alten Lehrers ein Fest für alle Kinder der Grafschaft auszurichten, ohne den Anlaß hervorzuheben. Golder und er selbst würden gern daran teilnehmen unter der Bedingung, nichts anderes zu sein als Gratulanten und Freunde des Jubilars.

»Nun denn ...«, brummelte der Forstmann.

Der Schulze sagte: »Die Forderung selbst ist unsere eigene. Den Rechtssatz wird Mokry basteln. Die Benennung beschließt der Rat. Und das Fest – warum sollten wir nicht ein richtiges Märchenfest für unsere Kinder arrangieren? Wo das

Ganze doch ein Märchen ist: Es war einmal ein guter Graf … Und eine böse Fee. Und wenn sie auch gestorben ist, so steht sie morgen wieder auf.«

Es klang nicht lustig, obwohl er bloß mit einem Schielauge Maria Maader vor sich sah, fern, sehr fern und sehr vergangen.

Wirklich aber saß sie im selben Augenblick an ihrem Schreibtisch aus der Jungzeit des Zweiten Reiches, und auf dem ganz verfestigten Empire-Stuhl, einmal mit dem linken, einmal mit dem rechten Mundwinkel lächelnd, wiegte Kunz sein Köfferchen auf den Knien. Der Orden, von dem er eben sprach, steckte nicht darin, aber er war ihr sicher wie der Dank des Vaterlandes. Nicht zugesichert werden jedoch könne ihr die überaus verdiente Erholung von und nach BAAAL. Denn – und wieder sang er das Lied ihrer Fähigkeiten – arm sei unser Land an überragenden kreativen Persönlichkeiten.

Sein Gerede war langweilig, sie sagte, kommen Sie zu Stuhle, Kunz.

Kunz kam: Es ist beschlossen, in fünf Jahren hier in dieser Stadt die »Welt-Jagd-Trophäen-Ausstellung« zu eröffnen. Das schwierige Amt, diese Ausstellung zu organisieren, bitte man sie zu übernehmen. Da sie schwieg, nannte er das jährliche Salär, das eine Million nicht ganz erreichte, sparen sei leider notwendige Tugend geworden. Später wird sie sagen, es sei angemessen, jetzt sagte sie nur, sie sei erschöpft. Das war eine Unwahrheit, sie stand wieder voll im Saft, nachdem die – zwei oder drei – Besitzer aller Boulevardblätter im Lande vergattert worden waren, das abstruse ominöse Foto, wenn es denn noch auftauchen sollte, weder auf dreckiges noch auf Glanzpapier zu lassen.

Das alles war den Leuten in Salow egal, egal auch, weil ohnehin nicht begreifbar, ob Maria Maader fünfzehntausend oder nur vierzehntausend Mark Wochenlohn bezog. – Der Schulze sah weiter und tiefer, und er wiederholte: »Uns wird noch mancher Hund beißen wollen.«

Benno Bossak als Chronist war an künftig erscheinenden Hunden nicht interessiert, er sagte: »Märchenfest? Wir sollten vielleicht wirklich ein Märchenspiel aufführen. Teufel könnte es schreiben.«

Sie dachten nach.

Plötzlich lachte Hajnik auf: »Ich weiß! Das tapfere Schneiderlein! In der Titelrolle Franz Franska, Schulze von Salow. Auf deinen Bauchgurt schreiben wir: ›Sieben an einem Strang‹.«

»Ja«, Bossak nickte nachdrücklich. »Das Szenarium steht in meiner Chronik. Teufel brauchte nur …«

»Teufel wird über der Eröffnungsbilanz schwitzen«, sagte Franska trocken. »Und ihr laßt euer Märchen hier und bringt es um Gotteswillen nicht mit in den Rat!«

Er fuhr davon. Forstmann und Chronist spannen noch einige Fäden am Märchen weiter, aber die schöpferische Lust war verflogen. Sie verfliegt immer, wenn die Realität ihr Maul aufreißt, um Märchen zu fressen. Oder auszulachen. Es kommt aufs selbe hinaus. Die Zeit, da der Realität manchmal ein Märchen aufstieß, ist selbst ein Märchen. Ihr stößt nichts mehr auf.

Die Sitzung des Schulzenrats mißriet völlig.

Hanka Elle, die Museumsfrau, kam schon lachend herein und brachte trotz strengem Bleistiftgeklopfe des Schulzen ihre Fröhlichkeit nicht unter angemessene Kontrolle. Der Oberforstmeister ließ sich anstecken und erzählte ein Stück dummes Jägerlatein. Da es dabei um eine Wildsau ging, berichtete der schweigsame Fleischermeister über ein Hausschwein, das war gestern in Heidedorf einer Frau zwischen die Beine gefahren, die auf ihm sitzend durch das Dorf ritt, bis das Schwein sich verpustete und sie ohne Gefahr für Leib und Leben absteigen konnte.

Der Schulze erreichte gerade noch offene Ohren, als er Kuttes Anwesenheit erklärte, was der Bauer Wotawa mit einem guten Witz zustimmend aufnahm, während die Schuldirektorin Edith Mikan der Museumsfrau etwas zuflüsterte und beide losprusteten.

In diesem Augenblick erschien Meister Jan Tepela, sehr städtisch gewandet. Er hatte im Auftrag des Schulzenrats eine spezielle kleine Möbelfabrik im Teutoburger Wald studiert und kam direkt von der Reise. Er setzte sich auf seinen Platz neben dem Kantor, und der Kantor schnupperte. Der Duft schien ihm bekannt, auch hatte er schon einen freundlichen Kartengruß aus jener Gegend erhalten. Vor aller Augen steckte er seine Nase an Tepelas feines Hemd und sang – frei nach Lortzings Bürgermeister – los: »Oh, wie du riechst aus deinem Hemd ...« Selbst Kutte, der ja noch kein Recht hatte, sich einzumischen, lachte. Der Schulze verbiß es sich und schimpfte.

Hanka Elle rief, er solle sich doch freuen, daß alle fröhlich sind, und sie hätten ja auch Grund genug dafür. Da sie einmal beim Reden war – und beim Reden schon immer schwer aufzuhalten –, schlug sie vor, hier sogleich ab- und in die Sportlerschänke aufzubrechen. »Kutte gibt aus Anstand seinen Einstand als Grafschaftssekretär. Und: Wir haben freudig und mit lauterem Herzen Frau BAAAL bei ihrer Niederkunft auf unserem Sportplatz empfangen – wir sollten noch freudiger und herzlicher ihrer gedenken, nun sie so plötzlich und unerwartet von uns gegangen ist.«

Wildes Getrommel auf den ehrwürdigen Tisch, Gelächter, Zurufe – der Schulze sah ein, daß die geballte Fröhlichkeit des Rates in keine Arbeitshürden mehr einzutreiben war, und beugte sich dem Volkswillen.

Benno Bossak befürchtete – zu Recht, wie sich später erwies – eine ausgedehnte Fröhlichkeit, er ließ sich von Franska heimfahren und verriet, daß es sich nicht um einen spontanen Ausbruch revolutionärer Salowscher Tradition gehandelt habe. Hanka Elle, der Kantor und Hajnik hatten das ausgekaspert, sogar die Rede der Museumsfrau gemeinsam verfaßt.

»Auch du, mein Freund Brutus«, sagte der Schulze erschüttert.

Der alte Lehrer nickte und sagte, das Leinöl, das sie nach Hamburg und nach Zürich geschickt hatten, sei heil angekommen, Golder werde sich malen lassen, Cordialis aber nicht, ein duftender Vorfahre genüge für das Schloß.

Dieser – Erlaucht Ambrosius Benedikt Christofer Deodorantus Graf Cordialis Und Anomen – hängt heute an einem guten Platz im Museum der Sieben-Dörfer-Gemeinde Salow. Er hat noch Napoleon gesehen auf dessen Zuge nach Moskau, später ist er erblindet.

Viel Zeit ist gekommen und vergangen seit damals, und jede hatte einen Schrank voller Gewänder und Zubehör reichlich in Schüben und Fächern. Ein Narrenkostüm war immer dabei: eine goldfädige Robe, ein Harnisch aus Blech, eine weiße Weste zum schwarzen Frack, das Schneiderlein-Wams, das Einhorn-Horn, Feenglanz, Prinzessinnen-Tüll und Räuberpistole …

Die Zeit trug – die eigene Hose dazu oder darunter – das eine und trägt das andere, und immer ein Narr, wer glaubt, sie nackt zu sehen.

ISBN 3-378-00600-5

1. Auflage 1997

Einbandgestaltung Torsten Lemme
Satz LVD GmbH, Berlin
Druck und Binden Clausen & Bosse, Leck
Printed in Germany